亡者は囁く

吉田恭教
Yoshida Yasunori

本格M.W.S.

南雲堂

亡者は囁く

亡者は囁く　目次

造本装幀
岡 孝治

写真
Nickolay Vinokurov/Shutterstock.com
Artem Furman/Shutterstock.com
KATSUMI/PIXTA（ピクスタ）
O.D.O.

プロローグ

朝からどうにも落ち着かず、神谷千尋《かみやちひろ》は視覚障害者用腕時計の文字盤に触れた。さっき確認してからまだ五分と経っていない。吐息をついて、早く着かないかなと独りごちた。車内放送が次の駅名を告げる度《たび》に鼓動が早くなる。下車駅の甲府まであと二駅か。

早く迎えに行きたい――。抱きしめたい――。

千尋が迎えに行くのは新しい盲導犬で、これから約八年、苦楽を共にすることになるだろう。台風が接近していることは分かっていたが、一刻も早く盲導犬をこの手にしたいという思いを抑えきれず、無理を承知で出かけてきたのだった。それだけ盲導犬を渇望《かつぼう》していたということで、この一年間は本当に長い長い我慢の日々だった。

『台風もきているし、乗り換えもあるのに一人で平気？　来週まで待てば連れて行ってあげるのに』と言う母に、『杖があるから大丈夫。乗り換えだって一度だけよ。それに、台風は上陸しないみたいだし、帰りはあの子がいてくれるから』と答えて自宅を出たのは今朝の九時、母にＪＲ武蔵小金井駅まで送ってもらって中央線の快速に乗った。目的地は朝霧高原の南にある人穴《ひとあな》という所で、そこに盲導犬訓練センターがあり、ホープという名の盲導犬が自分を待っている。甲府駅からはバスを利用し、乗ってしまえばあとは人穴で降りるだけ。訓練センターの職員がバス停まで迎えにきてくれる手はずになっているから安心だ。甲府駅でバスに乗り換える時に少々戸惑うかもしれないが、その時は周りにいる誰かに助けてもらえばいい。

本来なら母の運転で人穴まで行くことになっていた。しかし急に、母に断りきれない仕事が入ってしまい、父も現在、日本フィルハーモニーの演奏旅行中で北海道にいるため自力で行くしかなくなった。

どうしてそこまで無理をして出かけてきたかというと、盲導犬の有難さを知ってしまったからである。この思いは健常者には理解できないに違いないが、一度盲導犬と暮らした盲人が、自分の分身ともいえる盲導犬を失ったら生き地獄で、『一日も早く次の盲導犬を』と切に願う。当然、一日千秋の思いで盲導犬を待つわけだから、受け渡しが一週間以上も延びるのは想像を絶するストレスとなる。なにも世界の果てまで行くわけではないし、乗り換えも一度しかない。だから無理を承知で出かけてきたのだった。

千尋の目から光を奪ったのは進行性の緑内障で、闇の中の住人となって早や十六年になる。完全に見えなくなったのは十二歳の時。以来、聴覚と臭覚、それに杖を頼りに生きてきた。無論、闇に閉ざされた時の恐怖は筆舌に尽くし難く、死にたいと言って両親を悲しませたことも数知れない。しかし、そんな心の闇に光を当ててくれたものがあった。バイオリンだ。両親が音楽家であることから千尋は三歳から英才教育を受け、生まれ持った絶対音感の力も手伝って、六歳になる頃には神童とまで呼ばれるようになった。そして十二歳で視力を失ったものの、視力が閉ざされた分、聴覚はそれまで以上に鋭敏になって更に驚くほどの旋律を奏《かな》でるようになった。

だが、それほどの能力を培《つちか》っても健常者とは違う。常に誰かの助けがなくては生きていけないし、何かにつけて負い目も感じていた。だから、これではいけないと一念発起し、杖を頼りにできるだけ一人で行動するように心がけた。

そんな努力の末、音大に入学したのを機に一人暮らしを始め、身の回りのことも一人でやるようになった。両親は心配で仕方なかっただろうが、それでもいつかは自立させなければならないと考えていたようで、いつでも簡単に帰ってこられるようにと、音大の近くに家を新築してくれたのだった。

それから更に一年、両親が最高のプレゼントをくれた。それが先代盲導犬のルビーだった。

ルビーがきてからというもの、行動範囲は飛躍的に広がった。初めて行く場所に対する恐怖も消えたし、外出したくてたまらなくなった。河川敷を歩いて春の風に身を委《ゆだ》ねることの心地良さなど、今まで知らなかったことを沢山経験して大いに楽しめた。しかし、犬の寿命は人間の数分の一。老化速度もそれに比例するわけで、ルビーもいつしか足腰が弱り始めた。

そうなってしまえば当然、ルビーがいなくなる日を覚悟せざるを得なくなり、数カ月後にとうとうその日が訪れた。できることなら離れたくなかった。手放したくなかった。しかし、盲目の身で老犬と暮らすのは不可能で、泣く泣くルビーを盲導犬の余生を預かるボランティアに託し、千尋はまた不自由な生活に戻った。しかし神様は、新たな出会いを用意してくれていた。あれから一年待った今日、ホープを迎えることになったのだ。年齢は二歳。相性テストの結果も抜群だったから、きっと仲良くやっていけるだろう。

あの子の好物は何だろう。

ホープに思いを馳《は》せているうちに車内アナウンスが流れ、間もなくして甲府駅に到着した。そそくさとリュックを背負って降車口に向かう。

プラットホームに降り立つや、突風が吹き抜けて身体を揺らした。上陸しないとはいえ、台風の影響はかなりあるようだ。自宅を出た時より雨音も強くなっている。

自分を追い越していく無数の足音の中、点字ブロックと杖を頼りに何とか改札口に辿り着き、駅員に静岡県富士宮行のバス乗り場の所在を尋ねた。

「ちょっと待って下さい」駅員が「お〜い」と誰かに声をかけ、「こちらのお客さんを富士宮行のバス乗り場まで連れて行ってあげてくれ」と続けた。

「ありがとうございます。助かります」

千尋は心から感謝した。バス乗り場ならすぐ近くにあるだろうが、初めてここを訪れた盲人にとっては、そのすぐ近くも大変な距離なのだ。相性テストのために盲導犬訓練センターを訪れた時は父が車で連れて行ってくれたのだが――。

すぐに「ご案内します」の声がして、手を引かれた。

バス停に着くと、職員が時刻表まで見てくれた。三十分後の午後一時半に発車とのこと。

「どうもありがとうございました。あのぅ、近くに公衆電話はありませんか？」

盲導犬訓練センターに電話して、バスが出る時間を伝えないといけない。世には携帯電話という便利なものが出回り始めているが、とにかく高額だ。電話機本体も基本料金もバカ高く、保証金は十万円。それ以外にも新規加入料で数万円いるし、何よりも通話料がべらぼうで、通話できる範囲も限られていると聞く。そんなわけだから、携帯電話を持つ気になれなかった。

「ああ、すぐそこに。連れて行ってあげます」

「本当に申しわけありません」

「いいんですよ」

明るい声で言われてホッとした。

電話ボックスに入ってテレホンカードを電話機に差し込み、指でプッシュボタンを確認しながら相手の番号を押した。

《東日本盲導犬センターです》

「今日、そちらにお伺いすることになっている神谷と申します」

《ああ、神谷さん。私です》

ホープのトレーナーだった。彼がバス停まで迎えにきてくれるという。

「お世話になります。今、甲府に着いて、一時半のバスに乗りますから」

《一時半ですね。到着時刻はこっちで分かりますから、その時間にお迎えに上がります。ところで、そっちの雨と風はどうです？》

「風は強いですね。雨も結構降っていますし」

《こっちは土砂降りになってますよ。気をつけてきて下さいね。といっても、バスに乗っているだけ

ですけど》

「はい。それでは後ほど」

電話ボックスを出るとまた手を引かれ、バス停まで誘《いざな》われた。

車体が強い風と雨に晒《さら》される中、バスは何度か停車を繰り返して本栖湖まで辿り着いた。しかし、いつまで経っても発車せず、周りの乗客達がざわつき始める。すると運転手が思いがけないことを放送し、千尋は耳を疑った。予定が音を立てて崩れていく。

運転手によると、本栖湖と朝霧高原の中間辺りで集中豪雨があり、崩れた土砂が道路を塞《ふさ》いでいるらしい。盲導犬訓練センターに電話した時に、人穴辺りは土砂降りになっていると教えられたが、まさか土砂崩れが起きるほどの豪雨になってしまったとは。

運転手は更にこう付け加えた。『復旧の目途は全く立たない』と。それなら、下手をすれば今日中に事態が収拾しない可能性もある。予定通りなら、もうすぐホープと対面できるはずだったのに――。

乗客の一人が、「じゃあ運転手さん、ここで降りろってこと?」と問う。

「申しわけありませんが、そうしていただくしかありません。これ以上先には行けませんから。甲府行のバスで戻られるか、この近辺で宿泊されるかですね」

「冗談じゃねぇよ」と誰かが愚痴《ぐち》を漏らす。

こっちも泣きたい思いだが、自然のすることだから文句を言っても始まらない。まずはこれからどうするかを考えるのが先だ。このまま東京に戻るべきか。

しかし、東京に引き返せばまた苦労して出直してこなければならなくなる。それならこの近辺で宿泊し、復旧を待った方が得策だ。今日は盲導犬訓練センター内の宿泊施設に泊まる予定だったから着替えなどの用意はしてきている。

今日は平日だし、富士五湖周辺なら宿泊施設は多いだろうから、どこか空いているに違いない。宿がなければ甲府に戻って一泊だ。

乗客達が降り始め、千尋は人の気配が消えてから手探りで運転席まで行った。

「お幾らですか？」

運転手が運賃を告げ、その金額を支払った。

「運転手さん。タクシー乗り場はありますか？」

「ええ、すぐそこに。連れて行ってあげましょう」

今度も人の親切に触れ、タクシー乗り場まで足を運んだ。

「結構並んでますね」とバスの運転手が言った。

自分と同じように、この近辺の宿に泊まって道路の開通を待つ人達もいるだろう。

「二、三十分は待つかもしれませんよ」

「仕方ないですね」と力なく答えた。「あの、公衆電話はありませんか？　道路が不通になったことを知らせないといけないんですけど——」

「そこに電話ボックスがありますけど、どちらにおかけです？」

「人穴です」

「ああ――朝霧高原から人穴の辺りまでは電話も不通になってるそうですよ。強風で電話線が切断されたとかで」

踏んだり蹴ったりだ。だが、この大騒ぎだから、盲導犬訓練センターも、こっちが途中で足止めを食っていると察してくれるだろう。電話は諦めた。

再び手を引かれ、タクシー待ちの列の最後尾に並んだ。

「どうもありがとうございました」

バスの運転手の顔があると思しき方角に向かって腰を折り曲げた。

「どういたしまして」

こんな親切に触れる度に嬉しくなる。会釈してもう一度頭を下げた。

そんなこんなでようやく順番が回ってきてタクシーに乗り、「どこでもいいですから、泊まれそうな宿に連れて行って下さい」と運転手に言った。

初老の声で、「いや～、あるかなぁ」と返事があった。「旅行にきてるお客さんだけじゃなくて、仕事で富士宮方面に行く人達も足止めを食ってこの近辺の宿に泊まってるからね」

やはり台風の影響だ。それならそれで諦め、甲府に戻って宿を探すまで。

「なければ諦めます。ご存じの宿、全部当たっていただけますか」

こんな状況だから、宿のグレードまで注文をつけていられない。少々高くても我慢する。

「分かりました」

運転手が言い、車が動き出した。

「お客さん。飛び込みで宿探しってことは、観光じゃないんでしょ?」

「はい。人穴まで行く予定だったんですけど——」

溜息が出た。ホープのことが脳裏を過《よぎ》る。今日は一緒に寝るはずだったのに……。

「災難だったねぇ。まずは、一番大きな宿を当たってみましょう」


運転手が予想した通り、宿はどこも満室で、千尋は何度目かの溜息をついた。

運転手も諦め気味に「困ったねぇ」と言う。「次、行ってみましょう。その宿は街から少し離れていますから、部屋が空いてるかもしれません」

車に揺られるうち、きつい坂道に差しかかったことを察した。身体がシートに押し付けられる。それからしばらく坂道を登り、急に身体が元の位置に戻った。「着きましたよ」の声と同時に車も止まる。

ドアが開き、運転手が手を引いて宿に誘ってくれた。

「ホテルですか?」

「いいえ、ここは旅館です。白い水と書いて白水荘《はくすいそう》といいます」

自動ドアが開く音が聞こえ、すぐさま、「あら?」と女性の声がした。

「ああ。女将さん」と運転手が親しげに言った。「こちらのお客さんが部屋を探していてね。ほら、一三九号線が土砂崩れでしょ。だから、どこも満室で」

「困ったものねぇ。うちにも飛び込みのお客さんが何組かこられたわ。あら、こちら様、目が?」

女将が言い、千尋は「はい」と答えた。

「こんな状況になってお気の毒にねぇ」

言葉のニュアンスから、『目が見えないのに』の思いも籠《こも》っているようだった。同情は無用なのだが――。

「女将さん。何とか泊めてあげてくれませんか」

「実を言うと、お部屋は全部埋まっちゃってるのよ」

「ダメかぁ……」

運転手が残念そうに言ったが、女将が意外なことを口にした。

「でもね。二組ほど相部屋なの」

「相部屋？」と運転手が訊き返す。

「ええ、こんな状況でしょう。それでね、さっきこられたお客様方が、『宿はどこも満室で空き部屋なんかなかった。ロビーでもいいから泊めてもらえないか』と仰って――。さすがにそれはできないから、相部屋はどうかなと思って訊いてみたら、構わないと仰ったのよ。それで、先にこられたお客様方に相部屋のお願いをしたところ、ＯＫのご返事をいただいてね。勿論、宿代を値引きする条件なんだけど」

そこまで言った女将が、こっちを見る気配が伝わった。

「お嬢さん。相部屋ではいけませんか？　この先、宿を探しても見つからないと思いますよ。お見受けしたところ、随分お疲れのご様子ですし」

声から女将の容姿を想像した。年齢は五十歳ぐらい。小太りで少々タレ目。着物を上手に着こなしている。尤《もっと》も、こっちの勝手な想像だから実物とは大きな隔たりがあるかもしれないが、長い会話をする時は相手の顔を想像しておかないと空気を相手にしているようでどうにも話し難いのである。

「ご迷惑じゃないでしょうか？」

「それならそれで、あちらさんが断られますよ」

確かにそうだ。

「そのお部屋なんですけど、広いですから真ん中に衝立《ついたて》をすれば二つに仕切れるんですよ。そこに一人で泊まってらっしゃる女性がいますから、そちらがよろしければお願いしてみますけど」

「お客さん」と運転手が言った。「尋ねるだけ尋ねてもらったら？」

正直言って、もうクタクタだ。どこでもいいから横になりたい。運転手もそう勧めることだし、女将の好意に甘えることにした。

「では、お願いします」

「そこのソファーでお待ち下さい」

それから五分も経っただろうか、戻ってきた女将が「いいそうですよ！」と弾んだ声で言った。

天の助けだ。これで休める。

「相部屋を承諾してくれたら宿代をまけると言ったら、二つ返事で」

「そいつは良かった」運転手も嬉しそうに言う。「それじゃ、私はこれで」

「大変お世話になりました」

深く腰を折った千尋は運転手に料金を払い、それから女将に手を引かれてエレベーターに乗った。

「お部屋は三階です。眺めがとっても良く……」そこまで話した女将が、「あら、ごめんなさい」と言って口を噤《つぐ》んだ。

「いいんです。それより、泊めていただいて本当に助かりました。ところで、宿泊料金は？」

「通常は一泊二食、夕食と朝食はどちらも懐石で、税込み四万円になりますけど、相部屋ということで、一万円値引きさせていただきます」

それでも三万円だから結構な値段である。とはいえ、これで休めるのだから贅沢は言えない。下手をすれば甲府に逆戻りだったかもしれないのだから――。

エレベーターが止まり、千尋は手を引かれるまま廊下を歩いた。

二度ほど右に曲がり、少し歩いてから「着きましたよ。ここは『霧の間』と言います」と女将が言った。襖が開かれる音がして、「失礼します」と女将が続ける。

だが返事がない。

「温泉に行かれたのかしら――。それじゃ、お部屋は左半分をお使い下さい。衝立はもう立ててありますから。それと、テレビもこちら側にありますからね。あら、ごめんなさい。また悪いことを言っちゃって――」

「そんなことありません。ドラマとかよく聞いていますから」

嘘ではない。毎日、ラジオを聴く感覚でテレビを点けている。

その後も正に手取り足取りといった感じで、女将が座卓や金庫、電話機、小型の冷蔵庫の場所を教えてくれた。そして最後に浴衣を渡された。

「お夕食まで一時間ほどありますから、それまで温泉に浸かってごゆっくりなさって下さい」

「お部屋にお風呂は？」

「ありますよ」

「じゃあ、そちらを使います」

さすがに一人で温泉に浸かるのは怖い。足元も滑るだろうし、杖も持って入れない。

「では、湯船にお湯を溜めておきましょうか？」

「お願いします」

「お夕飯はこちらで召し上がられますか？　それとも一階の食堂になさいます？」

相部屋の相手に気を遣いたくない。「食堂でいただきます」と答えた。

「かしこまりました」

「何から何までご親切に」

「とんでもありません。実を申しますと、私の妹も目が不自由でして――。ですから、困ったご様子のお客様を放っておけなかったというか――」

「そうだったんですか」

だからこんなに親切にしてくれるのか。

「それではお茶をお持ちします。ごゆっくり」

女将が部屋を出て行った。それにしても親切な女性だ。

そうだった！　母に電話して事情を話さなければならないのだ。手探りで電話機を探し当て、プッシュボタンを押した。

母に事の経緯を伝え終わって座卓に着くと、女将が日本茶と菓子を持って再び現れ、千尋はそれを口にしてから着替えをした。


風呂から出ると部屋の空気が違っていた。人の気配がする。相部屋の女性が戻っているらしい。

「あのぅ」と声をかけてみた。

「はい」

静かな声で返事があった。若そうな声だ。

千尋は手探りで奥に進み、座卓の手前で正座して声のする方に向かって手をついた。

「相部屋を承諾していただいてありがとうございました。私、神谷千尋と申します」

すると彼女は、フカミズヤヨイと名乗った。

どんな字を書くのかと尋ねたところ、浅い深いの深に水、三月の弥生と書くという。また声から容姿を想像した。歳は同年代か。瓜実顔《うりざねがお》に切れ長の目、鼻が高くて引き締まった唇。無論、これも勝手な想像である。

「急な災害に見舞われたもので本栖湖に宿泊することにしたんですけど、どこの宿も部屋が空いていなくて困っていたんです。深水さんのご親切に感謝します」

「どちらまで行かれるご予定だったんですか？」

「人穴という所です。朝霧高原の少し先なんですけど」

「私は朝霧高原に行く予定だったんです。でも、足止めを余儀なくされてこの宿に」

「同じですね」千尋は笑ってみせた。「おまけに電話まで不通になっていて、今日行くはずだった施設に連絡もできない有様《ありさま》です」

「目がお悪いと大変でしょう？」

「もう慣れました。それに、盲導犬も一緒にいてくれますから」

努めて明るく振舞った。初対面だから辛気臭い雰囲気は避けたい。

「犬は外に？」

「いいえ」

人穴に行く理由を説明すると、深水弥生は「その犬、大事にしてあげて下さいね」と言ってくれた。

言葉を交わすうちに電話が鳴った。夕食ができたに違いない。千尋は「ちょっと失礼します」と言って電話機を探った。

受話器を取ると女将からだった。

《お夕食の仕度が整いましたので、お部屋までお迎えに上がります》

もう一人でロビーまで行ける。

「大丈夫です。ロビーで待っていて下さい」

《ではお気をつけて》

受話器を置き、深水弥生に声をかけた。

「お食事はこのお部屋でされるんですか？」

「食事は外で済ませてきました」

ということは素泊まりか？

ロビーに下り、待っていてくれた女将に手を引かれて食堂に足を運んだ。彼女の親切に涙が出そうになる。東京に帰ったら、できる限りこの宿のことを宣伝してやろう。

料理はまずまずのできだった。観光にきたわけではないからそれほど期待はしていなかったのだが、嬉しい誤算だ。

食事を終えて部屋に戻ると、すでに布団が敷かれていた。

「深水さん。私に遠慮なくテレビをご覧になって下さい」

「ありがとう。でも、そんな気になれなくて――」

沈んだ声が返ってきた。

何か悩みがあるのだろうかと思った矢先、啜《すす》り泣きが聞こえてきた。

どうしたというのか？

気まずい沈黙の時間が続き、千尋は思い切って「どうなさったんですか？」と尋ねてみた。

「朝霧高原で恋人が待っているのに、私はこんな所で足止めを……」

「災害ですもの、仕方ありませんよ」

「何としてでも、今日中に彼に会わなければならなかったのに……」

深水弥生が涙声で言う。

電話も不通だから連絡も取れない。不安な気持ちはよく分かる。だが、会えないぐらいで泣かなくてもいいではないか——。道路が開通すればすぐに会えるのだ。

唇を噛む彼女を想像しながら、「きっと、明日になったら会えますよ」と言って慰めた。

「ダメなんです。ある事情があって、明日はどうしてもこの宿にいなければなりません。ですから——朝霧高原には行けないんです」

電話が繋がらないからどうしようもない。当然、道路が開通しないと工事もできないわけだから、電話の復旧は更に遅れるだろう。歯痒《はがゆ》い思いに違いなかった。

「神谷さん。一つ、お願いを聞いていただけませんか？」

「——何でしょうか？」

「初めてお会いした方に失礼だということは重々承知していますけど、切羽詰まっているんです」

「私に何をしろと？」

「明日、もし道路が開通したら、朝霧高原にいる恋人に、私がこの宿の『霧の間』にいると伝えてはいただけませんか？」

「そんなこと——急に言われても……」

次の瞬間、深水弥生が相部屋を承諾した理由が見えてきた。相部屋をさせたことで恩を売り、こっちに今のことを言伝させる魂胆だったのではないだろうか？

いや、待て——。言伝を頼むなら、この宿の誰かに金を払って頼めばいい。宿の者も、宿泊客の頼みだから無碍《むげ》には断らないだろう。

では、どうして私に？

急に不安になってきた。何か犯罪に関係しているのではないだろうか。こっちが盲目だから、恋人の顔を知られることがないと考えているのではないだろうか？　恋人が犯罪者なら、深水弥生も犯罪者か？

止め処もなく負の想像が膨らんでいく。

無碍に断ったら、深水弥生が豹変《ひょうへん》して何かしてくるかもしれない。

まさか、こんなことになるなんて……。

知らず、手が震えていた。

考えなさい。この場を丸く収める方法を考えなさい。

内心で呟いて脳細胞を総動員したが、予期せぬ事態に思考は空回りするばかりだ。

「お願いします。私と彼の将来がかかっているんです」

深水弥生が尚も懇願する。

そうだ。引き受けるふりをすればいいのだ。それに、明日になれば電話が繋がるかもしれない。そうなれば、電話で用件を伝えればいいから恋人に会う必要もなくなる。しかし、恋人と深水弥生が犯罪者でなかった場合は？　本当に、やむにやまれぬ事情があってこっちに頼んでいるとしたら――。

それなら、頼みを聞いてやるのが人の道ではないか。たった一言、『深水弥生さんは本栖湖の白水荘にいます。霧の間に泊まっています』と伝えるだけなのだ。いずれにしても、この場は引き受けると言った方が得策だろう。あとでもう一度、どうするか考える。

「わ、分かりました――」

まず、安堵の溜息があり、涙声で「ありがとうございます」と続いた。

恋人の名前はサタケユウスケ。彼が泊まっている旅館はキウンカクだという。

「あのぅ、私、先に休ませていただいても？」

布団の中でじっくり考えたかった。彼女と面と向かっていては、心の内を見透かされそうな気がする。

「ええ――どうぞ」

「おやすみなさい」

千尋は布団に潜り込んだ。

※

鳥の声で目覚めた千尋は、上体を起こして耳を澄ました。

寝息が聞こえてこないということは、深水弥生は先に起きたか。「深水さん」と声をかけてみても返事はない。食堂で朝食を食べているのかもしれなかった。

それから顔を洗って朝食を済ませたが、深水弥生は部屋に戻ってこず、午前九時過ぎに電話が鳴った。

受話器を取ると女将からで、道路が開通したとのこと。だが、電話はまだ不通だそうだ。

電話が復旧していないとなると、朝霧高原のキウンカクまで行かなければならないが、それはできない。布団の中で、『サタケユウスケと深水弥生は犯罪に関わっている可能性が高い』と結論したのである。

どこに行ったか知らないが、深水弥生が戻ってくる前にここを退散しよう。そうすれば念を押されることもない。

手早く支度をした千尋は部屋を出た。

フロントに行くと、女将が精算をしてくれた。

「女将さん、本当にありがとうございました。相部屋の方によろしくお伝え下さい」

「かしこまりました。ところで、彼女とお話しされました？」

「ええ――楽しく」

社交辞令でそう言った。

「それはようございました。タクシーは呼んでありますから、道中お気をつけて――」

女将が玄関まで手を引いてくれた。

仕事だから当然といえば当然かもしれないが、彼女の親切が嬉しくてならない。妹にも献身的に尽くしているのだろう。一人っ子だから兄弟姉妹がいる友達が羨ましくなることがあるが、自分にもこんな姉がいればとつくづく思う。

タクシーに乗り込んだ千尋は、「人穴の盲導犬訓練センターまで行って下さい」と運転手に言った。

バスで人穴まで行っても電話は不通。停留所に着いたことをセンターの職員に伝えられない。

さあ行こう。新しい家族が待っている。

タクシーが走り出し、振り返った千尋は、玄関先で手を振っているだろう女将に向かって手を振り返したのだった。

それにしても、深水弥生はどこに行ったのだろう?

千尋はかぶりを振り、深水弥生のイメージを消し去った。少々罪悪感はあるものの、彼女の頼みは拒否すると決めたのだ。サタケユウスケとのことは彼女自身が何とかするだろう。元々、初対面の人間にあんな頼み事をする方がおかしいのだから——。

平和島事件

二〇一一年　十一月二十六日　土曜日　午前七時半
東京都大田区　グランビュー平和島九〇七号室

遺体を確認した辰巳啓介《たつみけいすけ》は、密かに一つ、溜息をついた。警視庁捜査一課の刑事なのだから殺しの現場が凄惨なことぐらい百も承知だが、この現場も、今まで目にしてきた現場に負けず劣らずの惨状だった。被害者《マルガイ》はこの部屋に住む富田真一《とみたしんいち》で、現在部下が、第一発見者となった男性二人から事情を訊いている。

遺体は仰向けで目は開いており、首筋には横一文字に断ち割られた大きな切創がある。大量の血で赤く染まった辛子色のセーターをはぐり、その下のシャツも捲ると三つの切創があった。一つ目は鳩尾《みぞおち》、二つ目は右腹部、三つ目は左胸。凶器はまだ発見されていない。

リビングには黒革張りのロングソファーが二つあって、大理石のテーブルを真ん中にして向かい合っている。テーブルの上にはノートパソコンとマグカップが一つ、リビング内は全く荒れていない。

テレビもテレビ台の上に鎮座しているし、サイドボード類の上に飾られている小物もどれ一つとして床に落ちてはいないから、マルガイが誰かと争ったとは考え難い。更に、腕にも防御創が見当たらないことから、不意を衝《つ》かれたとしか思えなかった。
顔見知りによる犯行の線が強いか――。
すると携帯が鳴った。第一発見者達に事情聴取している部下からだ。
「分かったか？」
《はい。目撃者二名の氏名は中村美智雄《なかむらみちお》さんと須藤和明《すどうかずあき》さん。二人は富田さんの釣り仲間で、三人は同じ釣りクラブにも所属しているそうです。特に中村さんは、富田さんが経営する『株式会社　富田工業』とも取引しているそうで》
《中村さんも会社経営者か？》
「はい。それに、現職の都議会議員でもあるそうです》
「ほぅ。それで？」
《二人は、『船釣りに出かけることになっていたから富田さんを迎えにきた。でも、いつまで経っても富田さんがマンションから出てこず、電話にも出ないから部屋に行ってみると、富田さんが血塗《ちまみ》れで倒れていた』と証言しました。中村さんによると、富田さんには息子が一人いて、この近所に住んでいるそうです。そんなわけで、『状況を知らせるべく真っ先に電話したが、息子は出なかった』とのことで》
「圏外にいるってことか？」

《いいえ。息子の携帯にかけてみたんですが、呼び出しはしています》
「その息子の家に誰か行かせろ」
《すぐに向かわせます》
「マルガイの女房については話したか？」
《はい。二年前に癌で亡くなったそうです》
だから中村は、真っ先にマルガイの息子に電話したということか。
「二〇三号室のマルガイについては？」
このマンションの住人がもう一人刺殺されているのだ。
《富田さんの義理の弟、つまり、亡くなった奥さんの実弟で、富田工業の常務取締役だと中村さんが証言を》
社長と常務が身内ということは、富田工業は一族経営なのかもしれない。
《発見したのは須藤さんです。中村さんが電話したそうですが、富田さんの息子同様全く出なかったため、須藤さんが直接二〇三号室に足を運んだと》
「身内は？」
《妻と二人暮らしだそうで、その妻は現在入院中。これから連絡します》
この凶報を聞かされた妻の嘆きは如何《いか》ばかりか。今日もまた、打ちひしがれた遺族に事情聴取しなければならないと思うと気が重い。
「分かった」

辰巳は二〇三号室に向かうべく玄関に向かったが、そこで立ち止まった。ドアノブにべったりと血が付着しているのだ。マルガイの血で間違いあるまい。犯人《ホシ》が、マルガイの血で染まった手を拭《ぬぐ》いもせずにドアを開けたのだろう。

エレベーターで二階に下りると、通路では鑑識職員達が犯人の遺留品探しをしていた。すぐそこの、開け放たれたままのドアが第二の現場か。通路側のドアノブには薄《うっす》らと、部屋側のドアノブにはべったりと血痕が付着している。

二〇三号室に入るや、無残な刺殺体が視界に飛び込んできた。遺体は下駄箱に寄りかかって足を投げ出しており、玄関のコンクリート床は文字通りの血の海だ。

遺体の向こうには部下がいて、顔を顰《しか》めながら制服警官と言葉を交わしていた。

部下がこっちに気付いて「ああ、班長」と言った。

「遺体の状態は？」

「首と背中を数カ所刺されてます」

「凶器は？」

「ありました。こっちです」

シューズカバーを着けて遺体を跨《また》いだ辰巳は、部下の背中を追ってリビングに入った。ここもフローリングだ。応接セットがあり、アルミサッシの傍に血が付着したサバイバルナイフが落ちている。

「どうしてこの部屋に凶器があるのかな？　遺体と随分離れているが」

「あれを追いかけてきたと思われます」

部下の視線を追うと右の壁沿いに大画面のテレビがあり、その向こうに何かあった。テレビが邪魔で全体像は見えないが、明らかに動物の後ろ脚と尻尾だ。数歩進んでテレビの向こうを見ると、首を切断された室内犬がいた。首と胴体は三十センチほど離れており、頭部の形態からチワワであると察しがついた。

「管理人によると、このマルガイは頻繁にチワワを散歩させていたそうです」

「じゃあ、あのマルガイの犬ってことだな」

「ええ。坊主憎けりゃ袈裟まで憎いじゃありませんが、マルガイを殺しただけでは飽き足らず、飼い犬も殺したんじゃないでしょうか」

「まあ、その可能性はあるな」

だとすると、入院中の妻は病を得たことで命拾いしたことになる。

「上の部屋で凶器は見つかっていないから、このナイフで上のマルガイも殺した可能性があるな」

「ところで、上のマルガイの状況は？」

「酷いもんだ」

辰巳は状況をざっと伝え、警視庁本庁に電話して係長に状況報告した。

携帯を切るなり、目撃者達に事情聴取をしていた部下が血相を変えて入ってきた。

「は、班長！　あっちから電話があって」

富田真一の息子の許に向かった部下からに違いない。この様子からすると、かなり拙《まず》い事態が起きたらしい。

「早く言え！」

「富田さんの息子が焼身自殺を図ったと――」

「何だと！」

「あっちに到着すると、すでに家は燃え盛っていたそうです。一戸建てだったみたいですね。それで隣の住人に事情聴取したところ、『富田さんが突然狂い出し、家に火を放った』と話したって言うんですよ」

「狂った？」

思わず部下に顔を近づけた。

「はい」

「ここはお前らに任せた。俺はその息子の家に行ってくる」

辰巳は外に出て、警察車輛に乗り込んだ。

一体何がどうなっているのか――。

第一章

1

二〇一六年　二月一日　月曜日
東京都大田区雪谷

包丁がまな板を叩く音で目覚めた槙野《まきの》康平《こうへい》は、大欠伸しながら伸びをした。味噌汁の匂いが漂ってくる。この匂いだと、具は玉ねぎか。

よく寝た——。

上体を起こしてサイドボードの上のメビウスに手を伸ばした。最後の一本を咥えて箱を握り潰し、それをゴミ箱に投げ捨てた。

ここ数日、浮気調査でずっと対象者に張り付いていたのだが、ようやく昨夜になって密会現場を写真に収めることができた。そんなわけで慢性睡眠不足に陥っており、帰宅するなり食事もせず、正に泥のように眠ったのだった。

煙を吐き出すや、依頼人の顔が像を結んだ。

あの日、彼女は背中を丸め、思い詰めた顔で事務所に入ってきた。そして、夫の浮気調査をして欲しいと言いながら、筋張って痩せた手を震わせていた。あの密会写真を見せたらどんな反応をするだろう？今日も泣きじゃくる依頼人を見ることになるかもしれない。

因果な商売だ――。

煙草を灰皿でもみ消した槙野は、頭を掻《か》きながら立ち上がった。

キッチンに行くと、髪をポニーテールにした麻子《あさこ》がガスレンジの前にいた。卵焼きを作っている。

「おはよう」

「あら」と言って麻子が振り向く。「おはよう。今、起こそうと思っていたところよ」

「俺、昨日は何時に寝たっけ？」

「九時前だったと思うけど」

壁掛け時計を見ると午前七時過ぎ、十時間もぶっ通しで寝ていたことになる。どうりで寝覚めが良かったわけだ。

「今日は早く帰れる？」

麻子が、卵焼きをひっくり返しながら尋ねた。

「多分な」

「じゃあ、外でご飯食べようか。テレビで紹介していたイタリアンレストランがあるのよ。美味しそうだったから」

「いいぞ」

「やった！」

「顔洗ってくる」

さっぱりしてキッチンに戻ると、すでに朝食ができ上がっていた。

麻子とは一年以上同棲してから結婚した。だから、新婚ではあってもその実感がない。とはいえ、どん底にいた自分が再び家庭を持てたのだから麻子には本当に感謝している。

朝食を平らげた槙野は手早く着替え、「行ってくる」の声を残して家を出た。

小雪が舞う中、白い息を吐きながら駐車場まで歩き、四度目の車検を終えたばかりの愛車に乗り込んだ。行先は、依頼人の自宅近所の喫茶店。昨日のうちに、『依頼人に写真と報告書を渡してから出社します』と所長には伝えてある。

槙野は四年前まで警視庁組織犯罪対策部の刑事だった。組織犯罪対策部の前身は捜査四課、通称マル暴と呼ばれ、暴力団関連の事件を専門に扱っていた部署である。まあ、名前は変われど職務内容は同じで、槙野は『組対』のメシを七年間食《は》んできた。しかし、人生は落とし穴だらけと言われる通り、不祥事を起こして警察をクビになり、ヘマをやらかした自分を責めながら第二の人生を模索した。そんな時、探偵事務所を開いていた元上司の鏡博文《かがみひろふみ》に拾われて探偵の道を歩み始めたのだった。

やがて目的地に到着し、不味いコーヒーを飲むうちに依頼人が現れた。まるで死刑執行を待つ囚人のように青ざめた顔をしている。これから、夫が浮気をしているかどうかが判明するのだ。気が気ではない心の内がひしひしと伝わってくる。

挨拶を終えた槙野は、報告書を収めたA4判の茶封筒をそっと差し出した。

「ご確認下さい」

だが、依頼人はすぐに封筒を手に取らなかった。じっとそれを見つめている。見るべきか見ざるべきか。そんな逡巡《しゅんじゅん》が脳裏を駆け巡っているのだろう。

そして遂に彼女の喉元が動き、唾を飲み込んだのが分かった。続いて封筒が、彼女の震える手に握られた。

最初に封筒から出されたのは写真の束だった。

瞬く間に彼女の顔が歪《ゆが》む。だが、その顔は涙に歪んだ顔ではなく、目が吊り上がった、怒りによって歪んだ顔だった。さっきまでの、か弱そうな面影は微塵《みじん》もない。

彼女は舌を打ち鳴らしたかと思うと、「許さない」の低い声を吐き出した。

依頼人の態度が豹変するのはよくあることだから驚かないが、この先、修羅場が訪れることは間違いない。刃傷沙汰《にんじようざた》にならないことを祈るばかりだ。

「ご依頼の件、これでよろしいですか?」

依頼人は強く頷き、「請求書を送って下さい」と言い残して席を立った。


事務所に顔を出すと、「おはようございます」の声が飛んできた。新しい事務員の高畑典子《たかはたのりこ》だ。歳は四十五、相変わらず今日も化粧が濃い。顔の造形が悪いから、せめて化粧でごまかそうと思う気持ちは痛いほど分かるものの、ものには限度というものがある。場末のゲイバーのオカマの方がまだましだ。去年の暮までは鏡の娘がアルバイトで事務をしていたのだが、就活が上手くいって大手証券会社から内定をもらったため、後釜として高畑を雇った。

「オハヨ」

「依頼人、どんな反応してました? 怒ってました?」

どうせ、近所の暇を持て余した主婦連中と井戸端会議を開き、ネタにするつもりだろう。

「当たり前だろ。夫の浮気を知って笑い転げる女房がいるか?」嫌味たっぷりに言い、「請求書、送ってくれとさ」と続けた。

「はいはい」

嫌味を言われたことに気付かぬようで、高畑が愛想よく返事をする。

鏡を見ると、応接セットに陣取って新聞を広げていた。

「所長。おはようございます」

「おう」鏡が新聞をテーブルに置いた。「昨日、お前が帰ったあとで仕事の依頼があった。そろそろクライアントがくる時間だ」

「素行調査? それとも浮気調査ですか?」

「どうだかな? 相手は女性で、詳しいことはこっちにきてから話すって言ってたが」鏡が高畑に目を向けた。「コーヒーの用意しといて」

「は〜い」

それからほんの数分して事務所のドアが開き、入ってきた人物を見た槙野と鏡は思わず顔を見合わせた。

白のニットキャップに大きめの黒いサングラス、いかにも仕立ての良さそうなキャメルのコートを纏った女性なのだが、ハーネスを装着した黒い大型犬が寄り添っているのである。明らかに盲導犬で、犬種はラブラドール・レトリバーというやつだった。

女性があらぬ方向に向かって「神谷と申します」と言った。

鏡が「依頼人だ」と告げ、立ち上がってその女性に歩み寄る。

まさか盲人が現れるとは思ってもおらず、槙野は盲導犬を見据えた。

「お待ちしておりました。所長の鏡です。さあ、どうぞこちらへ」

鏡が女性の手を取り、応接セットに誘った。

「ここにソファーがあります」

鏡の声に頷き、女性がコートを脱いだ。手探りでソファーに腰を沈めると、盲導犬が彼女の真横で伏せの姿勢を取る。

それにしても大した犬ではないか。鳴き声一つ上げず、微動だにしない。じっと飼い主の顔を見上げている。健気《けなげ》という言葉しか浮かんでこなかった。

「驚かれました？」と女性が言った。「目が不自由なことはお話ししておりませんでしたものね」

「ええ、まあ——」鏡が答えた。「ところで、名刺はどうしましょうか？」

「いただいておきます。家には身の回りの世話をして下さる方がいますから、名刺が必要になったらその方にお願いして読んでもらいますから」

「じゃあ、私も名刺を」槙野も名刺を出し、女性の手に握らせた。「調査員の槙野です」

「槙野さんは大きな方なんですね？」

「ええ、まあ——。一八八センチあります」

「やっぱり。手がとても大きいから、きっと立派な体格をされていると思いました」

「この男は甲子園にも出たんですよ。ピッチャーでね」

鏡が言うと、神谷千尋が声を弾ませて「まあ、それは凄い！」と答えた。

だが、大学在学中に肘を壊し、ピッチャーをお払い箱となって大学生活の半分近くを裏方で過ごした。とはいえ、甲子園出場という勲章はいつまで経っても色褪《あ》せないようである。こんなに驚いてくれるのだから。

そこへ高畑がコーヒーを持ってきた。だが、カップをテーブルに並べ終わっても立ち去らず、女性の顔を覗き込んだ。

「やっぱりそうだわ」

「どうした？」

鏡が問う。

「こちらの方、バイオリニストの神谷千尋さんですよぉ」

あの『盲目の天才バイオリニスト』と謳《うた》われる女性か！　インスタントコーヒーのコマーシャルにも出ている、日本を代表する音楽家だ。

鏡が彼女に顔を近づけた。釣られて槙野も身を乗り出す。

神谷千尋が頷き、「ええ。そうです」と言った。そしてキャップを脱いでサングラスも外した。カールしたダークブラウンの髪が肩に落ちる。

間違いなく神谷千尋だった。歳は食っているが、整った顔立ちは気品を感じさせる。

「口元の黒子《ほくろ》で分かりました！　私、あなたのファンなんです」

まるで少女のように、高畑が目を輝かせた。

まさか高畑に、バイオリンを聴くという高尚な趣味があるとは思わなかったが――。

「いや〜、驚きました。まさか、あの神谷さんが弊社にこられるとは――」

鏡も興奮気味に言う。

「探偵社を調べてもらったら、こちらが自宅から一番近かったものですから」

「そうだったんですか。さぁどうぞ、コーヒーを」

「いただきます」

「それにしても、利口なワンちゃんですね」

高畑が言う。

「ええ。この子は、いえ、今まで飼った盲導犬達も私の分身のような存在で――。この子はマリンという名でもうすぐ十歳になります。ですから、じきにお別れすることになるでしょう」

「お別れ？」

槙野が問う。

「リタイアするんです。盲導犬は死ぬまで働くわけではなくて、ある程度の年齢になったら盲導犬の余生を預かるボランティアの許に行きます。盲目の身では老犬の世話はできませんからね。本当はずっと一緒にいたいんですけど」

しばらく雑談し、ようやく鏡が本題に入った。

「それで、ご依頼の内容は？」

神谷千尋が居住まいを正した。

「二十五年前に一度だけ会った女性と、彼女の恋人の消息を摑んでいただきたいんです」

「二十五年も前？」

鏡が鸚鵡返《おうむがえ》しに問う。

「ええ。恋人の男性とは面識もありませんし、分かっているのは二人の名前だけです」

鏡が首筋を搔く。厄介な依頼を持ち込まれた時にする癖だ。二十五年といえば四半世紀、そんなふた昔以上前に一度しか会ったことのない女性の消息が摑めるだろうか——。男にいたっては面識もないときている。

「彼女の名前は深水弥生、恋人の名前はサタケユウスケ。深水は浅い深いの深に水、三月の弥生と書きますが、サタケさんはどういう字を書くか聞いておりません」

槙野は『深水弥生、サタケユウスケ』とメモした。

「深水さんとは本栖湖の白水荘という旅館で出会いました。白黒の白に清水の水、別荘の荘と書きます」

「知り合われた切っかけは？」

鏡が訊く。

「相部屋になったんです。あれは九月のことで、山梨県は台風の影響を受け——」

神谷千尋がその時の経緯と白水荘の女将について話し、コーヒーを飲み干した。

「なに分にも二十五年も前のことですので、宿泊した正確な日付は失念してしまって——」

「いくら商売とはいえ、その白水荘の女将さんは随分と親切な女性だったんですねぇ」鏡が言って顎を摩《さす》った。「人格者と言ってもいいですよ」

「その通りです。あの方の親切は今も忘れていません。なんでも、妹さんも目がご不自由だそうで、困っている私を放っておけなかったと話していらっしゃいました。まあ、そんなこんなで深水さんと相部屋になったんですけど、夕食を終えて部屋に戻ると頼み事をされたんです。『道路が開通したら、私がこの旅館の霧の間にいると恋人に伝えてくれないか。彼は朝霧高原のキウンカクに泊まっていて、名前をサタケユウスケという』と」

「キウンカクはどう書きます？」

槙野が訊いた。

「それも分かりません」

「ネットで調べてみましょう」メモを取り、「続けて下さい」と促した。

「どうしてかと彼女に問うと、『翌日はどうしても白水荘を離れることができないから』と涙ながらに懇願しました。あの時、電話も不通になって朝霧高原は陸の孤島状態でしたから」

「その依頼、受けられたんですか？」

鏡が訊いた。

「いいえ。どこか胡散臭《うさんくさ》いというか、それに犯罪の匂いもしたものですから、『引き受ける』と答えて約束を反故《ほご》に」

それから数分、神谷千尋はその時のやり取りを具《つぶさ》に話してくれた。

彼女が約束を反故にするのも無理はない。簡単な言伝とはいえ、普通、初対面の人間にそんなことを頼むか？　何らかの事情があったにせよ、厚かましいにも程がある。深水弥生とサタケユウスケは、本当に犯罪に関わっていたかもしれない。

「しかし、約束を反故にしたというのに、どうして今頃になって二人の消息を？　二十五年も経っているんですよ」

鏡が眉を持ち上げながら尋ねる。

「罪悪感です……」

神谷千尋が俯《うつむ》き、槙野と鏡は彼女の口が開かれるのを待った。

神谷千尋が洟《はな》を啜り、涙目で顔を上げた。

「罪悪感を抱くに至ったのは、二十年連れ添った主人を亡くしたからです。縁あって、私は昨年までフランスで暮らしておりました。共演したオーケストラのチェリストだった主人と結ばれ、彼の生まれ故郷であるリヨンに居を構えたからです。それからはそこを拠点として音楽活動を続けていたんですけど、主人が亡くなったことと両親も高齢となっていることから、日本に戻る決意をしました。帰国したのは昨年の秋です。

それからひと月ほどして、私が帰国したことを知った音楽関係者から、帰国コンサートツアーを開いて欲しいとのご要望があったんです。無論、引き受けました。そして全国十数カ所を回り、先日、甲府でもコンサートを。その時に二十五年前のことを思い出し、『あの親切な女将さんはどうしているだろう？』と。そう思うと、あの時のお礼を言いたくなって居ても立ってもいられなくなり、白水荘を訪ねることにしたんです。甲府と本栖湖はそれほど離れていませんからね。それでコンサートが終わった翌日、本栖湖に足を運んでみました。

それから地元のタクシーに乗って『白水荘まで行って下さい』と言うと、運転手さんが『白水荘は十年前に廃業した。女将さんも亡くなられたと聞いている』と仰って——。

まあ、そんなわけで肩を落とすと、ふと、深水さんのことが脳裏を過りました。先ほども申しましたが、あの時、彼女は涙ながらに『恋人に自分の所在を伝えて欲しい』と懇願しました。犯罪の匂いがしたせいで、私は彼女との約束を反故にしましたけど、もしも彼女達が犯罪と無関係だったら、私はとんでもないことをしたことになります。私のせいで、お二人が不幸の道を歩まれた可能性だってあるでしょう。

主人を亡くしたことで愛する人と引き裂かれる慟哭《どうこく》を経験し、それがどれほど悲しく辛いことかもこの歳になってやっと理解しました。どうしても恋人と会わなければならないのに、それが叶わない。深水さんもあの時、そんな辛い思いをし、だからこそ私に縋《すが》ったのではないかと思うと、申しわけなくて申しわけなくて……」

神谷千尋が指先で涙を拭った。

「ですから、深水さんとサタケさんが今どうしていらっしゃるのか？　もしご夫婦になられているのなら、あの時のことを謝罪したいと考えております。今のように、当時も携帯電話が普及していればこんな思いはせずに済んだのでしょうけど」

「もし、二人が別れていた場合は？」

神谷千尋が溜息をつく。言い淀んだのが分かった。

「どうしていいか分かりません。ずっと罪悪感に苛《さいな》まれて生きるしか――」

「万が一、別れていたとしても、あなたのせいでそうなったとは限りませんよ。男女の仲ってのは神様の領域ですから」鏡が慰める。「分かりました。そのご依頼、お引き受けします」

神谷千尋が笑みを浮かべた。

「ありがとうございます」

「槙野。すぐに調査を始めろ」

「はい」

いつもながら簡単に言ってくれる。いずれにしても、白水荘が廃業したのは痛い。女将も死んでいるから、宿泊者名簿が見つかるとは思えないのだ。となると、サタケユウスケという男性が泊まったという、朝霧高原のキウンカクに行くしかないか。個人情報保護法があるから電話で尋ねるというわけにはいかないのである。厄介な法律だとつくづく思う。それ以前に、二十五年も前のことだから一筋縄ではいかないような気もしてきた。

「じゃあ、神谷さん。調査料金の説明を」

鏡が商談に入り、槙野は二人のやり取りをじっと見守った。

それから間もなくして話が纏まったが、さすがに世界的なバイオリニストである。調査費用は幾らかかってもいいという。

「ところで神谷さん。バイオリンって高いんでしょ？　ストラップ何とかっていうのがあるとか」

鏡が興《きょう》味《み》津々《しんしん》といった顔で訊く。

「ストラディバリウスのことですね」

神谷千尋が笑う。

「そうそう、そのバイオリンです」

「私のバイオリンもそうですけど、ストラディバリウスの中では安い方です」

世界の名器と謳われている、三百年近くも前のバイオリンだ。

「お幾らなんです？」

「二億円です」

あっさり言われ、槙野と鏡は口をポカンと開けた。金銭感覚のレベルが違う。向こうにいる高畑はというと、同じく口をあんぐりと開けていた。

神谷千尋が帰り、槙野は早速、朝霧高原に出向くことにした、だが、これから行けば日帰りというわけにはいかない。自宅に帰り、宿泊準備をしてから出発だ。

自宅に帰ると麻子が目を丸くした。

「どうしたの？　こんな時間に帰ってくるなんて」

「これから出張だ」

「え～！　イタリアンはなし？」

「悪い、今度な」

「どこに出張？」

「朝霧高原だ」

麻子が上目使いで見る。

「どうした？」

「いいなぁ。旅館に泊まって懐石料理食べるんでしょ」

「んなわけねぇだろ。泊まるのは民宿だ。そんなことより、泊まりの支度をしてくれ」

「はぁい」

麻子が尚も、「いいなぁ」とぼやきながら寝室に入って行った。

実は民宿には泊まらない。麻子が羨ましがるといけないから嘘をついた。何故なら、個人情報保護法があるからだ。どこの馬の骨とも分からない探偵に、法律を無視して個人情報を提供してくれるお人好しがいるとは思えない。だが、宿泊客の頼みなら無碍《むげ》には断れないだろう。この不況のご時世で旅館業はどこも火の車というから、宿泊を餌にすればきっと教えてくれるに違いない。インターネットで調べたところ、キウンカクは輝く雲に楼閣の閣と書く老舗旅館だそうで、一泊三万円から。料理は京懐石だそうだ。

軽く食事をしてから家を出た槙野は、ボストンバッグを車の後部座席に放り込んだ。それからリアゲートを開け、トランクスペースに積んであるはずのタイヤチェーンの確認をした。何といっても、これから向かうのは真冬の朝霧高原なのだ。

運転席に乗り込んでカーナビを作動させ、最寄りの首都高速の入り口に進路を取った。

首都高速高井戸インターから中央自動車道に入り、二時間ほど走って甲府南で降りた。そこから国道三五八号線で精進湖まで行き、次に一三九号線を使って本栖湖を右に見ながら進む。そして時折富士山を眺めつつ、午後五時前に朝霧高原に到着した。

輝雲閣はすぐに見つかり、駐車場に愛車を止めた槙野は運転席から出て腰を叩いた。さあ、交渉開始だ。二十五年前の宿泊者名簿を見せてくれればいいのだが――。

立派な門の奥には数寄屋造りの玄関があり、いかにも歴史と風情を感じさせる。飛び石を踏みしめて玄関に辿り着き、左に見えるフロントカウンターに向かって「ごめんください」と声をかけた。すぐに「はい」と返事があり、着物姿に纏め髪の中年女性が出てきた。間違いなく正絹《しょうけん》の帯と着物で、柄も凝っている。この女性が女将に違いない。

「ご予約の方ですか？」

「いいえ。飛び込みなんですけど、部屋、空いてます？」

「これはこれは、いらっしゃいませ。女将でございます」

やはり女将だった。そこはかとなく色香も漂っている。

女将が正座し、三つ指をついて深々と頭を下げた。

「お部屋は空いてございます。どうぞお上がり下さい」

平日の、しかも月曜日だ。まず空いていると思ったが、案の定だった。

「一泊三万円からとなっておりますが、どのようなお部屋がよろしいでしょうか？」

「その前に、ちょっとお尋ねしたいことが――」

「何でしょう？」

女将がきょとんとして槙野を見上げる。

「私の知人にサタケユウスケという人物がいるんですが、彼は以前、『朝霧高原の輝雲閣に宿泊したことがある。素晴らしい宿だった』と話をしていました。それで今日、たまたまこの近くで商談があったものですから、話のタネにこちらに泊まってみようかと思ったんです」

「あら、左様《さよう》でございますか」

「サタケさんが泊まった部屋に私も泊まりたいんですが、その部屋が空いてますか？」

「どのお部屋に泊まられたか調べてまいります。サタケ様はいつ、当方をご利用になられたのでございましょう？」

「え〜と、二十五年前の九月と言ってました」

「えっ！　二十五年前！」

女将が目を泳がせる。

「そうです」と平然と答えた。

「あのぅ。二十五年前の宿帳となりますと、見つけ出すのに少々お時間が――」

ということは、宿帳は残っているということだ。まあ、ちゃんとした旅館なら長く宿帳を保管していて当たり前か。

「お客様、他のお部屋は如何でしょうか？　どのお部屋も眺めは抜群でございますが」

サタケが宿帳に記帳した内容が知りたいのだ。何が何でも探させる。

「ダメです。彼が泊まった部屋から見える富士山をこの目に焼き付けたい」

断固とした口調で言い切った。

厄介な客がきたと、女将の顔に書いてある。だが、月曜日に舞い込んできた客を逃がす気はないようで、彼女は一つ頷いた。

「かしこまりました。では調べてまいります。そちらの応接セットでお待ち下さい」

「どうも」

女将が通りかかった仲居を捕まえ、「こちらのお客様にお茶をお出しして」と命じて奥に引っ込んだ。

それからたっぷり十五分、いい加減に痺れが切れてきたところで女将が戻ってきた。手には宿帳らしきものを持っている。どうやら、倉庫の奥にしまい込んでいたようだ。でなければ、宿帳一つ探すのにこんなに時間は食わないはずである。まずは記録が残っていることに安堵した。しかし、女将の表情がどこか冴えない。

「あのぅ。サタケ様がご宿泊なさったのは、確かに二十五年前の九月でございましょうか？」

「そう聞いてますが」

「お調べしたところ、一九九一年の九月にサタケ様がご宿泊された記録が見つからないんですけど」

「ない？」

「ええ」

女将が年季の入った宿帳を見せてくれた。表紙には『平成三年（一九九一）』と書かれているが、佐竹の記録を探すのに一生懸命で、個人情報保護法のことが頭から消えているようだ。

九月の記録を見てみたが、やはり佐竹の名前がない。

どういうことだ？　まさか、神谷千尋が年を間違えているのではないだろうか？　何といっても四半世紀も前のことだから、一年やそこら年が前後している可能性もある。

「女将さん。ご苦労ついでに平成二年の九月と平成四年の九月の宿帳も調べてくれませんか？」

女将が会釈し、また奥に引っ込んだ。

だが、今度はすぐに戻ってきた。宿帳を二冊持って。

「女将さん。一冊貸して下さい。手分けして探しましょう」

半ばぶん盗《ど》るようにして宿帳を摑み、平成二年の九月の記録を調べていった。そしてようやく、『佐竹裕介』の名前を見つけた。やはり神谷千尋の記憶違いだったのである。一年ずれていた。

横で宿帳を睨みつけている女将に気付かれないよう、槙野は座っている位置を変えて女将に背を向け、佐竹裕介が記した情報を手早く手帳に書き写した。

『佐竹裕介、二十八歳。会社員。住所・東京都大田区羽田〇〇—〇〇メゾン羽田三〇五』

これで一つ前進だ。

それからわざとらしく、「あ〜！　あった！」と声高に喜んでみせた。

「ありましたか！」

「はい。ここに！」

開いたページを女将に向け、佐竹の記帳を指差した。

「ああ。『華厳《けごん》の間』にお泊まりだったんですね。当館でも指折りのお部屋です」

「一泊幾らです？」

「税、サービス料込みで六万四千八百円になります」

「六万……」

女将にここまでさせて、今更もっと安い部屋にしてくれとは言い難い。だが、神谷千尋に何と説明すべきか——。

まあいいか。『経費は幾らかかってもいい』とお墨付きをもらっているのだ。この際だから、豪華な部屋というものを拝ませてもらうことにした。

華厳の間は二階の東奥にあり、造りは八畳と六畳で凝った細工の龍の欄間《らんま》まであった。六畳間が寝室だそうで、八畳間が居間といった趣《おもむき》である。八畳間の奥は二畳ほどの板の間で、そこに座り心地の良さそうな革張りの一人掛けソファーがテーブルを挟んで向かい合っている。更に室内にも露天風呂が設《しつら》えられており、満々《なみなみ》と張られた濁《にご》り湯から湯気が立ち昇っていた。

それにしても、当時はまだ二十八歳だった佐竹がこんな高級な部屋を取ったとは——。職業は会社員と書いてあったが。

「お食事はいかがいたしましょう？　いつでもご用意できますが」

もう腹ペコだが、やはりひとっ風呂浴びたい。

「じゃあ、一時間後に、それと、雪見酒を——」

室内に露天風呂があるから誰にも遠慮はいらない。

「かしこまりました。すぐにお持ちいたします」

女将が去り、槙野は鏡に電話した。
《無事着いたか？》
「はい。佐竹裕介のデータも手に入れました。当時二十八歳ですから、現在は五十四歳」
《どうしてだ？　二十五年前なら五十三歳だろ？》
「それがね、依頼人の記憶違いだったんですよ」
槙野は事の経緯を説明した。
《四半世紀も前のことを具に覚えていたのに、一九九〇年と一九九一年を間違えるなんてなぁ》
「人間誰でも勘違いはありますからね。でも、佐竹の素性が分かって何よりでした」
《住所はどこだ？》
「東京です。大田区の羽田でした。今でもそこに住んでるといいんですけど」
《ご苦労だったな。飲み過ぎるなよ》
「はい」

※

二月二日　火曜日　午前十時――。
大枚六万四千八百円を払った槙野は、「またの御出《おい》でをお待ちしております」という女将に会釈し、少々二日酔いの頭を抱えて車に乗った。昨夜は雪がちらついていたというのにフロントガラスもテールガラスも綺麗なものだ。宿の従業員が溶かしてくれたに違いなかった。まあ、六万円以上もふんだくられたのだから、それぐらいしてもらってもバチは当たらないが。

甲府に向かって少し走ると土産物屋の看板が見え、そこで事務所用と麻子用の土産を調達した。

そのうち本栖湖が見えてきて、白水荘のことが頭に浮かんだ。

廃業していなければ深水弥生の消息が摑めたかもしれないのに——。

できることなら、佐竹裕介と結ばれて、今も夫婦でいて欲しい。そうなら今回の依頼はそれで終了ということになり、これほど楽な仕事はないのである。おまけに高級旅館に泊まって美味い物もたらふく食えた。

甲府に着いたのは昼過ぎ。二日酔いも癒《い》え、道路沿いのラーメン屋でチャーシューメンを食べた。

食後の一服をしながら昨日のメモを見る。

佐竹裕介の住所は大田区の羽田。ここからだと二時間半はかかるだろう。


予想通り、首都高羽田出口を出たのは午後三時過ぎだった。それからカーナビを頼りに一般道を走り、やがて小綺麗《こぎれい》な高層マンションに辿り着いた。メモに認《したた》めた住所は『メゾン羽田三〇五号室』だが、目前のマンションの名称は『レジデンシア羽田』になっている。ということは、建て替えたということか。

これは厄介だ。佐竹は引っ越したことになる。槙野は舌打ちして携帯を握った。この先は鏡の出番である。

《おう。今どこだ？》
「羽田です。佐竹は引っ越していましたよ。例のやつ、お願いできませんか」
蛇の道は何とかと言うように、こっちも探偵社なのだから個人情報を提供してくれるそれなりのルートを持っている。そのルートに多くの公務員が関与して小銭を稼いでいることは公然の秘密た。
《しょうがないな。佐竹の詳しいデータを言え》
「はい」
名前に使われている字と年齢、元の住所を伝えて携帯を切り、車に戻って鏡からの返事を待った。転寝《うたたね》するうちに携帯が鳴り、槙野は眠い目でディスプレイを見た。鏡からだ。あれから二時間経っていた。
「分かりましたか？」
《厄介なことになったぞ》
「え？」
《佐竹は死んでる。二〇一一年の十一月だ》
「十一月ということは」槙野は指を折った。「四年と三カ月も前ってことですか」
本当に厄介だ。佐竹が死んだのなら深水弥生のことも分からない。いや、待て。佐竹に家族がいれば、深水弥生のことを佐竹から聞かされているかもしれない。
「佐竹の家族は？」
《父親は三十二年前、母親は十一年前、姉は二年前に死んでいて、生きてるのは女房だけだ。子供も

いない》
「その女房って、まさか」
《残念ながら深水弥生じゃない》
「ということは、深水弥生と別れたってことですね。それなら彼女は、今は別の誰かと結婚しているかもしれないから、当然、姓も変わっていますよね」
《ああ》
「とりあえず、佐竹の女房に会ってみます。住所は？」
《大田区平和島だ》
平和島ならすぐそこだ。二十分もあれば行けるだろう。
槙野は住所を書き留めた。『平和島〇〇—〇〇。グランビュー平和島二〇三号室』
運悪く渋滞に捕まったせいで、予定よりも十分余り余計にかかって目的地に到着した。
グランビュー平和島は十二階建てのマンションで、幸いなことにエントランスはオートロックではない。二階ならエレベーターを使うまでもなく、階段を駆け上がった。
通路を歩きながら表札を確認すると、二〇三号室には確かに『ＳＡＴＡＫＥ』と書かれた表札があった。在宅ならいいのだが——。
いてくれよと願いつつ、インターホンを押す。
幸いすぐに、女性の声で「はい」と返事があった。
「佐竹裕介さんの奥様でしょうか？」

《そうですけど》
本人だ。少しハスキーな声である。
「突然お伺いして申しわけありません。私、鏡探偵事務所の槙野と申します」
《探偵事務所！》
佐竹の妻の声が裏返った。無理もない。殆どの人間は、探偵などという人種は小説かテレビドラマの中の住人と思い込んでいる。事実、今までに自己紹介して驚かなかった人物はゼロだ。
「ええ。ご主人のことで少しお話を聞かせていただけないかと」
《主人は亡くなりましたけど》
「それは分かっていますが——」
《殺されたこともですか？》
「殺された？」
一瞬、何を言われたのか理解できなかった。全く予想もしていなかった答えである。
《はい、この部屋で——。それで、主人の何を話せと？》
「二十六年前のことなんですが、深水弥生という女性とお知り合いだったようなんです。我々はその女性を探しておりまして——。今は結婚されているかもしれませんから姓が変わっている可能性もあるんですが——。お心当たりは？」
《存じません》
打てば響くといったタイミングで返事があった。

《二十六年前なら主人と出会ってもいませんでしたから。もういいでしょう。お引き取り下さい》
警戒心を抱かせてしまったか。だが、またもや厄介なことになった。佐竹の妻までが知らないということは、深水弥生に繋がる糸が完全に切れてしまったことになる。彼女が宿泊した白水荘も廃業して久しいし、そこの女将も死んでいる。だが、あの鏡が簡単に白旗を上げるだろうか。何としてでも深水弥生の消息を摑めと、理不尽な命令をするに決まっている。
それよりも、まさか佐竹が殺されていたとは――。
外に出て鏡を呼び出し、重たい気分で佐竹の妻の証言を伝えた。
《殺されただと！》
「ええ」
《佐竹が事件に巻き込まれていたとはな――》
「もう、深水弥生には辿り着けそうにありませんよ」
《バカ野郎。諦めるな》
やっぱり言った。
「んなこと言ったって――」
《佐竹の女房が真実を言ったとは限るまい？　どこの馬の骨とも分からない探偵がいきなり訪ねてきて、しかも、旦那の昔の女のことを持ち出したら、普通は警戒するだろ》
「それはそうですけど、『本当のことを話せ』なんて恫喝《どうかつ》できませんよ。相手は一般人で、チンピラじゃないんですから」

組対時代は日常茶飯事でチンピラを締め上げていたが、今やこっちも一般人だ。

《ぶつくさ言う前に、知恵を絞って何とかしろ。クライアントにこんな中途半端な報告をしたら、うちの沽券《こけん》にかかわる》

無茶言うな――。

《お、新規の依頼人《おきやく》のようだ。切るぞ》

鏡が一方的に電話を切り、槙野は顔を顰めて携帯をしまった。現役の刑事時代からそうだったが、あの男は言い出したら聞かない。何とかしないといけないが――。何かいい考えはないか？

そうだ！　何かの参考になるかもしれないから、佐竹が殺された事件を調べてみるか。とはいえ、携帯はインターネットに接続していないガラケーだから、自宅に帰るか図書館に行かなければ調べられない。考えた末、最寄りの図書館に出向くことにした。

早速、高畑を呼び出す。

《鏡探偵事務所です》

「槙野だけど、平和島から一番近い図書館の住所を調べてくれないか」

しばらく車を走らせて図書館に到着した槙野は、まず、パソコンを借りて事件の検索をした。すると幸いというか、二〇一一年に平和島で起きた殺人事件は一件だけで、その事件名から過去の記憶が蘇った。

平和島事件――。あの事件か！

マスコミが大騒ぎして報道合戦をしていたが、確か、犯人は焼身自殺したはずだ。では、佐竹があの事件の被害者ということか。

佐竹で思い出したが、神谷千尋は佐竹が輝雲閣に宿泊した年を一年間違えていた。それは事実だったから改めて確認するまでもないが、インターネット検索をしているところだし、ついでに、一九九〇年の九月に山梨県が台風被害に遭ったかどうか調べることにした。

結果、確かに一九九〇年の九月に発生した台風二十号が、関東地方に大きな被害を齎《もたら》していた。

立ち上がった槙野はカウンターに行き、平和島事件が起きた時期の、新聞の縮刷版貸し出しを司書に申し出た。そして、提出された新聞の束を小脇に抱えて空いているテーブルに陣取った。

あった！　平和島事件の記事だ。

被害者名に『佐竹裕介』の四文字がある。被害者は二人で、もう一人は佐竹の義理の兄だ。名前は富田真一。犯人は富田の一人息子の修造で、二人を殺害後、自宅に火を放って焼身自殺したとある。

だが、記事のどこにも深水弥生の名前がない。

それから一時間ほどかけて全紙に目を通したものの、深水弥生の名前はどの新聞にもなかった。彼女は平和島事件と無関係ということか。いや待て、たとえそうだったとしても、捜査の過程で深水弥生の名前が挙がった可能性はある。とすると、平和島事件を捜査した人物に話を訊くしかない。

瞬く間に、ある女性の顔が浮かんだ。幽霊画事件で知り合った、警視庁捜査一課に籍を置く恐ろしく危ない美形の女刑事である。彼女なら、記事になっていない細かなことまで耳に入っているかもしれない。あれから会っていないが、元気にしているだろうか？

携帯が振動し、思い浮かべていた女刑事の顔が消え去った。麻子からだ。席を離れて外に出る。

「どうした？」

《さっき、義母《おかあ》さんから電話があったんだけど》

「お袋、何だって？」

《もうすぐ義兄《おにい》さんの誕生日だから、一緒にお祝いしないかって》

すっかり忘れていたが、確かに今月の十四日は兄の誕生日だ。

「ここんとこお袋に顔見せてねぇし、仕事がなけりゃ行ってもいいけどな——。分かった、俺から電話しとく」

《今日、遅くなる？》

「いや、これから帰る」

携帯を切り、母と兄の顔を思い浮かべた。父に先立たれて一人身となった母は、数年前に千葉県館山市の家を売り、今は埼玉県和光市の兄の家で暮らしている。

第二章

1

同、二月二日――

東京都渋谷区代々木

降りしきる雪の中、河川敷の道を歩いていた。人っ子一人姿は見えず、積もった雪に吸収されているのか、辺りはしんと静まり返って何の音も聞こえない。

歩き続けるうちに鉄橋が見え、微かに誰かの声も聞こえてきた。

女性だ。いや、男性の声も混じっている。

耳を澄ます。

女性が泣いている?

嫌な予感が頭を擡《もた》げ、声のする方に向かって駆け出した。

近づくにつれて声も大きくなり、気が付くと鉄橋の真下にいた。目を凝らして首を巡らせると、闇の中で動くシルエットがあった。

助けて――。誰か助けて――。

女性の絞り出すような声を聞くや、まるで金縛りに遭ったかのように身体が動かなくなった。指先一つ動かせず、瞬きさえもままならない。

突然、闇が照らされて男女の姿が顕《あらわ》になった。衣服を引き裂かれた女性が男に馬乗りになられていて、女性は「助けて！」と懇願しながら手足をバタつかせている。

女性の顔を認識した瞬間、心臓が大きな鼓動を打ち鳴らした。

お姉ちゃん――。

男が姉の右腕を掴んで絞り上げ、右腕は鈍い音とともにあらぬ方向に折れ曲がった。

姉の放った絶叫が闇を引き裂き、男の口元が綻《ほころ》んだのが分かった。

やめろ！

だが、声さえ出せず、もどかしさに血が出るほど唇を強く噛む。

この男は誰だ？

不思議なことに、男の顔だけが闇に閉ざされているのだった。

男が姉の両足首を持ち、脚を開いて陰部に舌を這《は》わせた。

「やめてぇ！　お願い！」

姉が泣いて懇願するが、男はその動きをやめようとしない。

声も出せず、身体も動かせず、この光景から目を背けることさえできない自分が呪わしい。

男が自分の手に唾を吐き、それを姉の陰部に擦りつける。姉は尚も抵抗を続けるが、男の放ったパンチで動かなくなった。

やがて、男の腰の動きと連動して、姉の身体も動き始める。

男は腰を動かしたまま姉の首を両手で掴み、瞬く間に姉の顔が鬱血《うっけつ》していった。

バタつく姉の四肢が苦痛の凄まじさを物語っているが、こっちは一歩たりとも動けない。やめてくれ！　と願う以外に術はなく、いつしか姉の四肢は動かなくなっていた。

するとと何者かの力で身体が後方に引っ張られ、姉との距離が遠ざかり始める。

やめろ！　放せ！


――


何者かに向かってそう叫んだ刹那、聞き覚えのあるメロディーが聞こえて目が覚めた。携帯の着メロだった。上体を起こして壁掛け時計を見ると、短針と長針は午後十時を指そうとしている。

携帯の着メロが『早く出ろ』とばかりに鳴り響き、東條《とうじょう》有紀《ゆき》はベッドを離れてリビングに足を向けた。呼び出しだろうか？　そうなら待機態勢の終了を意味し、また捜査漬けの日々が始まる。

テーブルの上の携帯を掴むと、知らず眉を持ち上げていた。意外過ぎる人物からだ。元組織犯罪対策部の刑事で、今は探偵をしている槙野康平だった。

通話ボタンを押して「はい」と答え、ソファーに腰を沈めた。

《元気か？》

「何とか」

《忙しいところを悪いんだが》

「忙しくありませんよ。現在は待機態勢中で、二日ほど定時帰宅させてもらっています」

《そいつは何よりだ。じゃあ、今は恋人の腕の中ってとこか？》
相変わらず冗談が好きな男だ。
「いいえ。恋人の家にはいますけど、本人の帰りを待っているところで」
《やっぱ恋人がいるのか。そうだよな、あんたみたいな美形を放っておく男はいないだろうから》
恋人は男ではないが――。槙野がそう思うのは当たり前だ。こっちが性同一性障害者で、女性しか愛せないことを知らないのだから。
「ところで、どうした風の吹き回しです？　私に電話してくるなんて」
《実は頼みがあって――。四年余り前に平和島で起きた殺人事件のことなんだが、覚えてるか？》
「平和島？」
《ああ。犯人は焼身自殺した》
思い出した！　あの事件だ。被疑者死亡のまま書類送検されたはずだが――。
「平和島事件でしたね」
《そうそう、あの事件の詳細を教えてもらいてぇんだ。厚かましいとは思うんだが、そこを何とか》
槙野には借りがある。幽霊画事件が解決を見たのも槙野がいてくれたからだ。まだ捜査中の事件ならさすがに協力してやれないが、平和島事件の捜査は疾《と》うの昔に終わっている。協力しても問題ない。
「分かりました」
《ありがてぇ！　それでな、もし、調書に深水弥生という女のことが書かれてあったら、その女の住所も突き止めてもらえねぇか》

「どんな字です？」
《浅い深いの深に水、弥生は三月の弥生だ》
「明日にでもご返事します」
《すまねぇ。待ってる》
　電話を切り、さっきの夢を思い起こした。毎年、姉の恵《めぐみ》の命日が近づく度に同じ夢を見る。恵が惨殺された時の解剖所見が潜在意識下でイメージ化されたのだろう。そこにはこう書かれていた。『被害者の死因は頸部圧迫による窒息死。右肘関節骨折と左肩関節脱臼の他、体中に残る無数の擦過傷と内出血痕は、激しい暴行を受けたことによるものだと推察する。また、膣内には加害者のものらしき体液が残されており、血液型はB型。以上を以《もっ》て他殺と断定する』と。遺体安置室で横たわる恵の頬には涙の跡がくっきりと残っており、それが脳裏に焼きついて今も離れない。
　溜息をつくやインターホンが鳴った。友美《ともみ》が帰ってきたようだ。

※

　二月三日　水曜日――

　警視庁に登庁した有紀は、自分が所属する捜査一課第四強行犯捜査第八係の刑事部屋に足を向けた。

　刑事部屋のドアを開け、むさ苦しい他班の連中に挨拶しつつ、二班のテリトリーである東奥のスペースに進む。すでに班長の長谷川《はせがわ》が登庁していた。

「班長。おはようございます」

「おう」

長谷川が手を挙げてみせた。

「昨夜、珍しい人物から電話がありましたよ」

「誰だ？」

「槙野さんです」

「元組対の、あの槙野か！」

「ええ。頼みがあると言って」

昨夜の話を伝えると、「あの事件の詳細を知りたいってか？」と長谷川が言った。

「構わないと答えたんですけど」

長谷川が頷く。

「探偵業も大変だな。調べてやれ、あいつには借りがある」

「はい」

有紀はデスクに着き、ＰＣを立ち上げて事件データバンクにアクセスした。『平和島事件』とキーボードを叩く。

すぐに調書がＵＰされた。

事件を担当したのは捜一第三強行犯捜査第七係の辰巳班。坊主頭でいつも眉間に皺を寄せている辰巳の顔を思い浮かべた有紀は、調書を読み始めた。

事件が起きたのは二〇一一年十一月二十六日。被害者はグランビュー平和島九〇七号室に住んでいた富田真一（五十五歳）と、同マンション二〇三号室に住んでいた富田真一の義弟の佐竹裕介（四十九歳）。犯人は富田真一の一人息子の富田修造《しゅうぞう》（三十歳）。

富田真一と佐竹裕介の死亡推定時刻はほぼ同時刻、午前五時から午前六時の間。富田真一の第一発見者は、富田真一の釣り仲間である中村美智雄と須藤和明。二人はこう証言している。

『船釣りに出かけることになっていたから富田さんを迎えにきた。でも、いつまで経っても富田さんがマンションから出てこず、電話にも出ないから部屋に行ってみると、富田さんが血塗れで倒れていた』と。

二人は即座に救急車を呼び、その後、殺害されている佐竹を須藤とマンションの管理人が発見したとある。佐竹の部屋には首を切断されたチワワの遺体と凶器のサバイバルナイフが残され、その状況から、富田修造は先に父親を襲い、次に佐竹を襲ったと断定された。

富田真一が先に襲われた証拠は他にもある。ドアノブだ。富田真一の部屋のドアノブは内側だけしか血痕が残されておらず、検査でも、その血痕が富田真一のものであることが証明された。そして佐竹の部屋のドアノブにも血痕が残っており、通路側のノブに付着していた血痕は富田真一のものだった。富田修造が先に佐竹を襲ったのなら、佐竹の部屋のドアノブの通路側に富田真一の血痕が残されているのは理に合わないし、富田真一の部屋のドアノブの通路側にも、佐竹の血液が付着していなければ不自然だ。

画面をスクロールして次のページに移った。富田修造に関する調書。

十一月二十六日の午前七時過ぎ、富田修造の家の隣の住民が、富田の家から聞こえてきた殆ど騒音と言っていいような大音量の音楽に驚き、二階から富田の家を見たという。すると、富田が庭で椅子に座っており、突然奇声を発したかと思うと立ち上がって踊り出し、そのまま家に駆け込んだそうである。そして、その直後に一階から出火。富田は家の中でずっと奇声を発し続けており、火は瞬く間に燃え広がったとのこと。結局、家は全焼し、焼け跡から丸焦げになった富田の遺体が発見された。解剖もされたが不審な点はなく、薬物も検出されていない。だが、その後の捜査で、富田修造には精神科の通院歴があることが判明。

有紀は被害者二人と富田修造の検死結果に目を通した。

富田真一の傷は四カ所。首筋に横一文字に断ち割られた大きな切創が一つ、鳩尾に一つ、右腹部に一つ、左胸に一つ。左胸の傷は心臓にまで達している。防御創はゼロで背中には電流痕が残っていた。佐竹に残されていた切創は首に一カ所と背中に三カ所。首の傷の深さは一二センチもあり、これが致命傷と断定されている。佐竹にも防御創がなく、左肩甲骨の辺りに電流痕が残っていた。このことから、『二人とも不意を衝かれてスタンガンを押し当てられ、気絶しているところを刺された』と監察医は結論している。

富田真一は、まさか息子に襲われるとは考えもせず、叔父の佐竹も、甥に襲われるとは微塵も思わなかったから安心して修造に背中を見せたのだろう。

次に有紀は、凶器のサバイバルナイフについての調書を読んだ。

刃渡りは一七センチで最大刃幅は五センチ。かなり大きなナイフで、製造会社はアメリカのシアトルにある。ネットで通信販売もしている量産型とのことだから、富田修造もネットで入手したとみられている。遺体の傷の照合を試みたところ、どの傷もこのナイフによってできた傷であることが判明。ナイフの柄には富田修造の指紋が残されており、ナイフ全体にも被害者二人の血液と犬の血液が付着していたそうである。富田修造はまず父親を襲い、次に叔父の佐竹を襲撃。更に、佐竹の飼い犬の首を切り落としたことになる。

また、富田修造がグランビュー平和島に設置されている防犯カメラに捉えられている。アポロキャップを目深《まぶか》に被り、ボディーバッグを身に着けていたという。『午前四時五十分、俯き加減でエントランスに入り、二十分後の午前五時十分にエントランスを出て行った』と調書にある。だが、出て行く時は、入ってきた時には着ていなかったジャケットを着ていたそうで、捜査本部は、返り血を隠すために父親のジャケットを奪ったのだろうと結論している。

何とも陰惨な事件だが、深水弥生に関しては一切書かれていない。槙野は何を調べているのだろう？有紀は調書の要点をメモしたが、今は待機態勢中で手持無沙汰《てもちぶさた》だ。ついでに、事件を担当した辰巳にも話を訊いてみることにした。調書に載らないような雑事もあっただろうから、深水弥生の名前に心当たりがあるかもしれない。無論、辰巳が暇ならの話だが。

受話器を摑もうとすると、二班のメンバー達が続けて登庁してきた。最年長の楢本《ならもと》、警察学校の同期で腐れ縁の内山《うちやま》、後輩の元木《もとき》だ。

内山が有紀のＰＣを覗き込んできた。

「何だ？　待機態勢中だってのに、他班が片付けた事件のおさらいか？　物好きな女だな」

「ほっといて」

内山が隣のデスクの椅子を引き、大股を広げてだらしなく座った。

「あ〜、今日も何事もなく過ぎてくれねぇかなぁ」

「平和が何よりですからね」

正面のデスクに座った元木が言う。

「そういうこと。世の中が平和なら、被害者になる人間も出ないし加害者になる人間も出ない。それはつまり、東條が犯人を撃ち殺すこともなければ半殺しにすることもないってことだ」

また始まった。何かにつけて嫌味な男だ。

有紀は二年前、戦没者遺族年金を受給していた老婆四人を手にかけた、指名手配中の連続強盗殺害犯を射殺した。通報でその男の潜伏先に乗り込んだものの、警察がきたことを察知した男が一瞬早く逃走し、元木と二人で追跡した。その結果、有紀が男を建築中のビルの一室に追い込んだのだが、こっちが女だと思ってナメたのか、男は角材とバタフライナイフで激しく抵抗。有紀は頭と右肩、両腕に合計二十五針に及ぶ傷を負い、結局、男を射殺したのだった。無論、正当防衛が認められてお咎《とが》めなしの裁定が下った。そして直近の幽霊画事件でも容疑者と格闘になり、右腕を骨折しながらも相手を足腰立たないようにした。こっちの事件は過剰防衛の疑いありとのことだったが、幸いにも厳重注意の裁定が下って事なきを得た。

それなのに内山は、女性が刑事を、しかも警視庁の捜査一課に籍を置いていることが気に食わないようで、未だに射殺と過剰防衛の件をネタにして有紀を挑発し続けている。どうして捜一にきてまで内山と同じ班になってしまったのか。心底、人事担当者を恨みたくなる。

「あんたもボコボコにしてあげようか?」

内山を睨みつつ言い捨てた。

「あ〜、おっかねぇ。まるで男だな」と、性懲《しょうこ》りもなく内山が言う。

まるで男——ではない。心はれっきとした男なのだ。だから友美という、女性の恋人だっている。

「お前、男に生まれりゃ良かったのになぁ」

できるものなら生まれ変わりたい。男として生まれ変わって人生をもう一度やり直したい。だが、それができないからもどかしい。

「その口、閉じる気がないなら力ずくで閉じさせてあげるわよ。何なら、前歯全部折ってあげようか」

「やめんか二人とも」

楢本が割って入り、有紀は受話器を摑んで辰巳のデスクの内線番号を押した。

《はい》

無愛想そのものの声が聞こえてきた。

「八係の東條です。辰巳さんですか?」

《そうだ。鉄仮面が何の用だ?》

捜一の連中は、誰もが有紀のことを『八係の鉄仮面』と呼ぶ。笑わないことと、どんなに酷い遺体を見ても平然としていることから、誰ともなくそう呼び始めた。こっちだって好きで笑わないのではない。姉の恵が殺されてからずっと、笑えるようなことに出会わないだけだ。

「平和島事件の詳細を聞かせていただけませんか？」

《調書を読めばいいだろう。解決した事件だから、事件データバンクにアクセスすればいい》

「もうやりました。でも、調書に記載されていない雑事もあるんじゃないかと思って。お忙しいなら諦めますが」

《運が良かったな。今、待機態勢中だよ。ちょうど喉が渇いていたところだ。高裁地下のダーリントンホールにこい。話してやる》

「ありがとうございます」

電話が切られ、有紀は席を立った。外に出て、桜田通りを隔てて建つ東京高等裁判所に足を向ける。

ダーリントンホールに入って待つこと五分、辰巳が現れて有紀の正面に座った。ウエイトレスに「ホットコーヒーね」と声をかける。

有紀も、「私も同じ物を」とウエイトレスに言った。

「東條。どうしてあの事件のことが知りたい？」

「ちょっとした義理です。それ以上のことは――」

「ふん、誰かに頼まれたってことか。まあいい、勿体つけるようなことじゃないからな」

「それにしても、酷い事件でしたね」

「全くだ。犯人の富田修造は自殺しやがるしな」

「富田修造は、自宅の庭で奇声を発していたとか？」

「そうだ。隣の家の受験生が証言した。数学の方程式を覚えていたら大声が聞こえ、窓を開けて隣の家を見たら、富田修造がまるで踊るかのように全身をくねらせて奇声を発していたそうだ。その学生、富田修造の頭がイカレたと思ったたって証言したよ。まあ無理もない。踊りながら奇声を上げてりゃな。そうしたら、今度は家の中に駆け込んで、瞬く間に一階から火が出たってことだった。もらい火をしたら目も当てられないだろ？　そんなわけだから、隣近所の住民や通りかかった通行人までが手伝って初期消火に当たったそうだが、その努力も空しく火は燃え広がったらしい。消火後の現場検証で、勝手口の外に殆ど空になったポリタンクが投げ捨てられていて、ガソリンが少量残っていたことが分かった。瞬く間に一階から火が出たと目撃者が証言したから、家の中にガソリンを撒いて火を点けたんだろう。それでな、その後の調べで、富田修造は都内の大学病院の精神科に通っていたことが分かった」

「鬱だったそうですね」

「ああ。主治医がそう証言した」

「でも、鬱病ぐらいで父親と叔父を刺し殺しますか？」

「んなこと言ったって、富田修造の犯行であることは疑いようのない事実だ。グランビュー平和島の防犯カメラ映像も富田修造を捉えていたし、凶器のサバイバルナイフにも富田修造の指紋が残っていた。防犯カメラの映像を確認したのは富田修造の女房だ。着ていた服、アポロキャップ、ボディーバッグ、どれも亭主のものだと証言した。その女房なんだが、お産で里に帰っていて難を免れた。家にいたら殺されていたかもしれないな」

　辰巳がそこまで話すと、コーヒーが運ばれてきた。

「辰巳さん。コーヒーはご馳走します」

「当たり前だ」と言って辰巳が笑う。

「ですが、義理の兄弟が同じマンションに入居してたっていうのは珍しいケースですよね」

「富田夫婦はあのマンションを新築で買い、修造と三人で暮らしていたんだが、佐竹夫婦は違う。十年ほど前、マンションの耐震偽装問題で日本中が大騒ぎになっただろ？」

「ええ」

「佐竹夫婦はその被害者だ。自宅マンションの取り壊しが決定して次の家を探していたところ、グランビュー平和島の一室が売りに出ていたもんだから買ったのさ。富田夫婦が勧めたらしい。会社も近いしな。佐竹さんの奥さんが話してくれたよ。その後、修造が結婚して近くに一軒家を建て、富田さんは奥さんを亡くして独居となった」

「そんな事情が――。そういえば、調書に記載がありました。佐竹さんは富田さんが経営している自動車部品製造会社に勤務していたと」

「そうだ。会社は富田工業といって大田区平和島にあったんだが、佐竹さんはそこの常務取締役をしていた」

「重役ですか」

「義理の兄貴が社長だから、引き上げてもらった可能性もあるな」

「富田工業はまだあるんでしょうか？」

「さあ、どうだかな」辰巳が首を捻る。「社長と跡取り息子、常務までもが死んじまっちゃ、潰れていても不思議じゃない。他に訊きたいことは？」

「富田さんと佐竹さんの知人関係の調べは？」

「調べる前に犯人が特定されたよ。だから、第一発見者の二人のことも調べていない」

第一発見者を疑うのは捜査の鉄則だが、それさえも必要なかったということだ。

「どんな人物でした？」

「一人はＩＴ関連会社の社長で、おまけに現職の都議会議員。もう一人は普通のサラリーマンだ」

「一人は大そうな肩書ですね」

「政治家だからな」

「なるほど――」ここまで話を聞いたが、深水弥生の名前が出てこない。「ところで、深水弥生という名前に心当たりは？」

「は？　誰だって？」

「深水弥生です。浅い深いの深に水、三月の弥生と書きますが」

「聞いたことねぇな」

事件とは無関係の女性らしい。だが、槙野は平和島事件を調べている。深水弥生とは何者だ？

「そうですか。どうもありがとうございました」

「もういいのか？」

「はい」

「これは貸しだからな。いつか返せよ」

「そのうちに」

それからしばらく雑談し、有紀はレシートを持って立ち上がった。

八係の刑事部屋に戻り、長谷川に辰巳の話を伝えた。

「妙な事件だったよなぁ」傍にいる楢本が言った。「ワイドショーの出歯亀《でばかめ》レポーターもコメンテーターも、好き勝手な推理と持論を展開していたが」

「何だかオカルトっぽい事件でしたよね。踊りながら奇声を発し、家まで焼いて自分も焼身自殺だなんて」

元木がげんなり顔で言う。

「狐にでも憑《つ》かれたか？」と内山が言った。「親父から聞かされた話なんだがな、親父が小学校の時、同級生の悪ガキが稲荷神社の鳥居に小便かけたんだと。そうしたら次の日から、その悪ガキが奇妙なことを口走るようになったって言うじゃないか」

元木が、デスクに肘をついて身を乗り出す。

「それで？」

「鉄格子付きの精神病院に放り込まれたってことだった。その後のことは親父も知らないらしい」

「どうも都市伝説臭いわね」と有紀は言った。

内山が眉を吊り上げる。

「親父が嘘言ってるってのか！」

「さぁ、どうだか？　あんたが馬鹿だから、からかっただけかもよ」

「何だと！」

「やめんか二人とも」

またまた楢本が間に入った。

こんな馬鹿を相手にしている暇はない。槙野に電話だ。

2

午前十時——
「調書に深水弥生の名前はなかったか」
《ええ。捜査を担当した人物も心当たりがないと》
平和島事件の詳細を聞き終えた槙野は、携帯を耳に当てたまま首筋を掻いた。深水弥生の手がかりなし。
《深水弥生って何者なんですか？》
「佐竹の恋人であったことだけは間違いない。ところで、佐竹の知人関係の記載はなかったか？　同級生とか仕事の同僚とか」
《ありません。犯人がすぐに特定されましたからね》
「じゃあ、勤務先は？」

《それは書いてありました。あの事件で殺された、義兄の富田真一が経営する自動車部品製造会社で常務取締役をしていたと。会社名は『株式会社　富田工業』で、平和島にあったそうです。でも、今もあるかどうかは分かりません》

「株式会社富田工業だな」当たるだけ当たってみよう。潰れていなければ佐竹と親しかった従業員もいるだろうし、深水弥生がその会社に勤めていたことも有り得る。「それと、第一発見者の二人の住所も教えてくれ」

佐竹が、第一発見者の二人に深水弥生のことを話した可能性もゼロではない。特に中村という人物は、佐竹が勤めていた会社と取引があったというし、当然、重役だった佐竹とはそれなりに付き合いもあったはずだ。

《中村美智雄さんは世田谷区奥沢〇〇―〇。須藤和明さんは大田区蒲田〇〇―〇ハイツ蒲田五〇五号室です」

二人の住所を書き留めて「すまなかったな、恩に着る」と言った槙野は、携帯を切ってインターネットにアクセスした。『富田工業』の検索だ。

これか？

『株式会社　富田工業』というホームページがあったのだ。住所は平和島だから、この会社が佐竹の勤めていた会社かもしれない。

ホームページを開いてみると、自動車部品製造の記載もあり、会社概要のページに飛ぶや、創業者の名前と写真が真っ先に目に入った。創業者は富田五郎、資本金五千万円。二代目の名前は富田真一だ。

この会社に間違いないが、社長と常務をいっぺんに失ってよくぞ生き残ったものだ。銀行だって出資を渋っただろうに——。現在の社長は吉野《よしの》達郎《たつろう》と書いてある。

当たって砕けろだ。ここに出向いて佐竹のプライベートについて尋ねることにした。

会社の住所を書き留めてPCを消した槙野は、「所長が戻ってきたら、俺が平和島まで行ったと伝えといてくれ」と高畑に言い、カメラマンコートに袖を通してドアを開けた。

車を走らせること約四十分、到着したのは小綺麗な工場だった。敷地内には四階建てのビルが二棟と、波型屋根の典型的な作業施設が四つもある。想像していたよりもかなり大きな工場だった。

通りかかった作業服姿の男性に事務所の所在を訊き、教えられた通りに東側に建つ四階建てのビルに踏み入った。エレベーターで最上階に上ると、正面に『株式会社　富田工業』と書かれたガラスの観音ドアがあり、その向こうでは制服姿の女子事務員達が忙しそうに動き回っていた。

ガラス戸を押し開けるや、職員達の視線が一斉に飛んできた。一番近くにいる若い女性事務員が「いらっしゃいませ」と言いながら歩み寄ってくる。

まず名刺を差し出し、「槙野と申します」と自己紹介した。

名刺をしげしげと見た事務員が目を丸くする。

「探偵さん？」

「ええ、そうなんです。佐竹前常務と親しかった方が働いていらっしゃると思うんですが、どなたでしょう」

「佐竹？」

事務員が頭上に？マークを浮かべる。

尋ねた相手が悪かった。どう見てもまだ二十歳そこそこだ。佐竹が殺されて以後に入社したことは明らかだった。

「前社長の義弟《おとうと》さんなんですけど」

すると、話が聞こえたのか、少し離れたデスクにいる男性が立ち上がり、こっちに向かって歩いてきた。綺麗に分けた七三の髪、ノンフレームの眼鏡、地味なスーツ。いかにも事務職でございますといった佇《たたず》まいだ。

「どうした？」

「ああ、部長」若い事務員が槙野の名刺を渡す。「探偵さんだそうですけど」

「探偵？」

部長が目を瞬かせながら槙野を見た。

愛想笑いを返して頭を下げる。

「どうも」

「君はもういいよ。私がお話を伺うから」部長が再び槙野に目を転じ、名刺を渡した。「経理部長の石川と申します」

「槙野です」

石川の年齢は五十代か。

「佐竹前常務と仰っておられましたが、どういったお話でしょうか？」

良かった、これで話が通じる。

「佐竹さんの知人で、深水弥生という女性を探してるんですよ。こちらにお勤めされていたってことはありませんんか？」

「記憶にありませんねぇ」と即座に返事があった。

「深水は旧姓かもしれないんで、弥生という名前にお心当たりは？」

「弥生という名前の女子社員もいませんよ。佐竹さんの奥様にお尋ねになれば？」

「ご存じないそうです」本当か嘘かは分からないが。「じゃあ、佐竹さんと親しかった社員の方は？その方に尋ねてみようと思うんですけど」

「こちらでは分かりません」

暗に、『そっちで勝手に探してくれ』と言っているように聞こえる。これ以上食い下がっても無駄なようだから、地道に訊き込みをすることにした。

外に出た槙野は、片っ端から従業員を捕まえて深水弥生について質問した。


煙草を咥えた槙野は、工場の敷地内にあるベンチに腰かけた。あれから三時間を費やしたが収穫はゼロ。「見込み違いか」と愚痴が出る。

さて、これからどうしたものか……。

すると、見覚えのある若い女性従業員がこっちに向かって歩いてきた。さっき声をかけた女性ではないか。深水弥生のことは知らないと言っていたが――。

「あのぅ」

「はい――」煙草を灰皿に放り込んで立ち上がった。「どうされました？」

「さっきは同僚達がいたものですからお答えできなかったんですけど……」

何か知っていそうだ。

「私、佐竹常務からテニスの手解《てほど》きを受けていたことがあるんです」

「え？」

「誤解なさらないで下さいね。変な関係じゃありませんから」

佐竹との関係を同僚達に誤解されたくなかった。だから、さっきは黙っていたということか。

「それで？」

「六年ほど前でしょうか、趣味でテニスを始めようと思って、芝のテニスクラブに入ったんです。そうしたら偶然、佐竹常務もそのテニスクラブの会員で――。そんなわけで、テニスのイロハから親切に教えていただきました。ですから、そのテニスクラブに行けば、深水さんと仰る女性のことが分かるんじゃないかと思ったんです。行かれてみては？」

天の助けだ。

「いや～、助かりましたよ。ありがとうございます。ところで、そのテニスクラブの名称は？」

「『芝エクセレントテニスクラブ』です。芝増上寺の裏にあって」

槙野はメモを取り、ついでにもう少し話を訊いてみることにした。

「佐竹さんはどんな方でした？」

「とても優しい方でした。人当たりも良くてスポーツマンで——。高校大学とテニス部に所属して、高校の時にインターハイにも出られたそうです」

それならかなりの腕前だっただろう。他人に教えられるわけだ。

「佐竹さんの出身大学はご存じですか？」

テニスクラブで収穫がなければ大学で訊き込みだ。

「え〜と……。確か、池袋の共成大学だったと思います。学部までは知りませんけど」

二流とはいわないが、一流には手の届かない私立大学だ。これだけ教えてもらえれば大収穫。

「それにしてもこの会社、平和島事件で当時の社長さんと常務さんをいっぺんに失ったのに、よく存続できましたね」

「吉野社長の手腕と人望があったからだと、皆が話しています」

「ほぅ」

現社長だ。

「吉野社長は富田前社長の片腕で、当時は専務をしておられました。『町工場だった富田工業が今のように中堅の自動車部品会社になれたのも、吉野社長がいたからだ』と今の専務も仰っていますし、聞くところによると、『銀行もそれが分かっていたから、吉野専務が次期社長ということなら融資の継続を認めると言った』とかで」

「なるほど」

槙野は改めて女性に礼を言い、富田工業を後にした。

佐竹の出身大学の共成大学と、芝の会員制テニスクラブで情報収集する前に、平和島事件の第一発見者達に会うことにした。車に戻って鏡に電話し、警視庁の東條から得た情報と富田工業での経緯を伝えた。

《そのテニスクラブは会員制だろ？　ガードが堅そうだな》

「奥の手を使います」

従業員に現金を摑ませるのだ。経験上、二万円摑ませて転ばなかった人間は一人もいない。出費分は諸経費として神谷千尋に請求する。


夕方まで時間を潰し、まず訪ねたのは須藤和明だった。ＪＲ蒲田駅から約五分、国道一号線沿いに建つ八階建ての少々年季が入ったマンションに入り、午後六時ジャストに「いてくれよ」と呟きつつ五〇五号室のインターホンを押した。

出たのは野太い声の男性だった。

「夜分に恐れ入ります。私、鏡探偵事務所の槙野と申します」

《探偵！》

返ってくる声はいつも同じで、この男性の声にも驚きと警戒心とが混在しているようだった。

「須藤和明さんはご在宅でしょうか？」

《俺だけど、探偵さんが何の用？》

「平和島事件で亡くなられた佐竹さんのことで、少しお話を聞かせていただけないかと」

《佐竹さんのこと?》訝《いぶか》し気な声の後、《ちょっと待ってよ》の声が続いた。

すぐに、鉄のドアの向こうに人の気配がした。覗き窓からこっちを見ているようだ。それから鍵が外される音が聞こえ、ドアが少し開いた。

まだ警戒しているようだ。ドアの隙間から名刺を差し出すと、毛深い手がそれを受け取った。それからドアが当たり前に開き、髭の濃い馬面が眼前に現れた。背は高からず低からず、少なくとも太ってはいない。

「どうもすみません」

頭を掻きながら腰を折る。

「探偵さんて、殺人事件の調査もするの?」

須藤が、槙野の頭のから爪先まで舐めるように見る。

「そうじゃありません、別の件で調べていまして――」

そこへ、レジ袋を提《さ》げた小太りの若い女性が現れ、「お父さん。こちら、どなた?」と須藤に言った。

どうやら須藤の娘らしい。

「探偵さんだとさ」

「え?」

須藤同様、彼女も、珍しい生き物でも見るような目で槙野を見上げた。

相手にしていたらきりがない。「佐竹さんとは親しかったですか?」と須藤に迫る。

「あら」と須藤の娘が言った。「ひょっとして、殺された佐竹さんのこと？」

「ええ、そうですけど」

「へぇ〜。あの事件のこと調べてるんだ？」

「いいから中に入ってろ」

須藤が娘に言い、娘はつまらなさそうに唇を尖《とが》らせて家の中に入って行った。

邪魔者退散だ。

「佐竹さんとは面識があるっていう程度だったよ」と須藤が答えた。

つまり、親しくなかったということだ。

「弥生という女性の名前を聞かされたことは？」

「え？　誰？」

「弥生です、三月の弥生。姓は深水、今は結婚して別の姓に変わっているかもしれませんが」

そこまで言ったところで、「聞いたことない」とにべもなく言われてしまった。

奥から「お父さん！　餃子冷めるわよ！」の声が飛んできた。さっきのレジ袋には、どこかの店の餃子が入っていたらしい。

「もういいかな？」

これ以上は相手にしていられない。そんな心の内が顔に出ている相手に食い下がっても無駄だ。今までもそうだった。

「どうもありがとうございました」と言い終わる前にドアが閉まり、槙野はエレベーターに足を向けた。

次は中村だが、住所は世田谷区奥沢。自宅の近所である。車で五分ほどの距離しかない。車に戻り、ナビに中村の住所を打ち込んだ。

環状八号線を右折して奥沢地区に入り、ほどなくして中村の自宅を見つけた。かなり大きなコンクリート造りの家で、監視カメラが備えられた洋風の門がでんと構えている。塀も高いものだから建物の一階は全く見えない。数億はしそうな三階建ての邸宅だ。

ローマ字で『ＮＡＫＡＭＵＲＡ』と彫られた大理石の表札を確認し、その横にあるインターホンを押す。

出たのは女性だった。

《どちら様でしょうか？》

やや歳を食っていそうな声だ。

自己紹介するといつものように驚かれ、事務的に、「中村美智雄さんはいらっしゃいますか？」と尋ねた。

《ご用件は？》

不在なら、まず最初にそう言うだろう。ということは、在宅中と考えていい。ついている、出直さずに済んだ。

「平和島事件で亡くなられた、佐竹裕介さんのことでお伺いしたとお伝え下さい」

《少々、お待ち下さい》

インターホンに中村本人が出るのかと思っていたら、門横の通用口が開き、耳がピンと立った大きな黒い犬がのそりと出てきた。ドーベルマンだ。四十キロは軽くあるだろうから雄か。兄の家もジャーマンシェパードを飼っているが、何というか、ド―ベルマンの方がずっと凄みがある。番犬にはうってつけの犬種だ。

突然のことと犬のデカさにたじろいだが、首輪にはちゃんとリードが付けられており、続いて白髪頭で恰幅の良い男性が現れた。バックスキンのマウンテンコートにジーンズ、バルキー編みの白いセーター、革手袋、ノンフレームの眼鏡、口髭。トラディショナルファッションのお手本のような佇まいだ。

犬が親の仇でも見つけたかのように、槙野に向かって吠え狂う。

「うるさいぞ」

男性が言うと犬は急に大人しくなった。男性が槙野に目を向ける。

「すみませんね。こいつ、まだ訓練途中なもので落ち着きがなくて――。中村です」

それにしてもダンディーな人物ではないか。この大きな家の主にふさわしい。

いかにも品の良さそうな顔に、「槙野です。突然押しかけて申しわけありません」と返し、名刺を渡した。

「それで、佐竹さんの何を話せと？　それ以前に、どうして私のところにこられたんです？　佐竹さんのことなら彼の奥さんにお尋ねになればいいのに」

「そのことなんですが――」

ここにきた経緯と理由を一から話すと、中村が顎を引くようにして「なるほど」と言った。

「弥生という女性のこと、ご存じじゃありませんか？　三月の弥生と書くんですが」

即座に中村が首を捻る。

「いや〜、聞いたことないなぁ」

やっぱりここもダメか。まあ、はなから中村と須藤には期待していなかったが。

「佐竹さんの学生時代の友人とかを当たってみれば？」

言われなくてもそうする。だがその前に、芝の会員制テニスクラブだ。

「もういいですか？　犬の散歩に行きたいんですけど」

「どうもありがとうございました」

散歩を我慢しきれないようで、犬が中村を引張っろうとする。それを中村が、「こらこら」と言いながら制し、引きずられるようにして闇の中に消えて行った。

つくづく、大型犬の世話は大変だと思う。麻子も小型犬が欲しいと言うが、どうも犬は好きになれないから、未だに首を縦に振っていない。どちらかというと猫がいい。あの好き勝手に生きている姿が自分とダブるのだ。

十分もせずに雪谷大塚の自宅マンションに辿り着き、ドアを開けるなり「ただいま。腹減った」と麻子に訴えた。

「おかえり」

コートを脱いで麻子に渡し、リビングに行ってカウチに陣取る。これ見よがしか、ガラステーブルの上には犬の雑誌が置いてある。ご丁寧にページまで開いており、見開きでダックスフントの子犬の写真が掲載されていた。これを飼いたいという意思表示だろう。

「あっ、片付けるね」

犬の雑誌を畳もうとした麻子が、チラとこっちを見たのを見逃さなかった。『餌は撒いた』と、その横顔に書いてある。だが、犬はダメだ。

「猫なら飼ってもいいけどな」

そう言ってやると、麻子が口を尖らせた。

「早く飯にしてくれ」

「はいはい」

雑誌を胸に抱き、麻子がキッチンに入って行った。

※

二月四日　木曜日　午前九時半——

槙野は港区の芝に向かって車を走らせていた。事務所に寄ってから出かけるのは面倒だから、自宅から直行すると伝えてある。

環状八号線、国道一号線、日比谷通りと車を進め、増上寺の手前で左折した。そのまましばらく走ると『芝エクセレントテニスクラブ』の看板が左に見え、更に一〇〇メートルほど走ってウインカーレバーを上げた。

車を降りるとボールを叩く音が聞こえ、フェンスの向こうのテニスコートに目を向けた。一番手前のコートでは中年の男女四人がダブルスに興じており、その向こうのコートには若そうな男性が二人いて、一番奥のコートは無人だった。

目前の建物は三階建て、レンガ外壁のマンション風で一階はテニスショップ、二階の窓には『会員募集』の大きな文字が書かれている。察するところ、二階が事務所で三階がロッカールームとシャワールームか。

ショップ右横のガラス戸を押し開き、階段を駆け上がった。思った通り、二階の踊り場の向こうのスチールドアには、『芝エクセレントテニスクラブ事務所』と書かれたプラスチックボードが貼り付けられている。

ドアを開けて中に入ると、「ご入会の方ですか？」とショートヘアーでカラフルなスポーツウェアを着た女性が言った。笑顔で愛想を振り撒いてくる。肌の焼け具合からテニスのインストラクターと推測。彼女の他にも、スポーツウェアを着た中年男性が二人いて、一人はコーヒーカップ片手に雑誌を読んでおり、もう一人は顰めっ面でPCのディスプレイを睨みつけている。

職員が三人もいたらやり難い。カウンターまできた女性に「はい」と返し、「でも、コートを見てから入会を考えようかと」と続けた。

「いいですよ」と女性が言い、振り向いて、男性職員達に「ちょっとコートに行ってきます」と伝えた。

二人して階段を下りたのだが、外に出る前に本音を伝えることにした。

「ちょっと待って下さい」

笑顔と「何か？」の声が同時に返ってくる。

「ご相談したいことが」

「何でしょう？」

「こちらのテニスクラブに、弥生という名前の女性がいらっしゃいませんか？」

「はあ？」

女性が奇声に近い声を出す。

すかさず槙野は、財布を出して五千円札を抜いた。

「タダで教えろとは言いません」

「やめて下さい」女性が眉根を寄せる。「個人情報保護法、ご存じないんですか？」

「知ってますよ」

今度は一万円札を抜いてみせた。

女性が顔を背けるが、間違いなく横目で札を見た。金を見せられた瞬間に、それで何が買えるか頭の中で考えない人間はまずいない。

まあ、このへんで転ぶ人間が約四割だが、彼女は少々しぶといようだ。五千円札と一万円札を重ねた。

「これでは？」

女性が黙り込む。

「そうですか。じゃあ、諦めます」

途端に、「あの」と声が返ってきた。

「あなた、何者ですか？」

こっちの素性を知りたがったということは、『危なくない人間なら教えてもいいか』と考えていると思っていい。今までもそうだった。「探偵なんですよ」と答えて名刺を渡した。

彼女が口を尖らせる。明らかにどうしようかと考えている。ダメ押しとばかり、もう一枚五千円札を抜いて札を三枚重ねると、彼女がようやく頷いた。

「調べてみます」

「じゃあ、一時間後にもう一度会いましょう。外に白のフォレスターを止めてあります。そこに会員名簿のコピーを待ってきて下さい」

彼女の頷きを確認し、槙野は車に戻った。

一時間きっかりで彼女が現れ、二万円と引き換えにコピー用紙を渡してくれた。しかし、弥生の名前はどこにもなし。二万円をドブに捨てたことになるが、こればかりは仕方がないことだった。次は佐竹の出身大学の共成大学、ターゲットはテニス部。しかし、現金作戦は却ってマイナスだから一芝居打つ。まずは、芝居に必要なアイテムをどこかのコンビニかスーパーに寄って調達だ。

共成大学の駐車場に車を止めた槙野は、近くを歩く学生を捕まえてテニス部の部室の所在を尋ねた。

この時期になると、すでに就職が決まった四年生が部室で時間潰しをしているものなのだ。槙野が通っていた大学もそうだった。野球部、サッカー部、テニス部、バレーボール部等々、例外なく四年生が部室で屯《たむろ》していた。

首尾よく訊き出して車に戻った槙野は、缶コーヒー二ダース入りの段ボールケースを肩に担ぎ、教えられた部室に足を向けた。

テニス部と書かれたドアを開けて中を見回した。案の定、若い男二人が何やら雑談している。一人は黒縁眼鏡をかけた短髪、もう一人はひょろりとした体形で、髪を後ろで束ねている。

こっちを見る四つの目には、『こいつ、誰だ?』の思いが宿っているようだった。

「あのぅ。どちら様でしょうか?」

眼鏡の男が訊く。

「こんな所に墓石《はかいし》のセールスにくる奴がいるか? 久しぶりにこの近所まできたから、可愛い後輩達がちゃんと練習してるか見たくなってな。こいつは差し入れだ」

缶コーヒーを傍の長机に置いた。

「OBの方ですか!」二人同時に言い、槙野の前で直立不動になった。「失礼しました!」

こんなマンモス大学なら、OBはそれこそ星の数ほどいる。当然、OB一人一人の顔など分かるわけがない。おまけに差し入れまで持ってくれば成りすますのは簡単だ。それに、こういう体育会系のクラブは上下関係が厳しいから、OBだと名乗る者に『本物ですか?』と質問するような度胸のある奴はまずいない。自分の時もそうだった。野球部の部室に見ず知らずの中年男性が入ってきたかと思うと、いきなり、『おいこら！　ＯＢに挨拶はどうした！』とがなり立てたのだ。こっちは鳩が豆鉄砲を食らった顔よろしく、その男性の言葉を疑いもせず、全員が整列して『失礼しました！』と合唱しながら、額が膝頭にくっつくほど腰を折ったのだった。良く言えば従順、悪く言えば間抜けなのが体育会系というやつである。

「まあ、そう硬くなるな」

「キャプテンを呼んできます！」

そう言ってドアに向かった痩せ男に、「その必要はない。実は、今度ＯＢ会があってな。連絡先が分からなくなった奴がいるから、ＯＢ名簿を調べにきた。名簿、見せてくれ」

「かしこまりました！」

耳が痛くなるほどの大声を残し、痩せ男が部室の片隅のスチールロッカーを開けた。中から分厚いファイルを摑み出し、それを恭《うやうや》しく槙野に差し出す。

まんまとＯＢ名簿を手にした槙野は、佐竹裕介の名前を探した。

その間も、二人は直立してこっちを見ている。それを気にせずページを捲るうち、ようやく佐竹裕介の名前を発見した。卒業は一九八四年。だが、名簿に深水弥生の名前はない。

その後も調べを続け、佐竹の同期の男子部員が九人、女子部員が七人いたことが分かった。

こうなったら、この十六人を訪ねて話を訊くしかないか。全員の住所と連絡先をメモした槙野は、音を立ててファイルを閉じた。ボロが出る前に退散だ。「ありがとう、助かった。じゃあ、他の部員達によろしくな」と二人に告げて部室を出た。

逃げるように駆け出して車に戻り、さっきのメモをチェックした。十六人の内、都内に住所があるのは二人だけ。埼玉県が三人、神奈川県が二人、大阪府、岡山県、福岡県がそれぞれ一人ずつ。北海道が二人、秋田県が二人、新潟県が二人である。電話で事足りれば楽なことこの上ないが、いきなり電話したところで相手が訝しがるだけだ。直接会って交渉しないと話は訊けないだろう。だが、全員に会うには最低でも十日は必要だ。何といっても、北海道から九州まで行かなければならない。とりあえず、今日は都内在住の二人に会うことにした。

それなりの収穫を得て自宅に辿り着いたのは午後十時過ぎ、晩飯はファミレスで済ませており、まずは風呂に浸かった。

幸いなことに、二人には会うことができた。そして佐竹のことを尋ねると、二人とも暗い表情を浮かべていた。大学の同期があんな悲惨な最期を遂げたのだから無理もない。探偵だと自己紹介した時、二人は胡散臭そうな目でこっちを見ていたが、それぞれに五千円札を握らせると態度が一変した。それからは佐竹についてあれこれ話してくれるようになり、共通の証言を三つゲットした。

一つは、深水弥生という名前に心当たりがないこと。無論、弥生という名前にもだ。二つ目は、佐竹がアルバイトでテニススクールのコーチをしていたこと。三つ目は、かなり女癖が悪かったこと。佐竹の学生時代の写真を見せてもらうと、彫りの深い顔立ちで、タレントでも通用するように思えた。つまり、かなりの男前で背も高い。となると、深水弥生がそのテニススクールに通っていて、佐竹に口説かれた可能性は十分にある。

さすがに二人とも、テニススクールの名前までは覚えていないとのことだったが、所在地だけは覚えていてくれたお蔭で何とかそこを特定した。しかし調べたところ、一九九三年に倒産していた。バブル崩壊の最終年だ。恐らくは、バブルの崩壊とともに客足が途絶えたからだろう。そんなわけだから、今となっては会員名簿を探し出すのは不可能である。というより、すでに破棄されてこの世に残っているとは思えない。

それはいいが、佐竹の大学の同級生を当たるだけでいいのだろうか？　深水弥生が佐竹の小学校か中学校、あるいは高校の時の同級生、先輩、後輩ということも有り得るのだ。さすがにそこまで調べるとなると一人ではきつい。

あいつを使うか。どうせまた金欠で困っているに違いないから、人助けでもある。

坊主頭にマル眼鏡、いつも同じスーツを着ている男の姿が頭に浮かんだ。あいつとは、便利屋として使っている貧乏弁護士のことである。名前は高坂《こうさか》左京《さきょう》、三十四歳。曲がりなりにも中野区内に個人事務所を構えているが、そこは自宅兼用の狭いマンションである。

高坂がどうして貧乏かというと、それは当局の責任が大きい。多様化する犯罪の増加に伴い、訴訟件数が大幅に増えるだろうといった予測から弁護士の数を増やさなければならないと考えた当局が、司法試験の合格ラインを下げたために弁護士の数が激増。その一方で、訴訟件数は予測ほどは伸びず、結果として多くの弁護士が仕事にあぶれることになった。そんな恵まれない弁護士の七割は年収二百万円以下だそうで、酷いのになると年収数十万円という弁護士もいるらしい。当然それでは食っていけないから、アルバイトをしながら弁護士活動をしていると聞く。高坂もそんな弁護士達の一人で、昔あった八百屋の御用聞《ごようき》きさながらに、毎週必ず一度は『何か仕事はありませんか？』と事務所に電話をかけてくる。そんなわけだから、声をかければすっ飛んでやってくるだろう。

　風呂から上がって鏡に電話し、助手が欲しいと泣きついた。

《確かに一人じゃきついか——》

「ええ。先生を使いたいんですけど」

《そうだなぁ。ここんとこ、仕事やってないしな》

「金欠で干上がってんじゃないですか？」

《死なれたら困るな。いいだろう、電話してやれ》

「ありがとうございます！」

　早速、高坂に電話すると、ワンコール目が鳴り止まないうちに、「はい！」という飛び切り愛想の良い声が聞こえてきた。

「俺だ。忙しいか？」

《いいえ——。恥ずかしながら……》

　相変わらず貧乏神につき纏われているらしい。

「じゃあ、仕事頼んでもいいな」

　まず聞こえてきたのは溜息だった。

《助かった～。実は、今月仕事がなくて、家賃どうしようかと困っていたところなんですよ。槙野さんを拝みたくなります》

それなら安堵の溜息が漏れるはずだ。
「拝まなくていいから仕事してくれ」
ざっと依頼内容を説明した。
《その佐竹裕介さんの小中高時代の知人の中に、深水弥生という女性がいるかどうか調べればいいんですね》
「そういうこと。三日でできるか？」
《頑張ってみます。あの〜、言い難いんですけど……》
家賃をどうしようかと言っていたから察しはつく。
「前借りか？」
《できれば——》
「幾らだ？」
《三万円ほど》
「分かった。足代の名目で出してもらう。明日の午前中、事務所に持ってくよ」
《僕が取りに伺います》
「いいって。仕事を依頼してるのはこっちなんだから。じゃあ、明日な」

第二章

1

二月十三日　土曜日——

ＡＮＡ福岡—東京便が羽田に到着したのは午後四時過ぎだった。

飛行機を降りた槙野は、長旅が終わった安堵感から吐息をついた。北海道から福岡まで、まる九日間かけて佐竹の同級生達に会ってきたのである。収穫はなし。会えたのは八人だけで、他は海外赴任している者が二人、話どころか会うのも拒否した者が四人。話をしてくれた八人にしても、都内在住の二人と同じ証言をしただけだった。高坂の方だが、六日前に電話があり、『該当者なし』と報告してきた。これで八方《はっぽう》ふさがりとなり、調査は打ち切りになるだろう。

それより母に電話だ。明日、兄の誕生祝いをしようと言われているのである。あの時は仕事次第だと答えたが、幸い、こうして東京に戻ってこれたし、調査も終わるだろうから明日は休めるに違いない。

電話を終えてモノレールに向かい、それから電車を乗り継いで鏡探偵事務所に顔を出した。事務所には鏡しかいない。

「戻りました」

「おう」

「高畑さんは？」

「風邪引いたとかで早退した」

「鬼の霍乱《かくらん》ですね」

土産を買ってきたのだが——。

槙野は、土産の辛子明太子を渡してから結果報告した。

「深水弥生の手がかりはなしか」

鏡が後頭部で手を組み、ソファーの背凭れに上体を預けた。

「調査終了ですね？」

「馬鹿野郎。俺がそう簡単に諦めると思うか？　お前、俺と何年付き合ってんだ？」

刑事時代からだから足掛け十年になる。途中のブランクはあるものの、こんなワンマンな男と、よくぞ今まで付き合ってこられたと自分でも感心する。

「じゃあ、どうすると？」

「白水荘で働いていた従業員を探し出せ。深水弥生のことを覚えている者がいるかもしれん」

槙野は口をあんぐりと開けた。

「はぁ？　深水弥生が白水荘に泊まったのは二十六年も前なんですよ。従業員が見つかったとしても、そんな昔に泊まった客のことを覚えてるとは思えませんけど」

「そんなもん、会ってみなけりゃ分からんだろう。ひょっとしたら、宿帳のことも知ってるかもしれん。つべこべ言わず、富士五湖周辺のホテルや旅館を虱潰《しらみつぶ》しに当たれ。他所《よそ》で職種の違う仕事に就くより、地元で同業に再就職した方が楽だと考えた従業員もいただろうからな」

「ほとほと諦めの悪いオヤジだ」と小声で言った。

「あ？　何か言ったか？」

地獄耳め。

「どこから当たろうかなと言ったんですよ」

河口湖周辺にするか精進湖周辺にするか――。

「先生も連れて行け。手分けして探せば効率がいい」

高坂が喜ぶ顔が目に浮かぶ。暇を持て余しているに違いない。

「だったら、泊まりの調査でいいですね。毎日、富士五湖と東京を往復なんてできませんから」

「仕方あるまい。だけど、できるだけ安い宿を探して泊まれよ」

「はいはい」半ばヤケクソで返事をした槙野は、「明日は休んでいいですか？」とお伺いを立てた。

「まあ、長いこと出張してたんだ。ゆっくり休め」

ありがたい。兄の誕生祝いに顔を出せる。

「今日はこれで帰ります」

事務所の駐車場に置きっぱなしにしていた愛車に乗ったが、エンジンをかけていなかったせいでセルモーターの反応が悪い。とうとう、セルモーターがうんともすんとも言わなくった。バッテリーが弱りかけていることは分かっていたが、まだ大丈夫だろうと高《たか》を括《くく》っていたのが災いした。鏡は電車通勤だから、積んでいるバッテリーケーブルも役に立たない。

仕方ない、ＪＡＦを呼ぶか――。

ＪＡＦを呼び、担当者がくるまで時間潰しとばかり高坂に電話した。

今日もワンコール目が鳴り止まないうちに、「はい！」の大声があった。

「この前はありがとな」

《いいえ。結局、お役に立てなかったみたいで――》

「そんなことはねぇさ。あの調査はまだ継続中なんだけど、もう少し手伝ってくれねぇかな」

《喜んで！》

やっぱり暇だったようだ。

「月曜日の午前九時、うちの事務所の駐車場にきてくれ」

《伺います！》

携帯を切って麻子に電話した。

《今どこ？》

「事務所の駐車場で遭難中だ。救助隊がこっちに向かってる」

《え？》

事情を話すと麻子が噴き出した。

《あんたもついてないわね》

「ああ。それよか、明日、兄貴の家に行くことにしたから」

※

二月十四日　日曜日　午後――

兄の家の門扉の前に立つと、麻子が「いつ見ても大きなお家よねぇ」と溜息交じりで言った。

「しこたま給料もらってるからな」

体育会系の槙野と違い、兄は元教師だった両親の頭脳をモロに受け継ぎ、東大を出て大手自動車メーカーに就職した。そして今では本社の営業部長だ。二十五年ローンとはいえ、百三十坪の土地に建坪七十五の家を建てるのだから大したものだ。

「そのうち家でも建てるか」

「ホント！」

「いつになるか分からねぇけどな」

「期待しないで待ってる」と言って麻子が笑った。

麻子の過去は母にも兄夫婦にも話していない。殺人未遂で鑑別所に入れられたこと、前の亭主がチンピラだったこと。殺人未遂で鑑別所送りになったことを知れば、少なからず動揺するだろう。麻子が如何に理不尽な目に遭い、それゆえに衝動的に起こしてしまった事件だと熱弁を振るおうともだ。世の中には話さない方がいいこともあるし、麻子も教えないで欲しいと言っている。だから、『麻子は施設で育って身内がいない。仕事はずっと縫製工場で働いていて、自宅近くの喫茶店でたまたま出会い、気が合ったから付き合い始めた』とだけ伝えてある。それでいいではないか。

インターホンを押すと義姉が出た。

「康平です」

《今、開けます》

すぐに義姉が出てきて門扉を開けた。相変わらず生活臭のしない女性だ。まるでミセスのファッション雑誌から抜け出てきたかのような佇まいである。実家もかなり裕福だと聞くが――。

「ご無沙汰しています」

麻子が腰を折る。

「さあ、どうぞ」

敷地に足を踏み入れるなり、犬小屋のジャーマンシェパードが狂ったように吠え出した。名前はダル。甥っ子の拓哉《たくや》がつけたと聞く。メジャーリーグに行った日本球界を代表するピッチャーの名前から取ったらしい。シェパードの毛色はいくつかあるそうだが、この犬はブラックタンといってオーソドックスなタイプだそうだ。

「康平さんがくるから犬小屋に入れておいたのよ」

「それはそれは気を遣っていただいて」

ダルだかドルだか知らないが、どうもこいつだけは苦手だ。こっちを見ると、毎回毎回、親の仇を見つけたかの如く吠え倒すのである。ダルに目を振り向けた。

「お前、俺に恨みでもあんのか？」

するとまた吠えられた。

「しょうがねぇ犬だな」

義姉がクスクスと笑う。

「よっぽど相性が悪いのね」

家の中に入ると、母が玄関まで出てきた。

「いらっしゃい」

「久しぶり」

「ご無沙汰しています」

麻子がまた腰を折った。

「いらっしゃい。さぁ、上がってちょうだい」

勝手知ったる兄の家、リビングに顔を出すと、兄と次男の拓哉がテレビゲームに興じていた。相変わらず子煩悩なことだ。

「おう、康平」

「兄貴も四十五か」

「そうなんだ」兄が苦笑する。「病気しないように気をつけなきゃな」

「叔父さん。いらっしゃい」

マッシュルームカットの拓哉が立ち上がった。

「お、背が伸びたな」

「うん」

「お兄ちゃんはどうした?」

長男は十五歳で、サッカー部に所属している。

「サッカー部の遠征試合で静岡県に行ってる。でも、夕方に帰ってくるよ」

「そうか」

屈託なく笑う拓哉の頭を撫で、ソファーに座った。麻子が、「料理のお手伝いしてくる」と言ってリビングを出て行く。

「ねぇ叔父さん。あとでフォーム見てくれない？」

拓哉は少年野球チームに所属していてポジションはピッチャー。だが、まだ小学五年生だから控えで、エースは六年生だそうだ。

「ああ、いいぞ」

叔父として、唯一してやれるのが野球の指導だ。一応は甲子園にピッチャーとして出場しているから、兄によると、『お前は拓哉のヒーローだそうだ』とのこと。子供ながらに、甲子園に出ることがどれほど大変なことか分かっているようだ。

コーヒーを飲んで一服していたが、拓哉が待ちきれなくなったようで「叔父さん。行こうよ」とせがみ出した。

「よし。じゃ、行くか」

拓哉が嬉しそうな顔でリビングを出て行く。

槙野は膝を叩いて立ち上がり、カメラマンコートに袖を通してキッチンを覗いた。

「麻子。ちょっと公園に行ってくる」

「あ、キャッチボールね。遅くなっちゃダメよ」

「分かってるよ」

外に出るや、槙野は固まってしまった。目前にあのダルがいて、こっちを睨みつけながら低く唸っているではないか。だが、口輪が嵌められており、ハーネスから伸びるリードを拓哉が握っていた。

「おい。こいつも連れてく気か？」

「そうだよ」と拓哉が軽く言う。「一日二回は散歩させないといけないから、公園に行くついでにね」

「こんなデカい犬、お前一人で平気なのか？」

「口輪してるから平気だよ。それに、訓練も受けさせてるもん」

それにしてはよく吠えるが――。

「何キロあるんだ？」

「四五キロ」

「そんなにか！」

麻子の体重と変わらないではないか。

「だって雄だもん。ねぇ、早く行こうよぉ」

拓哉がこっちの手を引っ張り、ダルも待ちきれないとばかりに鼻を鳴らす。こんな図体をしていながら、どこからこんな甘えた声が出るのか。

「分かった分かった」

道路に出るや、ダルが拓哉を引っ張り始めた。それを拓哉が諌《いさ》める。

「引っ張るな！」

「散歩させてるっていうより、お前が散歩させられてるみたいだな」

「これでもだいぶ言うこと聞くようになったんだよ。以前はパパとお兄ちゃんしか散歩させられなかったんだから」

「こいつ、何歳だっけ？」

「もうじき二歳」

「このデカさでか？　呆れたな。まあ、番犬にするならこのぐらいデカい方がいいが」

「番犬だけど、ダルは家族でもあるんだよ。僕の弟みたいなもんかな」

「じゃあその弟に、よ〜く言い聞かせとけ。叔父さんにもっと敬意を払えって」

「そのうち慣れるよ。ダルは犬用のビーフジャーキーが大好物だから、たくさんやってみたら？」

餌で釣れということか？　犬に媚《こび》なんぞ売れるか。

「それより叔父さん。どうして甲子園で負けちゃったの？」

瞬く間に、あの時のシーンが脳裏に蘇った。

滴り落ちる汗をユニフォームの袖口で拭い、キャッチャーに向かって首を横に振った。

カーブのサインだが、ここはストレートで押したい。このストレートがあったからこそ県予選を勝ち抜き、甲子園も三回戦まで勝ち抜いてこれたのだ。どのみち、次の一球で勝負は決まる。九回裏、一対一の同点。ツーアウトで塁は全て埋まっている。カウントはスリーツー。

そして投じた最後の一球は……。

「俺のせいだった」

「どうして？」

「押し出しのフォアボールを与えちまったのさ」正直言って、勝てる試合だった――。甲子園に住むという魔物に魅入られ、結局、デッドボールとフォアボールで自滅した。苦い思い出だが、最近になって、あの時のことを冷静に振り返ることができるようになった。あれはあれで、人生の一部なのだと思えるようにもなった。「相手は大阪代表だったよ」

「大阪のチームなら強かっただろうね。激戦区を勝ち抜いてきたんだから」

「優勝したよ。その時のピッチャーはプロに行った。もう引退したけどな」

「プロかぁ。凄いね」

「叔父さん！　投げるよ！」

やがて公園に辿り着き、ダルのリードを近くの木に結んだ拓哉が向こうに駆けて行った。

それから数球やり取りをしたところで、突然ダルが鼻を鳴らした。すると今度は、左回りに回り始めたではないか。

「おい。こいつ何やってんだ？」

「あ！」拓哉がダルに駆け寄って頭を撫で、「大丈夫だから」と言い聞かせるように声をかけた。

「何が大丈夫なんだ？」

「もうすぐ聞こえるよ」

「え？」

そして間もなく、遠くで雷が鳴った。途端にダルの鳴き方が激しくなる。

「どうしたんだ。一体？」

「ダルは雷が苦手なんだよ」

拓哉が答えるや、ダルの足元が濡れ始めた。

「こいつ、雄だよな。座ってションベンしてやがるぞ」

「あ〜あ、漏らしちゃった」

「ってことは、雷に怯えてんのか」

「うん。元はと言えばパパが悪いんだ」

「はあ？」

「ダルを花火になんか連れて行くから——。夏休みに、ママの方のお爺ちゃん家に行った時、近所で花火大会があったんだけど、ダルを一人にしておくのは可愛そうだからって、パパが一緒に連れて行ったんだ」

「どうして花火が関係あるんだ？」

「だって、凄い音がするじゃない。犬は嗅覚だけじゃなくて、聴覚も凄いんだよ。人間の何倍もあるんだって。だから、花火の破裂音も人間よりずっと大きく聞こえちゃうのさ」

「それで怯えたってことか？」

「そう、まだ生後三カ月だったしね。もう大変だったんだよ。オシッコ漏らすし狂ったみたいに鳴き出すしで——。結局、家まで連れ戻ったから、花火ゆっくり観れなかった。雷は花火の破裂音に似てるでしょ?」

「確かにな」

「だから、今でも雷が鳴るとオシッコ漏らしちゃうんだよ。庭で遊んでいても犬小屋に駆け込んで、丸くなって震えてるし」

トラウマか。犬のくせに生意気な。

「犬の訓練士さんの話だと、大きな音を子犬に聞かせちゃいけないんだって。それでね、一度怯えたらもう修正が効かないって」

「じゃあ、こいつは一生、雷に怯えて生きるのか」

「うん。花火の音にもね」

「それなら警察犬は無理だな。雨が降っていようが雷が鳴っていようが、要請があれば出動しなくちゃならないからな」

「そう——警察犬は無理だって言われた。警察犬として訓練する犬は、徐々に音に慣らしていくって聞いたよ。でもいいんだ。警察犬にしようと思って飼い始めたんじゃないから」

落ちこぼれか——。

そう思うと、どこかこの犬が、自分と似ているような気もした。

※

二月十五日　月曜日――

今回も朝霧高原に行った時と同じルートを辿ることにした。中央自動車道で甲府南まで行き、そこから一三九号線に乗って本栖湖を目指す。

槙野は車を走らせて最寄りの首都高入り口に向かった。

「なぁ先生。白水荘の元従業員が見つかると思うか？」

「どうでしょうね」

高坂が、頭がてかるほどの坊主頭を撫でた。床屋代が勿体ないからと、頭も自分で刈るという。涙ぐましい節約術ではないか。

「仮に見つかったとしても、二十六年も前に宿泊した女性のことを覚えているかどうか。でもまあ、僕としては仕事をいただいて助かりましたけど」

「所長のやつ、昔っから無理難題ばっかふっかけてきやがるんだ」

「警視庁時代から？」

「ああ――。お蔭で、何度恐ろしい思いをしたか。相手はヤクザ連中だからな」

「それはそうと槙野さん。神谷さんの話から推測すると、深水弥生はかなり切羽詰まっていたと思われます。どうしてそんなに追い込まれていたんでしょうね」

「そうだよな。それに、『どうしても白水荘を離れられない』って話している。誰かを待っていたか、あるいは誰かからの連絡を待っていたか……」

「電話じゃないでしょうか。当時は携帯電話があまり普及していませんでしたからね」

「かもな」槙野は煙草を咥え、サイドガラスを少し開けた。「それと、白水荘が潰れた理由は何だろうな。不況の煽《あお》りを食らったか？」

話をするうちに甲府南に着き、高速を降りた。

富士河口湖町に到着したのは午前十一時過ぎ、昨日調べておいた観光協会に足を運び、まずは白水荘のことを尋ねた。やはり十年前に廃業しており、現在は地元の土地開発業者の所有になっているという。ということは、建物は解体されていないことになる。リフォームして再営業しているのかもしれない。

「現在の名称は？」

「ありませんよ。只の廃屋です」

廃屋？

一応、白水荘の現在を見ておくことにした。

「つかぬことをお伺いしますが、白水荘で働いていた従業員がどうなったかご存じじゃありませんか？」

「さぁ、こちらではそこまで分かりませんねぇ」

一軒一軒、ホテルと旅館を訪ねるしかないか。

「富士河口湖町にある、全宿泊施設の住所と電話番号を教えて下さい。それと、白水荘までの地図をお願いします」

宿泊施設の名簿とパンフレットを調達した二人は、まず、白水荘に行ってみることにした。そこの一番近くにあるホテルか旅館なら白水荘に関しても詳しいに違いないし、上手くすれば、元従業員達の情報も手に入れられるかもしれない。

坂を上りきると、目前には薄汚れた建物が聳えていた。コンクリートの外壁で、三階建てと二階建ての二棟からなっている。元は純白だっただろう壁は所々黄土色に変わり、そこに走る無数の亀裂は、まるで未知の生物の触手を連想させる。建物を囲む庭も見渡す限り無残に荒れ、正に打ち捨てられた廃墟だった。

「これが白水荘か。見るも無残だな」

「ええ。でも、廃墟になっているのが解せません。普通は、ここの権利を手にした会社が施設を建て直すとかリフォームするとか考えると思うんですけど」

「そうとは限らねぇさ。寝かせといて、高く買ってくれる客が現れるのを待つっていうやり方もある。それなら解体費も向こう持ちだしな」

「ああ、なるほど――。だけど勿体ないですよね。建築費が相当かかったでしょうに」

敷地の入り口には侵入防止用の錆びたチェーンが張ってある。槙野はその前で車を止め、「行こうか」と言って高坂を促した。車を降りてチェーンを跨ぐ。

玄関までは二〇メートルほどで、薄汚れたガラスドアにもチェーンが巻かれている。ドアまで行って中を覗くとロビーには何もなく、がらんとした空間が広がっているだけだった。売れる物は全て回収したのだろう。

顔を上げて首を巡らせる。

ガラスが割れている窓が目立つが、中の様子はどうなっているのやら？

「神谷さんはここに泊まったんですね」と高坂が言った。「そして深水弥生と出会った」

「ここがまだ営業してりゃ、『今回は楽な仕事だった』で片付いたのにな。北海道から九州まで行ったってのに、未だ深水弥生に関する手がかりの一つも摑めねぇとは――」

そんなことより、ここの元従業員達を探さなければならない。

「先生。ここから一番近いホテルか旅館は？」

「待って下さい」高坂が名簿を見ながら携帯を操作する。「ありました。龍神荘といって、そこの坂を降りて右折、そのまま真っすぐ行くと右側にあります。車だと四、五分じゃないですかね」

「よし、行こう」

車に乗って龍神荘を目指した。

龍神荘は思ったよりも近くにあり、早速、フロントで白水荘の元従業員達について尋ねてみたのだが、ここは元より、この近辺の宿泊施設にもいないと教えられた。

「先生。ここからは手分けして話を訊こう」

「了解です」

それから夕方まで、片っ端から宿泊施設を当たったが、残念ながら今日は収穫なしという結果になった。そんなわけで、最後に訪ねたホテルの近くにあった民宿に泊まることにした。名前は『鰍荘《かじか》』。

平日だから部屋は空いているだろう。

高坂の居場所を訊いてピックアップに向かい、再び戻って鰍荘の駐車場に車を入れた。

畳に寝転がって大の字になっていると、女将が茶と菓子を運んできた。それに口をつけて一休みし、それから高坂を誘って露天風呂に足を運んだ。

湯に浸かって部屋に戻ると、しばらくして食事が運ばれてきた。川魚の姿焼きやら山菜の天ぷらが並び、肉は猪だそうで、女将が「石焼で召し上がって下さい」と言う。

女将の酌でビールが注がれ、二人はコップをぶつけあった。

「ごゆっくり」

「女将さん」

槙野は、部屋を出ようとする女将を呼び止めた。

「何でしょう？」

女将が改めて座卓の前で座る。

「十年前に廃業した白水荘はご存じですよね」

「ええ。白水荘がどうかしましたか？」

「あそこで働いていた元従業員の方達を探しているんですよ。心当たりはないですか？」

女将が首を捻る。

「さぁ……。白水荘の従業員は、調理場も含めて全部で三十人余りいたと思います。旅館業組合の集まりで白水荘の女将の小野寺《おのでら》さんとは何度かお会いしましたけど、いつだったか、そんなこと話していました。でも、廃業してからのことはちょっと――。従業員達の噂も聞きませんねぇ」

「そうですか――」

すると女将が、明らかに表情を曇らせた。

「どうかしたんですか?」

まず溜息があった。

「――小野寺さんのことを思い出しちゃって……。自殺したんです」

「自殺?」

死んだとは聞いていたが――。

高坂も「どうして?」と訊き返す。

「借金を苦にしたんじゃないかって噂で――あれから七年になるかしら」

「聞くところによると、とても親切な女性《ひと》だったそうですね」

一瞬の沈黙があった。

「まあ、客商売してましたから、人あしらいは上手だったでしょうけど――。それではごゆっくり」

女将が部屋を出て行った。

「先生。最後は何だか、奥歯にモノが挟まったような口ぶりだったな」

「ええ――。聞きようによっちゃ、『外面が良かっただけ』と受け取れますけどね。それで、明日の行動予定は?」

「今日の続きをやって、ダメなら精進湖に移動しよう。見つかってくれればいいけどな」

高坂は同調しなかった。見つかればその場でこの仕事は終わり。また、事務所で弁護依頼の電話をひたすら待ち続ける日々が始まるのだから、同調したくないのも無理からぬことだった。

※

二月十六日　火曜日――

精進湖に到着したのは正午前、高坂と手分けして本栖湖周辺で残りの宿泊施設を当たったが全くダメ。それでこっちに移動してきたのである。

まずは近場の宿から話を訊き始めたが、三時間経っても気の利いた証言はゼロ。『今日も精進湖周辺の民宿泊まり確実か』と覚悟を決めかけた矢先、高坂から電話があって槙野は小躍りした。白水荘で仲居をしていた女性を知っているという人物を見つけたというのだ。高坂を連れてきて正解だった。

車に駆け戻り、教えられたホテルに向かった。

辿り着いたのはそこそこ大きな観光ホテルだった。玄関先にいた高坂がこっちに気付いて駆け寄ってきて、助手席のドアを開けた。

「よくやった」

「どうも」高坂が助手席のシートに尻を埋める。「教えてくれたのは、このホテルのフロントにいた男性でした。白水荘が廃業してすぐ、その仲居さんを修善寺の老舗旅館に紹介したそうです。旅館の名前は『秀明館』」

高坂からメモを受け取った。

「今度は修善寺かよ〜」まあ、一三九号線を使えば静岡県の富士市まで行けるし、そこから南下すれば修善寺まで三時間余りか。「その仲居の名前は？」

「広田康子《ひろたやすこ》さんです。明日は伊豆ですね」

「いや、これから向かう。それと、先生はここまでだ。ご苦労だったな」

「え？　もう終わりですか？」

どうやらまだ仕事がしたいようだが、ここまでくれば高坂の手を借りなくてもいい。それに、あまり経費が嵩《かさ》み過ぎるのも考えものである。いくら神谷千尋が『経費は幾らかかってもいい』と言ったからといって、高坂を使ったのはこっちの都合以外の何ものでもないのだ。

「そう暗い顔すんなって。また仕事回してやるから」

「はい……」

「このまま東京に戻ってくれ、バス停まで送る」冷たいようだが仕方がない。「日当は昨日と今日の二日分。それと、帰りの交通費も請求してくれ」

バス停に着くと、肩を落とした高坂が、「お疲れさまでした」の暗い声を残して車を降りた。

「お疲れ」と言いかけたが、高坂の背中があまりにも哀愁を帯びており、槙野はとうとうその姿に絆《ほだ》された。

「分かったよ、乗れよ」

「え？」

高坂が目を輝かせて振り向く。

「連れてってやるよ」

「ホントですか！」

「ああ」予期せず、高坂の存在が調査の進展を早めたこともある。連れて行けば、また何かの役に立つかもしれなかった。「但し、これから先の日当は半額だ。それでもいいか？」

「構いません！」

やがて、前回訪れた朝霧高原が後方に過ぎ去り、富士インターで東名高速に乗った。それから沼津で降り、そこからは伊豆中央道を使って午後八時過ぎに修善寺に到着した。

この時間だから、広田康子は忙しい最中だろう。『秀明館』を訪ねるのは明日にして、こっちの宿泊先を探すことにした。

※

二月十七日　水曜日――

修善寺駅近くのビジネスホテルを出た槙野と高坂は、脇目も振らずに『秀明館』を目指した。場所は高坂がインターネットで検索済みだ。

車を湯ヶ島方面に走らせること数分、お目当ての『秀明館』が見えてきた。老舗というだけあって、いかにも歴史を感じさせる佇まいである。ホームページによると露天風呂が複数あるそうだが、今回はお預けだ。

駐車場に車を入れた槇野は、「先生。車で待っていてくれ」と言ってドアを開けた。だが、思い直した。探偵がいきなり訪ねて行けば胡散臭がる人間もいる。だが、弁護士が訪ねてきたとなればそれ相応の対応をしてくれるだろう。広田康子の情報も、高坂だから訊き出せたと言えなくもない。「先生。やっぱ一緒にきてくれ」

「はい」

「それで、広田さんにこう言ってくれないか。『弁護をしている刑事被告人のアリバイ調査をしている。その被告は事件当日、本栖湖の白水荘に宿泊していたと証言しているが、ご存じのように白水荘は廃業していて証言の裏が取れない。宿帳が保管されている場所に心当たりはないか』と」

「分かりました」

二人して『秀明館』のフロントに足を運び、高坂がそこにいた黒服男性に会釈した。

ここから先は高坂に任せ、槇野は近くの応接セットに移動した。

ほどなくして高坂が戻り、「すぐにくるそうです」と言って槇野の横に座った。

待つうちに仲居姿の中年女性がフロントに現れた。するとさっきの男性が、仲居と二言三言交わしてからこっちに目を向けた。

頷いた仲居がこっちに向かって歩いてくる。

どうやら彼女がお目当ての女性のようだ。痩せ型で髪は纏め髪、年齢は四十代といったところか。

「広田ですけど、私にご用でしょうか？」

彼女が言うや、高坂が立ち上がって頭を下げた。槇野もそれに倣《なら》う。

「高坂と申します」

「忙しいのでお話は手短にお願いしますね」

「はい」

高坂が打ち合わせ通りに話し、彼女はその話を頷きながら聞いていた。

「宿帳ねぇ――」

「どこかに保管されていませんか？」

「どうかしら？」彼女が首を捻る。「私には心当たりがありませんけど、マネージャーをされていた森安《もりやす》さんならご存じかも」

「その方はどちらに？」

「大阪の堺市です。白水荘が潰れ、息子さん夫婦の許に身を寄せたんです。もうお歳でしたから」

「連絡先は？」

広田康子が携帯を出し、高坂が彼女の言う通りにメモした。

「どうもありがとうございます」

「いいえ」

少々引っかかることがあり、槙野は改めて広田康子を見た。『鰍荘』の女将の態度だ。どうも釈然としないのである。

「白水荘の女将さんのことなんですが、自殺されたそうですね」

言った途端、彼女が唇を歪めた。

「地元では、借金と介護生活を苦にして無理心中したんじゃないかって言われてます。白水荘が潰れた時の借金を細々と返済していたんじゃないかしら。まあ、自殺に追い込まれたのは自業自得ですけどね——」

「と言うと？」

「死んだ人間ですから、こんなことを言うのはどうかと思いますけど——」

「教えて下さい」

苦虫を噛み潰したような顔をした彼女が、「あんな無茶苦茶な経営していたら、そりゃあお客さんもこなくなりますよ。借金抱えて当然。ほんっとに、業突く張りなんだから」と言い捨てた。

業突く張りとは穏やかではない。

「無茶苦茶な経営？」

「そうです。ただでさえ不況の煽りでお客さんが減っているのに、メニューの食材を偽装していたことがバレちゃってね。本場の京懐石を再現したとか、高級食材しか使っていないだとか、よくもまあ、あんな嘘がつけたもんですよ」

旅館業者が食品偽装で追及されたら致命的だ。

「業突く張りと仰いましたけど、お客さんにはとても親切だったとか。それに、盲目の妹さんの面倒も見ていたと聞きましたけど」

「お客さんには外面が良かっただけですよ。陰では『あの馬鹿客はうるさい』だとか、『こんな値段で泊めてやってるのに注文が多い』だとか、聞いてるこっちがヒヤヒヤすることもあって——。何よりも、従業員を馬車馬みたいにこき使うし、ちょっとミスしただけで罵声の嵐を浴びせるし、もう、最低の女でした」

従業員達の愚痴が噂となり、『鰍荘』の女将の耳にも入ったのだろう。だからあの時、彼女はこっちの話に同調しなかったのだ。かなり問題のあった女性のようだが——。

「それにしても、世に中をなめきったような厚顔無恥《こうがんむち》なあの女が、人並みに悩んだ挙句に焼身自殺するなんてねぇ」

「焼身自殺?」

「ええ。その話を聞いた時は信じられませんでしたよ。その焼身自殺なんですけどね、あの女、自殺する直前に狂っちゃったそうで」

「狂った?」

裏返った声で高坂が訊き返す。

「そうなんです。奇声を発して庭で踊っていたって——。白水荘が潰れ、あの女は富士急行河口湖駅の近所に引っ越したんですよ。何でも、親戚から借りた古い一戸建てだったとかで、その家の庭で狂ったみたいに踊って奇声を上げ、挙句に家にまで火を点けたって。焼け後から母親の焼死体も出てきたんですけど、その母親は寝たきりで動けなくて、火が回っても逃げられなかったんでしょう」

「だから無理心中と結論されたんですか」

高坂が言った。

「ええ、私にここを紹介して下さった方が教えてくれました。当時は結構噂になったそうですけどね」

どこかで聞いた話と似ているが――。

そうだ！　佐竹裕介を殺した富田修造だ。富田も狂って焼身自殺した。

「それでね」

彼女がそこまで言うと、後ろから「お話中すみません」という女性の声があった。

振り返った先には若い仲居がいて、申しわけなさそうな顔で広田康子を見ている。

「どうしたの？」と広田康子が問う。

「マネージャーが、富士の間の宴会の段取りが分からないから広田さんを呼んできてくれって」

「しょうがないわね」広田康子が小声で言い、高坂に視線を戻した。「すみません。仕事に戻らないと」

「お手数をおかけしました」

高坂が言って立ち上がり、槙野も立ち上がって頭を下げた。

席を離れた広田康子だったが、踵《きびす》を返して槙野達を見た。

「そうそう。あの女に妹なんかいませんでしたよ。弟がいるって話は聞きましたけど」

広田康子はそれだけ言い、通路の奥に消えた。

「槙野さん。白水荘の女将が神谷さんに嘘を言ったってことですよね」

「そうだ」槙野は腕組みした。「業突く張りで性格も悪かった女が、どうして親切心を出して神谷千尋に部屋を提供したのか。しかも、深水弥生が先に泊まっていた部屋をだ。そして、盲目の妹がいると嘘まで言った」

「しかも白水荘の女将は、狂った挙句、自宅に放火して自殺しています」

「ああ」富田修造の死に様と、白水荘の女将の死に様が酷似している。何よりも、深水弥生が宿泊したのは白水荘。深水弥生、佐竹裕介、白水荘の女将、そして富田修造には何らかの繋がりがあるとしか思えなかった。「実はな――」

槙野は、富田修造の死に様について教えた。途端に高坂の眉根が寄る。

「富田修造の自殺と白水荘の女将の自殺、似過ぎていますね」

「うん。何だかややこしい話になってきた」一応、警察に話しておいた方がいいだろう。「それよか、今度は大阪だな」

「電話じゃダメでしょうね」

「直接会って話をするのが礼儀だし、それ以前に、見ず知らずの人間がいきなり電話してきてあれこれ質問したら、普通は警戒するからな。相手は老人みたいだし、新手の振り込め詐欺と勘違いされちゃかなわねぇ」

「僕はどうしたら？」

「ここまできたんだ、ついてきてくれ。だけど、運転は交代だぞ。大阪まで一人で運転するのはきつい」

「喜んで！」

鼓膜が破れそうな大声を出した高坂が、まるでスキップを踏むような足取りで歩き出した。

車に戻ると鏡から電話があった。修善寺に向かうことは昨夜伝えたが、これから大阪に向かうと報告しようと思っていたところだから手間が省けた。

《今どこだ？》
「修善寺ですよ。収穫があったもんですから、これから大阪に行きます」
広田康子の話を伝えた。
《その元マネージャーってのが何か情報を齎《もたら》してくれるといいがな。実は、俺が留守の間に神谷さんから電話があったそうで、調査状況を知りたいってことらしい。お前から報告しとけ》
「分かりました」
携帯を切り、神谷千尋に電話した。
呼び出し音を五回聞き、ようやく先方が出た。
《神谷です》
「鏡探偵事務所の槙野と申します」
《ああ、あの大きな方ですね》
「はい、そうです。お電話をいただいたそうで」
《調査がどうなっているのか気になったものですから》
「二、三日の内にご報告しようとは思っていたんですが——。現在分かっているのは佐竹裕介さんのことだけです」
《どうされていました？》
「亡くなられています」
携帯の向こうから、息を飲む気配が伝わってきた。

《ご病気で？　それとも事故で？》
「事件に巻き込まれました」
《殺されたというんですか！》
「はい。お気の毒ですが――。最近までフランスでお暮らしだったということですから、四年余り前に東京都大田区で起きた『平和島事件』のことはご存じないと思いますが、その事件で甥に刺殺されました」
《ひょっとして、私のせいでしょうか？　あの時、深水さんの伝言を無視したから？》
槙野は笑い飛ばした。
「そんなことありませんよ。あなたが深水弥生さんに会ったのは二十六年前、無関係としか考えられません」
《待って下さい。深水さんとお会いしたのは二十五年前ですけど》
「いいえ、それはあなたの記憶違いです。朝霧高原の輝雲閣の宿帳を調べたところ、佐竹さんの名前があったのは一九九〇年九月の宿帳で、一九九一年九月の宿帳に佐竹さんの名前はありませんでした。それに、一九九〇年の九月、関東地方は台風に見舞われていましたよ。ですから間違いありません」
経緯を簡単に伝えた。
《一年違い――。そうでしたか……》
「なんせ四半世紀も前のことですからね。記憶違いしても仕方ありませんよ」
《それで、深水弥生さんのことは？》

「全く分かっていませんが、これから大阪に向かいますので、ひょっとしたら手がかりが摑めるのではないかと。それともう一点、白水荘の女将ですが、彼女は七年前に自殺していました」
《えっ！　どうして！》
「負債を抱えていた可能性があります。寝たきりの母親の介護もしていたとのことですから、両方を苦にして焼身自殺をしたんじゃないかと言われているそうです」
《焼け死んだ……》
どうしてあんな親切な女性が――。神谷千尋はきっとそう思っているに違いないが　知らない方が幸せということもある。白水荘の女将の本当の姿は知らせずにおくことにした。あくまでも、依頼内容は深水弥生と佐竹裕介の調査なのだ。

2

同十七日　夜半――

東條有紀は、呼吸を整えてベンチに横になった。真上にはラックに収まったバーベルがある。

今日は、何がなんでもこの重量を持ち挙げる。

オリンピック仕様の二〇キロのバーベルバーには、二〇キロプレート二枚と十キロプレート二枚がセットされている。合計八〇キロだ。

「頑張って」

スポーツジムのトレーナーの声に頷き、ブリッジをして背中にアーチを作る。そしてマウスピースを噛みしめてラックからバーを外した。重量がズシリと両肩に伝わり、バーをゆっくりと胸まで下ろす。

挙がって！

全身の力をバーに伝えると、徐々にバーが胸から離れていく。上腕三頭筋が悲鳴を上げながらも耐えている。

「もう少し！」

トレーナーの声が飛び、次の瞬間、有紀の両肘は伸びきった。

挙がった――。

ラックにバーを戻して上体を起こすと、トレーナーが握手を求めてきた。それに応えて右手を出す。

「やりましたね」

トレーナーが笑顔を振り撒く。

「はい」

学生時代は暇があれば筋トレしていたから、八〇キロはそれほど難しい重量ではなかったが、刑事になってから忙しく、トレーニングもままならずに筋力がかなり落ちた。だから、七五キロを上げるのが精いっぱいだったのだが――。

重たい重量を挙げたからといって何か良いことがあるわけではない。しかし、男の心を満足させられる。自分はその辺の男よりもずっとパワーがあるのだと。

立ち上がって近くのベンチに移動し、スポーツドリンクに手を伸ばしたところで携帯が高らかに鳴った。また槙野からだ。

《まだ待機態勢中か？》

「待機態勢中であることは間違いありませんが、前回の待機態勢が続いているわけではありません」

《ほう〜。じゃあ、一つ事件を片付けたってことか》

「ええ。二月七日に発生した、足立区の主婦刺殺事件を担当していました」

《あの事件か。容疑者は亭主だったんだよな》

「はい。夫婦喧嘩が拗《こじ》れて妻を刺殺。夫が逃走したために行方を追っていたんですが、三日後、練馬警察署管内の派出所に出頭してきました。取り調べに三日、その後、送検用の調書作成に二日を要し、翌日から待機態勢に入っています」

《楽な事件だったな》

「毎回そうならいいんですけどね。今回のツケが回って、次の事件が難事件にならないことを願うばかりです。ところで、今度は何ですか？」

《ちょっと情報提供しようと思ったんだ》

「情報？」

《ああ。あの時の調査、まだ継続中なんだが、その過程で奇妙な話を耳にした。十年前に潰れた旅館の女将が、平和島事件の犯人と同じ死に方をしているのさ。七年前のことらしいが》

「どういうことです？」

《事の発端は、ある人物がうちに調査依頼を持ち込んだことだった》
それからしばらく、有紀は槙野の話を訊き続けた。そして話が終わると、知らず、眉根が寄ってい
た。身内二人を刺し殺して自らも焼身自殺した男と、東京から遠く離れた旅館の女将が同じ死に方を
しているとは――。何よりも深水弥生のことだ。平和島事件の被害者の一人である佐竹裕介の恋人が、
その旅館に泊まっていたのである。偶然であるはずがない。
《驚いたようだな》
「ええ――」槙野の情報は只の偶然では片付けられない。元々、『富田修造が鬱だったから』という
犯行動機には釈然としなかった。「槙野さん、これから会えませんか？　お会いして、もっと詳しい
話を訊かせていただきたいんですけど」
《今は大阪にいるんだ。事と次第によっちゃ他所に行くことになるかもしれねぇから、東京に戻るの
は早くても明日の夜か明後日だ》
「出張なら仕方がありませんね。東京に戻られたらお電話いただけませんか？」
《いいぜ。じゃあな》
携帯を切ってすぐに長谷川に電話すると、眠そうな声で《どうした》の声が返ってきた
「お休みでしたか？」
《ああ。疲れが出たようだ》
「申しわけありません」
《俺の安眠を妨げたってことは、それなりの理由があるってことだよな》

「ええ。元組対の槙野さんから情報提供がありました。平和島事件に関係している可能性があるかと」
《聞かせろ》
話を聞き終わった長谷川の第一声は、《お前が俺を起こすわけだ》だった。
「妙ですよね」
《うん》
「槙野さんからもっと詳しい話を訊こうと思ったんですけど、現在出張中で大阪にいるそうです。どう処理しましょうか」
《明日、係長に話してみる》

※

二月十八日　木曜日　午後零時五十分——

昼休みを終えた二班のメンバー達が刑事部屋に戻ってきた。楢本はデスクに着くや新聞を広げ、元木はPCを立ち上げる。最後に部屋に入ってきた内山はというと、爪楊枝《つまようじ》を咥えたまま大きなゲップを吐き出した。

「あ～、食った食った」

有紀は内山の腹部に目を向けた。

「あんた、また太ったんじゃないの？」

「そうか？」

内山が、自分の腹回りを摩る。

「その腹の無駄な脂肪を落として、少しは走れるようにしときなさいよ」

前々回の事件で内山は逃走した容疑者を追い、結局、振り切られている。幸いにもすぐに元木が容疑者を見つけて事なきを得たが、あのまま逃がしていたら内山は懲戒ものだった。

「これでも毎夜走ってるんだ、心配すんな。ところで、あの件はどうなったのかな？」

今朝、メンバー全員に槙野の証言を伝えた。

「さっき、班長が係長に呼ばれて出て行ったけど――」

「下手したら、俺達の事件《やま》になるかもな」と槙本が言った。

「どうしてです？」と元木が問う。「平和島事件を担当した班が再登板すると思いますけど。え～と、どこの班でしたっけ？」

「七係の辰巳班よ」と有紀が答えた。

「辰巳班は現在担当している事件で手一杯だろう。なんせ、先週起こった女子高生誘拐殺害事件を調べているからな」

槙本が言って新聞を畳んだ。

「ああ、あの事件ですか」

元木が頷く。

「あれも厄介な事件だよなぁ。容疑者に繋がるような遺留品が全くないっていうし――。辰巳さんも厄介な事件を摑まされたもんだぜ、気の毒に」

内山が言って、爪楊枝をゴミ箱に投げ捨てた。

長谷川は五分もしないで戻り、「東條。元木と二人で白水荘の女将が焼身自殺した件を調べ直せ」と告げた。「係長の命令だ」

「内偵ですね」

「そうだ。女将が焼身自殺するに至った経緯と、現場の状況について把握したいそうだ」

上層部を納得させないと平和島事件を再捜査することはできない。納得させるためにはそれ相応の材料がいるということだ。元警視庁本庁の刑事とはいえ、今の槙野は一介の探偵に過ぎず、彼の齎した情報だけでは不十分と係長は判断したのだろう。

「もし、平和島事件の犯人の死と、白水荘の女将の死に否定しがたい類似性があった場合は、うちの班が平和島事件も再捜査する」

「辰巳さんのところ、やっぱり手一杯ですか？」

楢本が訊く。

「そうらしい。それでうちにお鉢が回ってきたってわけだ。ちょうど待機態勢中だったしな。まあ、東條の報告次第だが」

奇しくも楢本の予感が当たったが、辰巳班が抱えている事件と負けず劣らずの厄介な事件になるかもしれない。何といっても、過去に遡って捜査しなければならないのだ。白水荘の女将が死んだのは七年前、平和島事件の容疑者である富田修造が死んだのが四年三カ月前――。

「東條。白水荘の女将の自殺現場は富士河口湖町と言ったな」

「はい。そう聞いています」

「山梨県警に問い合わせれば詳細が分かるだろう。一応は事件性の有無を調べたはずだ。詳細が摑めたら、焼身自殺を目撃した人物からも話を訊け」

「はい」

「元木、平和島事件の調書を人数分コピーしろ。全員、今のうちにあの事件の詳細を頭に叩き込んでおくように」

二十分もしないうちに調書のコピーが配られ、有紀は元木に目を向けた。

「行くわよ」

二人は地下駐車場に下り、二班に宛がわれている警察車輛に乗った。元木には平和島事件の調書を読ませなければならず、運転は有紀がする。

イグニッションを回してエンジンをかけ、山梨県目指して発進した。

霞が関入り口から首都高速に乗り、高井戸インターで中央自動車道に進路を取る。

一時間ほどして元木が調書を読み終え、「富田修造の焼身自殺と白水荘の女将の焼身自殺は似過ぎていますよ」と言った。「同じ手口の殺しってことでしょうか?」

「私はそう思う。でも、どちらのケースも目撃者がいて、『庭で奇声を発しながら踊り、挙句に自宅に火を点けた』と証言しているし、謎解きは厄介そうね」

「ってことは、衆人環視の中、二人に触れることなく自殺させたってことになりますね」

「どんな仕掛けがあるのかしらね」

狙った相手に触れずに狂わせる方法とは？　しかも、自宅にまで火を点けさせる方法とは？

すると携帯が鳴った。恐らく長谷川からだと思うが、運転中の会話はご法度である。しかも今は高速の上。そのまま投げているうちに着メロが消え、今度は元木の携帯が鳴り出した。

「元木です。……先輩が運転していて――。……はい。……はい。……伝えます」

元木が携帯を切った。

「班長からね」

「はい。先輩に電話しても出ないから俺の携帯にかけたって。それで、富士河口湖町警察署刑事課の課長を訪ねろとのことでした」

「了解」


それから更に四十分余り車を走らせ、午後三時半過ぎに富士河口湖町警察署に到着した。

建屋内に入り、有紀はカウンターに足を運んで近くにいる女性警官に警察手帳を提示した。

「警視庁捜査一課の東條と申します」

話が通っているらしく、彼女が「お待ちしておりました。ご案内します」と言い、二人を二階の小会議室に案内してくれた。

「こちらでお待ち下さい」

「どうも」と返し、長机に収まっている椅子を引いて座った。

他県に乗り込んできて落ち着かないのか、元木が貧乏揺すりを始める。

「落ち着きなさい。調書を読ませてもらうだけなんだから」

「すみません」

元木が頭を掻いて貧乏揺すりを止めた。

その矢先にドアが開き、少々頬の痩《こ》けた中年男性が入ってきた。手にはバインダーが握られている。

男性が刑事課長であることを告げ、有紀と元木は自己紹介してから名刺を差し出した。

名刺交換を終えて席に着くと、刑事課長が咳払いをした。

「まさか今頃になって、警視庁の、しかも捜査一課の方々が訪ねてこられるとは思いもしませんでしたよ」

「七年前の出来事だとか？」

有紀が訊く。

「そうです。まず、調書のコピーに目を通して下さい。二部取ってありますから――。終わったら状況を説明します」

調書のコピーを渡され、二人はそれを一心不乱に読み進めた。

事態が起きたのは二〇〇九年三月七日、午前六時半頃。現場は山梨県南都留郡富士河口湖町〇〇三―〇〇。小《お》野《の》寺《でら》妙《たえ》子《こ》方。死亡したのは小野寺妙子本人と実母の二名。実母は寝たきり老人だったそうで、娘の妙子が介護していたという。

目撃者は、小野寺宅の両隣の住民五名。全員、『小野寺さんの家から大音量の音楽が聞こえ、何事かと思って小野寺さんの家を見た。すると、小野寺さんが庭で椅子に座っていて、何故か突然奇声を発して踊り出した』と証言している。その後、目撃者達が小野寺妙子に駆け寄る間もなく、彼女は家の中に駆け込み、瞬く間に火が家中に回ったとのことだ。

『大音量の音楽。椅子に座っていた』これも富田修造が焼身自殺したパターンと同じ。間違いない、二つの焼身自殺は同一犯による殺しだ。有紀は調書を読み進めた。

焼け跡から発見された二つの遺体に外傷はなく、勝手口の外でガソリンが少し残ったポリタンクが発見されたこと。また、『死因は焼死』の解剖結果も出たことから、富士河口湖町警察署は『借金返済と介護疲れによるノイローゼで無理心中を図った』と断定している。

有紀は顔を上げて刑事課長を見た。

「解剖もされたんですね」

「ええ。目撃者達が『小野寺さんが狂ったと思った』と証言しましたからね。それで、『薬物使用による錯乱の可能性がある』と、現場検証した当時の刑事課職員が判断しました。結果はシロで、焼身自殺と断定された次第でして――」

小野寺妙子のケースも富田修造のケース同様、薬物は使われていない。では、犯人はどうやって二人を狂わせたのか？

「ところで東條さん。この件をどうして調べていらっしゃるんです？」

「まだ捜査段階ですのでお話しできません。どうかご理解下さい」

刑事課長が軽く口を尖らせ、「そうですか」とぶっきらぼうに答えた。

「目撃者は小野寺邸の両隣の住人ということですけど、お名前は？」

「そこまでは覚えていませんねぇ」

刑事課長が首筋を摩る。

現場に行って訊き込みするしかないか。

「大変参考になりました。ご協力感謝します。このコピー、いただいても？」

「どうぞどうぞ、持って帰って下さい」

「それでは失礼します」有紀は元木に目配せした。「行きましょう」

カーナビに現場の住所を打ち込み、表示されたルートに従って車を走らせるうちに小雪が舞い始めた。

やがて本降りとなり、何とか目的地に辿り着いた二人は、雪のカーテンの中に降り立った。小野寺邸があった場所は未だに更地で、『売地』の立て看板がひっそりと佇んでいる。焼身自殺の一件からすでに七年、未だに買い手が付かないということは、やはり自殺者の土地ということで敬遠されているのだろう。だが、両隣には家がある。どちらもそこそこ大きな家だ。

元木が傘を開き、それを有紀に差しかけた。

「先輩。どっちの家から当たります？」

「右の家からにしましょうか」

門扉に歩み寄って表札の横のインターホンを押すと、幸い住民が出てくれた。声からすると年配の女性か。

「東京の警視庁から参りました東條と申します」

《警視庁？》

甲高い声が返ってくる。

「はい。以前、お隣に住んでいらした小野寺さんのことでお話が――。お手間は取らせませんので、ご協力いただけませんか？」

《ちょっと待って下さい》

間もなくドアが開き、品の良さそうな壮年女性が顔を出した。

すかさず警察手帳を提示する。

「ご迷惑をおかけします」

「あらまあ、東京からわざわざこんな所まで――。寒いですからお入り下さいな」

「恐れ入ります」

親切な女性で助かった。

玄関は広かった。二畳はあるだろう。

女性がスリッパを出す。

「どうぞ」

「いえ。ここで結構です」

「そちらが良くてもこっちが困ります。玄関は寒いですからね。それに、主人も入ってもらいなさいと申しております」

「それではお言葉に甘えて」と返した有紀は、上がって脱いだ靴を揃えた。

二人して女性の小さな背中に続き、薪ストーブが燃えさかる広いリビングに通された。あちらこちらに大きな帆船模型が飾られており、中央にある座り心地の良さそうなソファーには、見事な白髪の老人が座っていた。老人がこっちを見るや立ち上がり、「ご苦労様です」と言った。そして女性に目を転じて「お茶、お出しして」と告げた。

促されるまま男性の正面に陣取った二人は、改めて警察手帳を提示して名刺を差し出した。早速、有紀が小野寺妙子の焼身自殺について質問する。

「どういう状況だったんでしょうか?」

「あの日は風一つない穏やかな日で、騒ぎがあったのは朝でした。家内は朝飯の支度をしていて、私は新聞を読んでいたんですが、突然、小野寺さんの家の方から大音量の音楽が聞こえてきて、このリビングから小野寺さんの家を見たんですよ。でも、塀があるもんですから向こう側が見えず、階段を駆け上がって二階から小野寺さんの家をもう一度見たんです。そうしたら彼女が庭で、まるで狂ったかのように叫んでいて、何故か踊っていました。狂い踊るとでも表現すればいいのかなぁ」夫が小首を傾げる。「そうしたら、今度は家の中に駆け込んで、瞬く間に火が出たんです。火はあっという間に燃え広がって、私は急いで消防署に電話しました。それから外に出て小野寺さんの家の前まで行くと、向こう隣の家のご夫婦と息子さんも駆け出してきました。彼らも小野寺さんが狂った姿を見たと言っていましたよ。私と同じように、大音量の音楽が聞こえて二階に上がり、そこから小野寺さんの家を見たそうです。あの日は風がなくて助かりましたよ」

夫人も「ほんとにねぇ。風が強かったら、もらい火していたかもしれません」と同調した。「近所が総出で初期消火に当たり、通りすがりの人も手伝ってくれました」

「とんでもないのが引っ越してきたもんです」と、夫が苦虫を嚙み潰したような顔で言った。

「どうしてあんなのが引っ越してきたんでしょうね。性格は悪いし」

夫人も吐き捨てるように言う。

「性格？」

有紀は語尾を上げた。

「そうなんですよ」夫人が答えた。「町内会の決め事は守らないし、当番もさぼってばかり。注意したら逆切れして、『母親の介護で手一杯だから町内会のことまでやってられない』と——。こっちはバケツの水までかけられたんですよ」

「かなり問題のある人物だったようですね」

元木が言い、「そりゃもう」と夫婦同時に答えた。

「挙句の果てに自宅に放火でしょう。死んだ人間ではあるけれど、気の毒だなんてこれっぽっちも思わないし、いなくなってくれてホッとしているというのが正直な気持ちです」

夫が言ってコーヒーを飲み干した。

辞去した二人は向こう隣の家でも話を訊くべく訪ねたが、残念ながら不在だったため、東京に戻ることにした。

警視庁に戻ったのは午後七時半、有紀は調書をコピーし、それをメンバー達に配ってから、小野寺妙子の人となりと焼身自殺した時の状況を具に話した。

長谷川の第一声は、「富田修造のケースと完全に同じだな」だった。「しかも、時間帯まで殆ど同じだ」

「二つのケースの違いを強いて挙げれば、小野寺妙子が身内を刺殺していないことだけですね」

楢本が言った。

「そうだな。俺は係長に報告してくるから待機していてくれ。間違いなく内偵指令が出ると思う」

長谷川は一時間ほどで戻り、やはり平和島事件の再捜査が命じられた。小野寺妙子の焼身自殺については山梨県警が洗い直すとのこと。明日は、有紀と元木が富田真一の第一発見者である中村に、楢本と内山が同じく第一発見者の須藤に改めて事情聴取することになった。長谷川は富田修造を調べ直すという。そして今日は解散となり、有紀は帰宅の途についた。

エレベーターホールに足を運ぶと、後ろから「おい」と声がかかって振り向いた。辰巳だった。いつもの顰めっ面でこっちを見ている。

「こんばんは」

「あの事件、長谷川班が再捜査するんだってな」

「ええ」

「さっき、八係の係長とお前の親分が俺に断りを入れてきた」

「終わった事件を蒸し返す結果になってすみません。私も、まさかこんな展開になるとは思っていませんでしたので」

「お前が謝ることはない。あとになって状況が変わるのはよくあることだし、こっちは別の事件を抱え込んじまったから仕方ないさ。分からないことがあったら聞きにこい。知ってることは教えてやる」

「ありがとうございます」

するとエレベーターのドアが開いた。

3

午後八時過ぎ――
大阪府堺市

槙野は仁徳天皇陵近くの住宅地で車を止めた。勇んで堺市まできたのは良かったが、白水荘の元マネージャーの森安氏は用があるとかで、午後八時以降でないと会えないと言った。そんなわけで、今日は大阪見物をしていた。

車を降りてメモに認めた住所を探すと、ほどなくして見つかった。

ここだ――。

収穫があってくれよと祈りつつ、高坂にインターホンを押すように促す。

高坂がインターホンを押すと、対応したのは明らかに老人の声だった。

《どなた？》

「お電話した、弁護士の高坂です」

《ああ、ちょっと待って下さいね》

玄関のドアが開き、見事な禿げ頭の人物が出てきた。

「森安です」

二人して頭を下げ、名刺を渡した。無論、槙野の名刺は偽物だ。弁護関係のことで話が訊きたいと言ってあるのに、探偵が現れたら固めた嘘がぶち壊しである。

「家の中は散らかってるもんで、そこの喫茶店にでも行きましょうか」

言われるまま森安に続き、数分歩いて喫茶店に辿り着いた。

中には客が二組しかおらず、三人は窓側の席に着いて全員がホットコーヒーを注文した。

森安が高坂に目を向ける。

「昨日、あなたから電話をいただいて驚きました。まさか、白水荘がまだ残っているとは思いませんでしたから」

「解体費用もバカにならないし、大量の廃材を投棄するにもかなりの額がかかりますからね。今は廃墟同然ですよ」

「バブル期は繁盛していたんだけど、不況の煽りを受けちゃったからねぇ。十年前に潰れましたけど、それまでよくぞ踏ん張ったと思います」

「女将さんも自殺なさったとか」

「その話は私も聞いています。まあ、客足が減った原因の半分は女将にあったし、自業自得ってところでしょう」

広田康子も言っていた。自業自得だと――。

「でもまあ、運が悪かったこともあります。それで、ご用件は？」

広田康子にした説明と同じことを伝えた高坂が、「そんなわけで出向いてきたんですが」と言って森安の顔を覗き込んだ。

「宿帳ですか」

「はい。どこかに保管されていないでしょうか？」

「う～ん、どうだかなぁ」森安が腕組みする。「白水荘が解体されていないのなら、ひょっとして残ってるかもしれないけど」

槙野は色めき立ち、高坂に代わって「どこにです？」と尋ねた。

「今までに、潰れた旅館やホテルを沢山見てきましたけど、債権回収業者は金目の物とか売れそうなものしか持って行かないんですよ。一銭にもならない宿帳なんかは持って行かないでしょうから、白水荘が残っているなら地下の倉庫にまだあるかもしれませんねぇ」

「倉庫？」

「ええ。宿帳ってのは旅館業者にとっては大切なもので、そうそう破棄するもんじゃありません。何故かというと、リピーター客がいるからです。前回と同じ料理は出せないし、同じ部屋ってのも変化がなくて良くない。だから、前回宿泊した日付を宿帳で確認し、その日にどんな料理を出し、どの部屋に泊まったかを別の帳面と照らし合わせるんですよ」

　ということは、白水荘に侵入してみないと分からないということだ。いくら廃屋の様相を呈しているとはいえ、勝手に入ったら住居侵入罪。どこで誰が見ているか分からないし、通報でもされたらかなわない。忍び込むなら夜だ。それでも宿帳が見つからなければ今度こそお手上げだから、鏡も諦めるだろう。

　二人は森安に礼を言って車に戻った。

「先生。白水荘に忍び込むことにした」

「言うだろうと思っていましたよ。見つかってくれるといいですけど、不法侵入になりますね。廃屋とはいえ――」

「まあ、そうなるな」

「元刑事としては複雑じゃないですか？　一応、犯罪だし」

「俺にそんなモラルなんぞあるか。探偵がモラルのことなんか考えていたら商売上がったりだ」

　調査の内容によっては個人情報保護法を無視し、それなりの筋を使って対象者の戸籍を入手することもある。それが探偵業というものだ。

「まさか、これから行くんじゃ？」

「行く。向こうに着くのは丑三時《うしみつどき》だから、忍び込むにはちょうどいい」

　二人は再び白水荘を目指した。

白水荘に到着したのは午前二時前、交代で運転したものの、四〇〇キロ近くの移動はさすがに堪えた。

闇の中に佇む白水荘は、昼間見た時よりも遥かに不気味だった。これからここに入るのかと思うと気分が萎《な》えるが、やらないと事態の進展はない。

「先生、あんたは車にいてくれ。万が一、通報されて警察がきたら厄介だ。弁護士が住居侵入罪で捕まったら洒落にならないからな。それと、車も少し離れた所に移動させといてくれ」

「じゃあ、出たら電話を下さい」

途中で調達した懐中電灯を片手に、槙野は車を降りた。

ガラスが割れた窓を適当に選び、近くに転がっているコンクリートブロックを摑んだ。それを割れているガラスに叩きつけて入り口を広げる。

もし捕まったら器物損壊罪もプラスかな？　そんなことを呟きつつ懐中電灯を口に咥え、でき上がった入り口によじ登った。

建屋内に降り立つと、足元は赤い絨毯だった。空気は淀み、黴《かび》臭さも漂っている。壁紙は所々で剝《は》がれており、水が伝って変色した箇所もある。地下室がどこにあるか分からないから、まずは階段を探すのが先決だが、さて、どっちに行くか？

明かりを左右に向け、気分のまま左に進んだ。すると、壁に貼られた館内図を見つけた。薄汚れたそれをハンカチで拭き、明かりを当てて凝視する。

ここから北に少し行くと階段があるようだ。それにしても不気味ではないか。中学生の頃、同級生達と一緒に夜の学校に忍び込んで肝試しをしたことがあったが、あの時よりも遥かに不気味だ。かつてここに、多くの宿泊客が訪れていたとは信じ難い。神谷千尋と深水弥生は、どの部屋に宿泊したのだろう？

尻がもぞもぞし出し、駆け出して階段に向かった。

あった！

階段の幅は二メートルほどで、奈落《ならく》の底に続くかのように下に向かって伸びている。途中の踊り場で階段は向きを変え、そこから下は十段あった。

地下に着くと通路は左右に伸びていた。だが、壁に貼られているアクリルボードに文字はない。劣化して消え去ったか。

今度は右に行ってみた。数十メートル歩くと通路は右に折れ、その少し先にはまるで墓場の破れ提《ちょう》灯《ちん》の如く、『男湯』『女湯』と書かれた赤い大きな提灯が二つ、天井からぶら下がっていた。この先は風呂場だ。

回れ右して元きた通路を逆戻りし、階段を左に見ながら奥に進んだ。左右に幾つかドアが見える。片っ端から開けるしかないかと独りごち、宿帳が残っていることを祈りつつ鉄製のドアを開けていった。

三つドアを開けたが、あるのはゴキブリの死骸や旅館名が書かれたビニール製の青いスリッパ、床に溜まった埃と空の段ボールばかり。『収穫なし』の四文字が頭を過り始め、次こそはの思いで四つ目のドアを開けた。

ここは他の部屋と違っていた。錆びて見る影もない移動式の収納棚が幾つかあり、その内の二つに、ミカン箱程度の大きさの段ボールが数個収まっていた。いずれも何か書いてある。

それを見た瞬間、槙野は思わずガッツポーズをした。間違いなく『宿帳』と書かれているのだ。

勇んで段ボールの一つに手をかけた。かなり重い。それを床に置き、紙製のガムテープを剥がして中を見た。分厚い布製のバインダーが十数冊収まっている。改めて段ボールの横を見ると、『昭和二十五年〜昭和三十五年』と書かれているから、一番古い物はかれこれ六十六年も前の宿帳ということになる。

それから段ボールを全部引っ張り出し、一九九〇年の段ボールを探した。元号表示だと平成何年だったか？

そうだった！

輝雲閣の女将に最初に見せてもらった宿帳には、『平成三年（一九九一）』と書かれていた。一九九〇年なら平成二年だ。

平成二年の宿帳が収まった段ボールはすぐに見つかり、悴《かじか》む手に息を吹きかけて中のバインダーに目を通していった。そして数冊目のバインダーを開き、同時に「見つけた！」の声が漏れた。

こんなお化け屋敷さながらの廃屋に、二度も足を運んだ甲斐があったというものだ。

「九月、九月」

鼻歌でも口ずさむようにしてページを捲り、やっとそのページを突き止めた。だが――。

どうなってんだ？

どこを探しても深水弥生と神谷千尋の記載がないのだ。一瞬、頭の中がパニックに陥る。

どうして二人の名前がない？

ふと、神谷千尋の証言が蘇った。彼女は、二十五年前にこの白水荘に泊まったと言ったのだ。しかし、佐竹裕介が輝雲閣に宿泊したのは二十六年前だったではないか。だからこそ、神谷千尋の記憶は間違いだったと結論したのである。

えぇい、ごちゃごちゃ言うな。

もう一人の自分にそう言い捨て、槙野は平成三年の宿帳を探した。

見つけた！　同じ段ボールに収まっていたのである。半信半疑でページを捲っていく。

あった！

神谷千尋の名前だ。勘が当たった。しかし、同時に首を捻る結果にもなった。深水弥生の名前がどこにもない。この事実は、別の疑問を生み出す結果にもなった。佐竹裕介の宿泊記録が一年前の九月にあったこととの謎である。本来なら、佐竹裕介の宿泊記録も平成三年の九月になければならないというのに、どうして一年前の平成二年の九月に宿泊記録があったのか？　それ以前に、深水弥生の名前が宿帳に残されていないのは何故だ？

まさか！

神谷千尋はこうも話していた。『深水弥生が犯罪に関係している可能性を感じ、それで佐竹裕介との接触を避けた』と。もし深水弥生が犯罪に関係しているなら、実名で宿泊しなかった可能性はある。だが、それならもう打つ手がない。彼女の素性を辿る糸が完全に断ち切られたことになるからだ。いくら探偵でも、偽名を使った対象者を特定するのは不可能。

ここまでやったんだからもういいだろう。

宿帳を段ボールに戻しかけたところで、元マネージャーの森安が言ったことを思い出した。『白水荘の女将は運が悪かった』と。あの時は聞き流してしまったが、どういう意味だったのか？ まさか、犯罪に巻き込まれたということか？ 事実、女将の死に方と佐竹裕介を殺した富田修造の死に方は酷似しているし、佐竹裕介にしても、平成三年の九月に朝霧高原に行ったはずなのに、何故か輝雲閣に宿泊していないのだ。加えて、深水弥生までもが偽名で白水荘に宿泊した可能性がある。

槙野はもう一度、平成三年の宿帳を開いて九月の宿泊者名簿に目を通した。この日は全部で五十八人宿泊しているが、女性は三十人。うち十人が五十歳以上である。深水弥生と佐竹裕介は恋人同士だったのだから、二人の年齢はそれほど離れていないはず。

平成二年九月当時、佐竹裕介は二十八歳だったから、平成三年の九月は二十九歳。深水弥生の当時の年齢もこの辺りか。

尚も残りの女性達の年齢を調べると、三十歳以下が五人いることが分かった。この五人に的を絞ることにした槙野は、メモに走り書きして外に出た。高坂を呼び出す。

「俺だ。外に出たぞ」

《すぐ行きます》

数分で我が愛車が目前で止まり、助手席に乗り込んだ槙野は、『どうでした？』と訊かれる前に「あったぞ」と言ってメモを高坂に渡した。

「やりましたね！」

高坂が室内灯を点ける。

「だが、余計に謎が深まっちまった」

地下倉庫で摑んだ事実と組み立てた推理を披露すると、高坂も複雑な表情を浮かべた。

「どういうことです？」

「全く分からん。神谷千尋の記憶は正しかったし、佐竹裕介が朝霧高原の輝雲閣に宿泊したのも一九九〇年の九月で間違いない。辻褄が合わねぇよ」とりあえず、朝になったら森安に電話してみることにした。謎だらけで、彼が言った『白水荘の女将は運が悪かった』の意味も気になってきたのだ。「先生、朝になるまで車の中で寝よう」

槙野が目覚めたのは午前十時過ぎ、疲れていたためか、高坂の鼾に悩まされることはなかった。助手席の高坂はというと、涎を垂らして大鼾を搔いている。

「先生、起きろ」

高坂が薄らと目を開けた。

「あれ？　もう朝ですか」

「ああ。電話するから静かにしててくれ」

森安に電話すると、幸い、本人が出てくれた。

「弁護士の高坂先生の助手の槙野です。高坂先生は手が離せないので代わりにお電話しました」

《ああ、あなたでしたか。宿帳、ありました？》
「ええ、幸いにも——。白水荘を管理している会社に連絡したら、中に入れてくれました」
大嘘だが——。
《それは何よりでした。で、まだ何か？》
「はい。昨日お会いした時、『白水荘の女将は運が悪かった』と話しておられましたよね」
《ええ、まあ》
「どうしてでしょうか？　ひょっとして、彼女が犯罪に巻き込まれたとか？」
《犯罪は犯罪ですけど、ちょっと特殊でね》
「特殊？」
《そうです。殺人犯を泊めてしまったんですよ。指名手配されていれば顔写真が晒されるから泊めなかっただろうし、警察にも通報していたでしょうけどね》
「まさか、女？」
《はい》
それが深水弥生か！　だから偽名を使って泊まった。顔が晒されていなかったからだ。当日は台風の影響で道路が遮断され、深水弥生は朝霧高原に行けずに本栖湖で足止めを食らって白水荘に宿泊。神谷千尋も人穴の盲導犬訓練センターに行けず、同じく白水荘に宿泊して深水弥生と相部屋になった。そして神谷千尋は、深水弥生が犯罪に関係していると直感した。深水弥生にしても、警察に追われていたから宿を出たくなかった。だから、神谷千尋に伝言を頼んだのだろう。

「事件の名前は？」

《ちょっとそこまでは——。だけど、後に報道されて分かったんですが、その女は全部で三人殺していましてね。一人は警官だったと記憶しています》

三人も殺したとなれば大事件だ。一九九一年に起きた大事件で警官まで殺された事件となると——。ダメだ、思い出せない。二十五年前ならこっちはまだ十二歳。野球少年としてグラウンドを走り回っていた頃で、社会の出来事で興味があったのはプロ野球のファンチームが優勝するかどうかだけだった。事件の欠片も覚えているわけがなかった。

鏡なら知っているか。現在五十四歳だから、当時は二十九歳。すでに警視庁捜査四課、通称、マル暴の刑事だったと聞く。

だが、殺人犯を宿泊させたことが運の悪いことなのか？　確かに喜ばしいことではないが、運が悪いというのは大袈裟だ。となると、他に何かあったとしか考えられなかった。

「その女が何かやらかしたんですね」

《やらかしたなんてもんじゃありませんよ。刑事さんが写真を持って訊き込みにきたもんですから、この女が泊まっていると教えました。それから刑事さんが応援を呼んで、その女の部屋に行ったんです。でも、感づいた女が部屋に鍵をかけて中にバリケードをこさえ、刑事さんの説得に応じずに籠城。それから一時間ほどだったかなぁ、警察がドアを破って部屋の中に踏み込むと、女は鴨居に帯を結んで首を吊っていました》

「自殺者が出たということですか」

《そうです》

これで納得した。『自殺者が出た旅館』『殺人犯が自殺した旅館』そんな風評が広がり、バブル崩壊の煽りと不況も手伝って、白水荘から客足が遠退いたに違いない。そこへ持ってきて食品偽装までしたとなれば、潰れるべくして潰れたということか。

白水荘で仲居をしていた広田康子の顔が浮かんだ。あの時、何か言おうとしていたが、このことだったのではないだろうか。

「なるほど。どうもありがとうございました」

携帯を切った槙野は、今の話を高坂に伝えた。

「深水弥生が殺人犯？」

「まず間違いねぇ」

「ふ〜ん。白水荘にとってはいい迷惑だったでしょうね」

「これで調査は終わりだな。あとは深水弥生が起こした事件の詳細を調べて報告書に書くだけだ」

「解決していない疑問は？　神谷千尋さんの記憶が正しかったこととか、佐竹裕介が一九九一年の九月に輝雲閣に宿泊していなかったこととか」

「そこまで調べろとは依頼されていない。確かに疑問は残るが、こっちの仕事は深水弥生と佐竹裕介の現在を調べることだけだ」

「でも、興味があるなぁ。白水荘の女将の死に方も変だし、今言ったことも」

「確かにな。だが、いつまでもこの調査に関わっちゃいられねぇ。こっちは警察じゃねぇんだから」

「深水弥生のこと、警察には話すんでしょ？」

「当然だ、佐竹の恋人だったし――。あとは警察が調べるだろう」

4

午後七時半――

二班のメンバーは小会議室に移動し、ミーティングを開始した。

楢本が咳払いをする。

「第一発見者の須藤さんから話が訊けました。本人に許可を取って録音してありますから、まず、それを聞いて下さい」

全員がテーブルに置かれたレコーダーに視線を落とし、楢本が音声を再生した。

『あの日は中村さんのクルーザーで釣りに行くことになっていて、私と中村さんは富田さんを迎えに行ったんです』

『車で？』

『はい。中村さんの車で』

『あなたが富田さんと知り合われたきっかけは？』

『釣りです。同じ釣り船に乗り合わせ、話をするうちに親しくなったんですよ。そのうち、富田さんから中村さんを紹介され、二人から自分達と同じ釣りクラブに入らないかって誘われて私も入会しました。ですから、二人とは十年来の付き合いになります。富田さんも良い人でしたが、中村さんも同じでね。肩書を鼻にかけることなく、気さくに接してくれて』

『そうですか。話を続けて下さい』

『富田さんのマンションに到着して、いつものように駐車場で待ちました。でも、いつまで経っても富田さんが現れなかったもんですから電話したんですよ。だけど電話も繋がらず、二人で富田さんの部屋を訪ねました。そしてインターホンを押したんですけど、今度も返事がなく、それで中村さんがドアノブに手をかけたんです』

『鍵がかかっていなかったんですね?』

『はい。ですから、富田さんが義理の弟の佐竹さんの部屋に行ったんじゃないかと思ったんです。『義弟が同じマンションに住んでいる』って富田さんが話していましたから。でも、鍵もかけずに部屋を出るのは物騒じゃないかって中村さんが言い出し、彼がドアを開けました。そうしたら、途端に中村さんが固まってしまって……。こっちの立っている場所からは開いたドアが死角になって中が見えなかったもんですから、「どうしたんです?」と言って少し移動したら、私も凍り付いてしまってねぇ。玄関からリビングに伸びる廊下は血が点々としていて、その先の開け放たれたドアの向こうで誰かが倒れていました。服が真っ赤に染まっていて……』

『それで部屋に入られたんですね?』

『はい、怖かったですけど――。最初に中村さんが入り、私も唾を飲み下して奥に進みました。そしてリビングに入るや絶句しました。仰向けに倒れている男性は紛れもなく富田さんでしたから。富田さんは首から夥《おびただ》しい血を流していて、上半身も血塗れ。富田さんを中心にして、流れ出た血がフローリングの床に広がっていました。それで腰が抜け、私はその場にへたり込んでしまいました』

『中村さんは？』

『怯えた目で私を見て、とにかく救急車を呼ぼうと。私は携帯を出し、震える指で一一九番を押しました』

『対応に出たオペレーターに状況を知らせたんですね』

『ええ――。通話を終えると、富田さんに心臓マッサージをしていた中村さんが、富田さんの息子さんと義弟の佐竹さんに知らせると言いました。ですから、私が彼に代わって富田さんに心臓マッサージを』

『佐竹さんと面識は？』

『一度だけ話したことがあります。富田さんから食事の招待を受け、その時に佐竹さんも同席したんです。気さくな人物でしたが――』

『続けて下さい』

『中村さんはまず、富田さんの息子に電話したんですが、相手が出なかったもんですから今度は佐竹さんにかけたんです。でも、佐竹さんも出なくて』

『それであなたが佐竹さんの部屋に行かれたんですね』

『そうです。ですが、中村さんも私も佐竹さんの部屋番号を知らなかったもんですから、まず管理人室に行って事情を話し、そこで部屋番号を聞くことにしました。そんなこんなで富田さんの部屋を出ようとしたんですが、ドアノブを前にしたら手が伸びなくて……。だって、ノブにはべっとりと血が付着していましたから。でも、躊躇している場合じゃなかった。何とか指先でドアノブを摘んで回し、転がるようにして外に出ました。廊下には初老の男性がいて、物珍し気な顔でこっちを見ていましたよ。

それからエレベーターホールで呼び出しボタンを叩き、もどかしさの中でエレベーターの到着を待ちました。そしてドアが開くとケージの中には女性が三人いて、全員がいきなり悲鳴を上げました。心臓マッサージをしたから、富田さんの血がこっちの服に付着していたんです。私はその悲鳴を無視して一階のボタンを押してドアを閉め、一階に到着するなり目前の管理人室に駆け込みました』

『そして管理人と二人で佐竹さんの部屋に行かれたんですね』

『はい。階段を使って二階に駆け上り、小走りの管理人について行きました。管理人が佐竹さんの部屋のインターホンを押したんですが返事がなかったもんですから、やはり留守かと思いかけたんですけど、富田さんの部屋を訪ねた時のことを思い出しました。あの時もインターホンには誰も出ず、ドアの鍵は開いていましたから』

『じゃあ、あなたがドアを開けたんですね』

『ええ。でも、管理人を押し退けてノブを握ろうとした瞬間、私はまた凍り付きました。ノブに薄っすらと血がついていたんです』

『そしてドアを開けたら佐竹さんが倒れていた』

『そうです。私も管理人も呆然と立ち尽くしましたよ。玄関は血の海で、佐竹さんが下駄箱に寄りかかるようにして倒れていたんですから……。管理人の悲鳴が通路に木霊《こだま》して、次々に他の部屋のドアが開いて中から住民達が飛び出してきました――。あれから四年以上も経っていますし、私自身も完全なパニックに陥っていましたから、今話したことが一〇〇パーセント間違いないかと問われれば、多分としか答えようがないんですけど』

『とても参考になりました。証言をして下さってありがとうございます。ところで、佐竹さんから、小野寺妙子という女性の話をお聞きになられたことはありませんか？　本栖湖で旅館を営んでいた女性なんですけど』

『いいえ。佐竹さんとは世間話しかしませんでしたから』

『では、富田さんからは？』

『ありません』

内山がレコーダーを止めた。

「須藤さんの証言は以上です」

楢本が言い、東條有紀は内山に目を向けた。

「須藤さんの挙動は？」

第一発見者を疑え。捜査の鉄則だ。

「どこもおかしなところはなかった」

「俺もそう思った」と楢本も言う。

長谷川が有紀を見た。

「中村さんには会えなかったそうだな」

「はい」昨日アポを取った時はＯＫをもらったのだが、直前になって電話があり、『仕事上のトラブルで急遽北海道に行かなければならなくなった。会うのは明日の夜にして欲しい』と言われたのである。「でも明日、中村さんの自宅で会うことになりました」

第四章

1

二月十九日　金曜日——

「凄い家だなぁ。こういうのを邸宅っていうんでしょうね」

元木が羨望《せんぼう》の眼差しで中村邸を見上げた。

「会社の社長だから金持ってるのよ。それに都議会議員だしね」

中村はコンピューター関連の『株式会社ＮＫシステム』の代表取締役で、先の都議選で無所属として二度目の当選。下調べしたところ、ＮＫシステムは中堅企業で従業員数は百名余り。港区三田に自社ビルを持っているとのこと。中村は社長業と都議会議員の二足の草鞋を履いていることになるが、初当選までに二度落選しているから、三度目の正直で都議会議員の座をものにしたことになる。それにしても、無所属で金のかかる選挙を四度も戦えるとは——。唸るほど金を持っているのだろう。

同じ第一発見者の須藤の証言で、富田真一と佐竹裕介が発見された時の状況は把握しているが、中村が別の情報を齎してくれることに期待だ。

インターホンでのやり取りを経て、門横の通用口が開いてスリムな女性が出てきた。品の良さが滲《にじ》み出ており、皺の数と肌の張りなどから六十歳前後と推察した。

「中村の家内でございます。どうぞ」

通用口を潜った途端に犬の咆哮《ほうこう》があった。近くの鉄の檻の中に大きなドーベルマンがいる。しかし、中村の妻が「静かにしなさい」と言うと、甘えるように鼻を鳴らしてその場に伏せた。

「利口ですね」

「見た目は厳《いか》ついですけどね」

中村の妻が、慈《いつく》しむような目を犬に向けた。

「訓練は？」

「人に嚙みつくといけませんから、知人にお願いして訓練を受けさせています。でも、私にあの子の散歩は無理ですから、主人が毎日連れて行くんです」

見たところ、敷地は二、三百坪ありそうだ。場所は奥沢だから、土地だけでも数億は下るまい。ＩＴ関連の会社はこんなに儲かるのか。羨ましい思いを胸の奥に押し込め、中村の妻に続いた。

芝生の庭を二分するように作られている、幅二メートルほどのワイン色のアンツーカーを進み、大きな玄関の前で立ち止まった。マホガニーと思しきヨーロピアン風のドアは高さもかなりあり、重厚感を醸《かも》し出している。このドアだけでも数百万はしそうだ。

玄関に入って更に驚いた。十畳ほどもあって総大理石貼りである。

出されたムートンのスリッパを履いて中村の妻に続くと、元木が「先輩。あれ」と耳打ちした。

右側はガラス張りで、その向こうにフェラーリとアストンマーチン、アメリカ製のハマーまでが止めてある。駐車場と言うより展示場と言った方が正しいか。極めつきは、その奥にレース用のカスタム車まで止まっていることだった。

「ご主人はレースを？」

「アマチュアのレースですよ。でも、随分前に止めました。社員達からクレームが出たんです。『社長がレースで死んだら自分達も家族も路頭に迷う』って。それで渋々」

中村の妻が苦笑し、廊下の突き当りまで行って壁のボタンを押した。すぐに壁がスライドする。エレベーターだった。

ボタンは地下一階から三階まである。どれだけ広いのだ？　元木はというと、物珍しそうに首を巡らせている。

中村の妻が三階のボタンを押した。

ドアが開いた瞬間、また息を飲んだ。正面には巨大な一枚ガラスが五枚並び、四面ある壁の一面を担っている。おまけに、どれもガラスなどないかの如くに磨き上げられているのだった。

ここはリビングに違いないが、軽く百畳はあるだろう。フローリングは間違いなく無垢のチーク材。自分の狭い部屋のフローリングとのギャップにただ笑うしかない。応接セットも巨大で、それがワンフロアーに二組もある。知らず、「世の中不公平ね」と呟いていた。

「広いですね」

「パーティーなども開きますから、これぐらいの広さがないと」

なるほど——。

フロアーの一画にはサーキットを疾走するカスタム車の引き伸ばし写真が高々と掲げてあり、レーシングスーツの若い男性が表彰台の一番上に上がり、小さなトロフィーを天に向かって突き上げている写真も並んでいた。若かりし日の中村だろうか？　アマチュアレースに参加していたと聞いたが。

奥から恰幅の良いロマンスグレーの男性が現れ、笑みを浮かべて近づいてきた。ピンクのボタンダウンシャツにネイビーのアスコットタイ、デニムのジーンズ。ジャケットもアスコットタイと同じネイビー。口髭の手入れにも余念がなく、眼鏡はノンフレームだ。

横で「主人です」と中村の妻が言い、有紀はまず腰を折ってから「警視庁の東條です」と名乗った。

元木も頭を下げて自己紹介する。

「中村です。どうぞおかけ下さい」

近い方の応接セットに移動し、名刺交換を終えた。

すでに用意していたようで、すかさず中村の妻が紅茶を出してくれた。大理石のテーブルにティーポットとティーカップが並ぶ。

「あれは中村さんですか?」

有紀は、あの引き伸ばされた写真に目を向けた。

「そうです。三十年も前のもので」と中村が照れながら言う。「あの頃はもっと痩せていたんですけどねぇ」

「最近、とみにお腹が出てきちゃって」

中村の妻が茶化す。

それから少し雑談して、有紀は本題に入った。

中村の証言は須藤の証言と殆ど同じだった。

「あの事件のことで、何か思い出されたことはありませんか？」

「事情聴取で話さなかったこと、という意味ですか？」

「ええ。どんな些細なことでも構いません。思い出していただけないでしょうか」

中村が宙を見据える。

「そういえば、あのことは言ってなかったかなぁ」

有紀も元木も、少し身を乗り出すようにして話の続きを待った。

「富田さん、こんなことを話していましたよ。息子が新興宗教に熱を入れていて困ると。亡くなる二カ月ほど前だったでしょうか。宗教があの事件と関係あるとは思えなかったものですから、刑事さんには話さなかったんですけどね。結局、動機は『鬱による錯乱』と断定されましたし」

「新興宗教？　団体名は？」

「そこまでは聞いていませんが、渋谷に本部があるようだと言っていたような――」

宗教法人、あるいは、個人が代表を務める団体か。渋谷に本部があるのなら特定できるかもしれない。

「富田修造と面識は？」

「ありますよ。何回か私の船にも乗ったことがありました」

「あなたは釣りがご趣味とか？」

「ええ、まあ。修造君と最初に会ったのは、彼が小学生の時だったかなぁ」

富田修造は三十歳で死んでいる。現在生きていれば三十四、五歳だ。その富田修造が小学生だったということは、少なくとも二十年以上も前ということになる。

「ということは、富田さんとはかなり長いお付き合いだったんですね？」

「ええ。バブル期に知り合いましてね。一九九〇年頃だったかと――。修造君とは、それから十年ほどして再会しました。彼が大学生の時にね」

「その時に変わったことは？」

「まあ、普通の親子とはちょっと違うなと感じました。何て言うんですかねぇ。父親の顔色ばかり窺っているような……」

歯切れの悪そうな言い回しだ。

「はっきり仰って下さい」

まず「う〜ん」と声があり、「父親に怯えていたんじゃないかと思います。厳しく育てられ過ぎたというか」と続いた。

「その後、会われたのは？」

「あの事件が起きる前年だったかと」

「では、長く会っていなかったんですね」

「はい。でも、修造君の話は耳にしていました」

「富田さんから？」

「違います。当社の社員から」

「その方、富田修造とお知り合いなんですか？」

「ええ、まあ――。今もそうですけど、コンピューターシステムやそれ関連のメンテナンス、セキュリティーなどで、当社は富田工業とお付き合いしています。そんなわけで、当社のコンピューターオペレーターを富田工業に出向させているんですよ。勿論、富田さんからの依頼があったからなんですけどね。それで、当時出向させていたオペレーターが、修造君についてあれこれと話してくれましてね。そのオペレーターが言うには、『富田さんの仕事の能力は可もなく不可もなく。正直言って、彼が社長になって大丈夫かな？　の思いはあります。そんなわけで、社長と常務はかなり厳しく富田さんを指導しています』と。自分の甥っ子というのもあったから、佐竹さんは他の社員の手前、余計に修造君に厳しくしたのかもしれませんね。それなら当然、父親の富田さんからも尻を叩かれていたでしょう。結果、それを苦にして鬱になり、窮鼠《きゅうそ》猫《ねこ》を嚙むではありませんが、遂には鬱憤《うっぷん》が爆発したんじゃないかと――」

最後の証言は調書にも書かれていた。しかし、小野寺妙子のケースと富田修造のケースは全く同じなのだ。鬱が原因ということは断じてない。ともあれ、出向いてきた甲斐はあったようだ。須藤の証言とは別の証言が得られたのだから。

「でもまあ、あんな事件があったというのに、富田工業はよく踏ん張りましたよ。潰れずに済んだんですからね。普通は、社長と常務がいなくなれば銀行も手を引こうとするでしょうから――。うちの会社なんか、私が死んだら『はい、それまで』です。銀行は見向きもしてくれなくなるでしょう。今の吉野社長が凄かったとしか言いようがありません」

「凄い方？」

「ええ。業界でも評判だそうで――。実を言うと、あの事件があったもので私は大損を覚悟したんです」

「どうしてです」と元木が訊いた。

「富田工業の株を持っていたんです。さっきもお話ししたように、富田工業は潰れる可能性がありました。そうなれば株は紙屑でしょう？　でも、吉野さんのお蔭で助かりましたよ。会社は存続して、暴落した株も持ち直しましたから」

「その後、利益は上げられましたか？」

今度は有紀が訊いた。

「いいえ。持ち直したとはいえ、株価はずっと横ばいです。配当分ほどはプラスになりましたけどね。でもまあ、今も付き合いがある会社ですから株は売らずにいますけど」

「最後にもう一つ。被害者二人と富田修造から、小野寺妙子という女性の話が出たことは？　本栖湖で旅館業をしていたんですけど」

「いゃ〜。聞いたことないなぁ」と即座に返事があった。

するとインターホンが鳴り、中村の妻が壁に嵌め込まれているスピーカーのボタンを押した。

「はい」

《作田ケンネルです。アキレス君の訓練終わりました》

女性の声だった。ケンネルということは犬のブリーダーか。

「すぐ行きます。お待ち下さい」中村の妻が中村を見た。「ちょっと行ってきます」

中村の妻がリビングを出て行き、有紀は「庭でドーベルマンを見ましたけど、他にも犬を飼っておられるんですか？」と尋ねた。

「はい、同じくドーベルマンを。訓練の時はドッグトレーナーが送り迎えをしてくれます。下にいた犬はかなり訓練を積んでいますから落ち着いているんですけど、帰ってきた犬はまだ成犬になりきっていないせいかヤンチャでね。困っていますよ」

中村が苦笑した。


警視庁に戻ったのは午後八時、メンバー全員が戻っており、場所を有楽町のガード下にある居酒屋に移してミーティングが始まった。

まず、有紀が中村の証言を伝え、続いて長谷川が、富田修造について話し始めた。

「調書にもあったが、富田が通っていた品川区の明徳医大病院の精神科に行ってきた。主治医によると、病状としては中程度の鬱だったらしい。東條の報告にもあった通り、『仕事のプレッシャーがある』と主治医に訴えていたそうだ。処方されていたのはマプロチリンという有機化合物の一種で、四環系抗鬱薬とのことだった。商品名はルジオミール。服用すると眠気や注意力の低下が起こることがあるそうで、『危険を伴う機械の操作に従事しないよう注意していた』と話してくれた」

「じゃあ、富田が絶えずボーっとしていた可能性はありますね。それで、父親と佐竹さんに叱られていたんじゃありませんか？」

元木が言った。

「その可能性はあるな。それから富田工業にも行ってみたんだが、富田を知る社員は全員、『塞ぎ込んでいることが多かった』と話していた」

「どう見ても、鬱による錯乱としか考えられませんよね」と内山が言う。

「だからこそ、それで事件は幕を下ろした。小野寺妙子のことがなければ、平和島事件は忘れられた事件になっていただろう。それにしても真犯人《ほんぼし》は、どうやって二人を狂わせ、焼身自殺までさせたのか――」

楢本が言って、焼酎の水割りに口をつけた。

「一応、富田工業の吉野社長にも会ってきた。前社長と前常務が殺された時は大変だったと話していたよ。そりゃあそうだよな。社長と常務がいきなりいなくなったんだから会社存続の危機だ。銀行との交渉とか得意先との折衝、その他諸々で生きた心地がしなかったとさ」

「よく凌《しの》ぎましたよね」

内山が感心してグラスに口をつけた。

「それだけ、吉野社長の経営能力が高いってことよ」有紀は元木を見た。「焼酎のおかわり頼んで。芋のロック」

「俺はチューハイだ」

内山も言う。

店員を呼んで注文を終えた元木が、長谷川に目を振り向けた。

「班長。考え過ぎかもしれませんが――」

「言ってみろ」

「富田真一と佐竹裕介が死んだということは、そのポストが空いたってことですよね。言ってみれば、一族経営に食い込めるチャンスができたというか。それに、社長の息子の富田修造までいなくなったとなれば、経営者の世襲もなくなったことになります」

長谷川が大きく頷き、「少しは成長したじゃないか」と言って笑った。「そうだ。それを狙って誰かが計画を練った可能性はある。じゃあ、誰が一番得をした？」

「それは、富田真一と佐竹裕介のポストに就いた吉野社長と現在の常務じゃないでしょうか」

「それだけか？」

「まだいるんですか？」

「思慮が浅いわね」と有紀がった。「二人が社長と常務になったってことは、その二人がいたポストも空いたってことになるでしょ」

「ああ、そうか！」

「東條の言う通りだ」

「班長。穿《うが》った見方をすれば」と楢本が言った。「東條の話からすると、吉野社長には、富田前社長と佐竹前常務が死んでも会社を潰さない自信があったとも考えられますね」

「そうだ。吉野社長と重役連中の身辺調査は必要だろう。報告はもう一つある」長谷川が右手の人差し指を立てた。「吉野社長が教えてくれたんだが、探偵が訪ねてきて、佐竹裕介の知人女性のことを訊いて帰ったそうだ。経理部長から報告を受けたらしいが」

「それって、槙野さんじゃありませんか？」

有紀が問い、長谷川が頷いた。

「その通り。名刺を置いて帰ってそうだ。あいつもあれこれ調べているようだが、何か摑んだかもしれないな。東條、それとなく探りを入れてみろ」

「承知しました」

「それと、富田修造が入れ込んでいたっていう新興宗教のことだが、内山、お前が調べろ」

「はい」

その後、話題は焼身自殺の件に及んだ。

「問題は、平和島事件と小野寺妙子の接点だ。それに、富田修造と小野寺妙子が狂った原因も。どうして狂い、自宅に火まで放ってしまったのか？」

長谷川がメンバーの顔を見回す。

「班長」と有紀が言った。「二人が焼け死んだということは、裏を返せば、焼身自殺に見せかけなければならなかったということですよね。だからこそ、犯人は同じパターンで二人を殺した」

「そうなるな。しかも、二人は衆人環視の中で突然狂い、傍には誰もいなかった。ということは、二人が狂ったことを周りの人間に知らしめる必要もあったということだ。つまり、犯人は自分のアリバイを作るために二人を狂わせたと考えるのが妥当だろう」

「そうですね」と楢本が同調する。「富田修造と小野寺妙子の隣人達は、突然の大音量に驚いて二人の家の庭を見ましたが、正しくは、庭を見るように仕向けられたんでしょう。しかも、二人の家は全焼していますから、そこに燃やさなければならなかった何かがあったんじゃないでしょうか」

「でも、今となっちゃ検証のしようがありませんよね。全部燃えちまったんですから」

内山が唇を歪める。

そうだ。焼けて何も残っていないのだ。この世に完全犯罪など存在しないと思い込んでいたが、それを認めざるを得ない状況にある。それにしても、平和島事件と小野寺妙子の関係が全く見えてこない。小野寺妙子は、どうして殺されなければならなかったのか。

ミーティングが終わって自宅に向かっていると、槙野が電話をかけてきた。
「東條です」
《忙しいか？》
「いいえ。こっちからお電話しようと思っていたところなんですよ」
《ほう？　何の用で？》
「先にそちらのご用件を」
《じゃあ、そうさせてもらう。例の白水荘に関することなんだが、一九九一年の九月、台風十八号が房総半島に接近して関東地方に被害を齎した》
「台風？」
《ああ。この台風のせいで国道一三九号線が寸断され、そのせいで、ある女が白水荘に宿泊することになった。しかも、その女は三人を殺してる》

「殺人犯！」
《うん。結局、警察に追い詰められて白水荘で自殺したがな。俺はその女が深水弥生だと睨んでる》
「佐竹裕介の恋人！」
「そうだ。彼女のこと、調べてみたらどうだ？》
小野寺妙子の経営していた旅館に殺人犯が宿泊？　しかも殺人犯は佐竹裕介の恋人だった？　そして小野寺妙子は不可解な死に方をして、殺人犯の深水弥生も自殺した。これがただの偶然か？　いや、そうとは考え難い。深水弥生が白水荘に泊まっていたのだから、彼女の恋人の佐竹も小野寺妙子について何か知っていたはずである。
「深水弥生のことを調べてみます」
《それで、そっちの用件って何だ？》
「あなたが摑んでいる情報、全て提供していただくわけにはいきませんか？　実を申しますと、白水荘の女将の小野寺妙子が焼身自殺した件と、平和島事件を再捜査することになりまして――」
《クライアントの名前はＮＧだが、それ以外ならいいだろう。但し、深水弥生の情報を俺にも分けてくれること》
「いいでしょう。明日、会えますか？」
《いいぞ。場所と時間は任せる》

※

二月二十日　土曜日――

自分のデスクに着いた有紀は事件データバンクにアクセスし、『深水弥生』とキーボードを叩いてPCのディスプレイを見つめた。

ヒットした！

表示された調書に目を通すと、確かに、深水弥生なる女性が殺人事件の容疑者として捜査線上に浮かび、白水荘で自殺していた。当時三十四歳。彼女には三人を殺害した容疑がかかっており、うち一人は警察官。警官以外の二人は深水弥生の夫で、警察は彼女を保険金殺人の容疑で内偵したとある。しかし、容疑者とはどういうことか？　犯人と確定していないことになる。つまり、三つの殺人事件全てが未解決ということだ。

ややこしい話になってきた。この女、何者だ？

写真を凝視した。細面でやや太い眉、当時流行の眉か。目は多少下がり気味で唇は薄く、鼻筋は通っている。まあ、美人の部類に入るだろう。死亡時の身長は一六三センチで体重四五キロ、痩せ型だ。

有紀は一旦席を立った。事件が三つもあって深水弥生自身も自殺しているのだから、調書はかなりのページ数だ。読み終わるまでにどれくらいかかるか見当もつかず、喉を潤してから改めてディスプレイに向かいたかった。

缶コーヒーを買ってデスクに戻り、プルリングを引いて一口含む。深水弥生とはどんな女だったのか？　マウスを握ってカーソルを操作した。

生年月日は昭和三十一年一月二十日、誕生時の本籍地は東京都足立区。最初に入籍したのは昭和五十三年五月で、四年後の昭和五十七年七月に夫が首吊り自殺したことで姓を旧姓の深水に戻し、同年同月、本籍地を東京都豊島区から東京都東久留米市に移転。その夫との間に子供を儲けていなかったことから、新しい戸籍謄本に結婚歴は記載されていない。

結婚歴を隠したということか——。

このカラクリは有紀も知っていた。結婚して配偶者の姓を名乗っていた人物は、配偶者の死後、復氏届を提出すると旧姓に戻ることができる。そして復氏届を提出すると、死んだ配偶者の戸籍から抜けて結婚前の戸籍に戻る。更にここで分籍届を別に提出すれば、新しい戸籍を作ることができ、その新戸籍に結婚歴は記載されない。とはいえ、大元の戸籍まで変えられるわけではなく、除籍謄本を辿って行けば結婚歴は分かってしまう。

以前、母から聞かされたテレビドラマのことを思い出した。主人公が、結婚歴を消したい女性にその方法をレクチャーするという内容だった。確か、主人公の綽名《あだな》は『消しゴムお亜季』だったと思う。言い得て妙なネーミングだ。

その後、表面上とはいえ、旧姓に戻るだけでなく未婚という肩書まで手に入れた深水弥生は、昭和六十年十月に再婚。だが、またしても平成二年七月に夫が首吊り自殺。そして今回も直後に旧姓に戻し、同年九月三十日、保険金殺人の疑いで深水弥生を内偵していた警視庁捜査一課の西野清隆《にしのきよたか》巡査部長を殺害した容疑で指名手配され、山梨県河口湖町内の『白水荘　霧の間』で首を吊って自殺している。夫二人の第一発見者はいずれも深水弥生だ。それで保険金殺人を疑われたということか。

恐らくは、保険会社の調査部からの通報で発覚したのだろう。こういうケースは結構あり、過去にも何例か、自殺で片付いた件が殺人事件に発展したことがある。つい最近も、十人近くを薬物で殺して保険金をせしめた老婆がいた。

警察官を殺害した経緯もさることながら、彼女の元夫達の死因が問題だ。揃いも揃って首を吊っている。つまり、自殺に見せかけたということだが、調書にはその方法の記載がない。

どうやって首吊りに見せかけた？

こんな時は内偵捜査していた人物達から話を訊くに限る。

殺害された西野巡査部長の記録を探すと、結果はすぐに出た。当時の所属先は捜査一課第二強行犯捜査第六係第三班で、享年は四十三。現在生きていれば疾《と》うにリタイアしている年齢である。更に彼が所属していた班のメンバーを調べたところ、残念ながら全員がリタイアしていることが判明した。だが、年金の支給記録を調べれば現住所が掴めるだろう。

それから年金記録を当たったが、班長だった人物ともう一人はすでに死亡しており、生きているのは二人だけだった。一人は足立区在住、残る一人は新潟県在住。

電話で問い合わせたところ、都内に在住している人物は認知症だそうで、結局、健勝なのはたった一人、新潟県在住の那須英明《なすひであき》という人物だけだった。年齢は六十四歳。

会って話を訊きたいと申し出ると、那須英明は『明日でもいいですよ』と快諾してくれた。住所は新潟県南魚沼郡湯沢町。

明日、新潟に出向く旨を長谷川に伝えた有紀は腕時計を見た。そろそろ槙野と約束した時間だ。刑事部屋を出てダーリントンホールに向かった。

午後九時――

帰宅するべく刑事部屋を出ると、爽《さわ》やかな顔をした長身男性と出くわした。科捜研の丸山だった。

「あら、八係に何か御用？」

「用があるからきたんだよ」

何故か言葉に刺《とげ》がある。

「六班に依頼されてたＤＮＡ鑑定の結果を持ってきたのさ」

ちょうどいい。意見を訊いてみることにした。

「ちょっと訊きたいことがあるんだけど」

「パス。もう、そっちとは関わらないことにした」

「どういうことよ？」

「自分の胸に手を当ててよ～く考えてみろ」

有紀は自分自身を指差した。

「私に原因があるってこと？」

「そうだよ」

そんなことを言われても心当たりがないのだが――。

「やっぱり忘れてたのか。まったく！」

「私が何したってのよ？」

「飲みに行くって話だよ。ずっとシカトしやがって」

「え？」

そんな約束しただろうか？　丸山からは『付き合ってくれ』とずっと言い寄られているが、断り続けてきた。当たり前だ、こっちは女にしか興味がないのである。だから、飲みに行こうの誘いも無視してきたはずだが——。しかし、記憶の抽斗《ひきだし》を弄《まさぐ》るうちに「あっ！」と声が出た。そういえば幽霊画事件の時、丸山にやる気を出させるためにそんな約束をしたのだった。すっかり忘却《ぼうきゃく》の彼方《かなた》の出来事になっていたが——。

「思い出したか？」

「うん——」

「この嘘つきめ。いや、詐欺師め」

「詐欺師ですって？　聞き捨てならないわね」

「だって事実だろ。今もって、そっちからお誘いがないじゃないか」

詐欺師とまで言われたら黙っていられない。それに、ちょうど空腹を覚えていたところだ。いい機会だから丸山に何か奢《おご》らせよう。

「確かにあんたの言う通りかもね。私が悪かったわ」

「ほう〜、素直なところもあるんだな」

「まあね。お詫《わ》びと言っちゃなんだけど、そっちが良ければ今から付き合ってあげてもいいわよ。飲みに行くって話」

「エッ、ホント?」

「でも、懐具合がちょっとねぇ」

「心配すんな。俺が奢るよ」

当たり前だ。むさ苦しい男の顔を見ながら酒を飲まなければならないのだから、自腹なんぞ切っていられるか。それにしても単純な男である。

「じゃ、決まりね。下で待ってるわ」


合流した二人は有楽町の居酒屋に移動した。

「それで、聞きたいことって何だ?」

途端に愛想の良くなった丸山が、揉み手しながら尋ねてきた。

「四年ほど前に起きた平和島事件を覚えてる?」

「確か、容疑者が焼身自殺した事件だったよな。あの事件がどうかしたか?」

有紀は、富田修造の死に方と、小野寺妙子の死に方の類似性について話した。

「じゃあ両名とも、焼身自殺する前に狂ったように踊ったってんだな」

「そうなの、錯乱状態に陥った可能性があるのよ。検査に引っかからず、人を狂わすというか錯乱させるというか、そんな薬物に心当たりはない?」

「推理小説じゃあるまいし、今時、科学捜査の目をかい潜るような薬物なんてあるかなぁ?」

「でも、薬物としか考えられない」

「一応、調べてはみるけど——。だけど、どうしてわざわざ焼身自殺に見せかけなければならなかったのかな？　殺すのが目的なら、首吊りに見せかけても投身自殺に見せかけてもよかったはずだ。解剖は？」

「行われたけど不審な点はナシという結果が出た」

「ってことは、解剖の問題もクリアしてたってことになるな」丸山が頬杖をつく。「どんな方法を使ったんだろう？」

「とにかく、何か分かったら電話ちょうだい」

※

二月二十一日　日曜日——

那須の自宅に到着したのは午後三時前だった。広い敷地をコンクリートブロックの塀が囲み、平屋の母屋の他に二階建ての納屋が二棟ある。玄関前には軽トラが止まっていた。昔ながらの農家といった佇まいだ。

出迎えてくれたのは那須の妻で、玄関を入るとそこは広い土間だった。そこはかとなく糠味噌《ぬかみそ》の匂いが漂ってくる。

それから見事な床柱のある広い座敷に通され、有紀は那須と対面した。色黒で四角い顔、六十四歳とは思えぬほど立派な体格をしている。

有紀は正座し、畳に手をついた。

「東條有紀です。無理を申しまして」

「そんなにしゃっちょこばらなくていいですよ。どうぞ楽にして下さい」

「恐れ入ります」

座卓に移動してしばし雑談となり、一息ついたところで有紀は切り出した。

「電話で捜査の概要はお伝えしましたが、深水弥生について詳しく教えていただけないでしょうか」

那須がゆっくり頷く。

「あの事件のことは今も忘れられません。仲間が殺されたこともあって、詳細は頭の中に叩き込んでいます。無論、事件ノートも残していますよ」

仲間の死は辛かろう。自分も、メンバーが殺されたら一生そのことは忘れない。だが、内山は別だ。あいつが殺されてもすぐに忘れることだけは断言できる。

那須が傍らのノートを手に取った。

「それが事件ノートですね」

「そうです」那須がノートを捲る。「事の発端は、大手保険会社の調査部が『保険金殺人の疑いがある』と警視庁に通報してきたことでした。バブルの崩壊が始まった頃、多くの会社が倒産したでしょう」

「そうらしいですね」

バブルの崩壊は一九九〇年から始まったそうだが、当時の有紀はまだ三歳だったからよく覚えていない。日本中がひっくり返ったと両親から教えられているだけだ。

「バブル崩壊の煽りは生保業界にも及び、生き残りをかけて合併統合があちこちで行われました。そうなれば当然、各社の調査部も統合されるわけで、顧客や保険金の支払い情報も共有となります。深水弥生が契約していた生保会社の名前は忘れましたけど、二社あったことは間違いありません」

「ということは——。仮に生保会社をA社、B社としますが、二社が合併したとすると、深水弥生が元A社から保険金を受け取っていたことを元B社が知ることになりますよね。無論、その逆も。そして深水弥生の夫達が同じ死に方をしていることも明らかになり、合併した新会社が『これは変だ』と疑念を持ったということですね」

「その通り。そんなわけで警視庁に相談があり、私が所属していた班が深水弥生を内偵したんです。最初の夫と暮らしていた時、彼女は弁当屋のパート従業員をしていたようです。そして、二度目の夫と暮らしていた時は専業主婦。その夫が無職だというのにね。最初の夫の保険金を生活費に充《あ》てていたんでしょう」

「彼女は、どうして西野さんまで手にかけたんでしょうか?」

「結局、彼女が西野さんを殺《や》ったかどうかは断定されていないんですよ。目撃者がいなかったし、本人も自殺してしまったものですから——。でもまあ、状況からして、彼女の仕業だろうということになり、指名手配がかかったんですがね」

「ですが、西野さんが殺されたということは、内偵の段階で、彼は深水弥生に接触したことになりますよね。何故です? 普通は容疑が固まるか、物的証拠を摑むかしないと接触しないはずですが」

「西野さんが解き明かしたんですよ。首吊りトリックの謎をね」

「え？　でも、調書にはそのことについて書かれていませんでしたよ」

「そう、種明かしする前に殺されてしまったからです。ですから、そのカラクリが未だに謎なんですよ」那須が茶を啜った。「ご存じのように、捜査本部が立ち上がった場合は本庁の捜査員と所轄の捜査員が二人一組となって捜査に当たるのが職務規定ですが、内偵の段階なら単独捜査が許されています。だから、一人で深水弥生の家に出向いて任意同行をかけようとしたんだと思います。恐らく、手柄が欲しかったというのもあったんでしょう」

「そして深水弥生に会って首吊りトリックのカラクリを突き付けたところ、反対に襲われて命を落としたということですか」

「はい。相手が女だと思って油断したんでしょうが、西野さんは大事なことを見落としてしまった。深水弥生が犬を飼っていたことをね」

「犬？」

「ええ。あの日、私の所属していた班のメンバーは、私以外の全員が外に出ていました。私は調べ物があって本庁の刑事部屋にいたんですけど、昼前に西野さんから電話があって、『深水弥生の尻尾を摑んだ。これから彼女の家に行って首吊りトリックのカラクリを突き付ける』と。それで他のメンバーのポケベルに電話して、折り返しの電話を待ったんです。当時はまだ、携帯電話は殆ど普及していませんでしたから。メンバーから次々に電話がかかってきて、私は用件を伝えて西野さんからの報告を待ったんですが、どういうわけか、いつまで待っても連絡がなく、西野さんをポケベルで呼び出してみました。でも、やはり電話がなくて――。それで嫌な予感がしたもんですから、深水弥生の家に行ってみたんですよ。他のメンバーは他県や郊外に出向いていましたし、私が一番近かったですからね。その家は一戸建てで、彼女の名義でした。広い庭があって」

「前の夫の保険金で建てたんでしょうか？」

「多分――。前の夫と暮らしていた家も一軒家でしたよ。夫の死後にその家を売っていますから、売却金も懐に入れたんでしょう」

「話の腰を折ってすみません。それで？」

「深水弥生の家に辿り着いてインターホンを押したんですが返事がなく、ドアノブを回してみました。すると鍵がかかっていなくてね。それでドアを開けたんですが、目の前に大きなシベリアンハスキーがいて――。目が合った途端、そいつが牙を剝いて向かってきたんですよ。ですからすぐにドアを閉め、隣の家で電話を借りて応援を。拳銃の携帯許可が出ていれば、犬をその場で射殺して中に入れたんですけど」

「それで？」

「制服警官が三人駆けつけてきて、何とか犬を捕獲しました。そして家の中に踏み込むと、血塗れの西野さんがリビングで倒れていたんです」

那須が吐き出した大きな溜息が、現場の惨状を物語っていた。四半世紀が経っても消え去らない記憶なのだろう。しかし、尋ねなければならない。

「嚙み殺されたということですか？」

「いいえ。致命傷は頭部に受けた一撃で、死因は脳挫傷。凶器はゴルフクラブのアイアンで、遺体の傍に落ちていました。無論、遺体には噛み傷も多く残っていましたが、足と腕が主でしたよ。そんなわけで、我々はこう考えました。西野さんから首吊りトリックのカラクリを突き付けられて任意同行を求められた深水弥生が、逃走を企てて犬をけしかけた。そして西野さんは犬の攻撃で自由を奪われ、そこに深水弥生が放ったゴルフクラブの一撃を頭部に受けて死亡したと」

頷いて那須の証言を手帳に書き込む。

「あの時、西野さんを一人で行かせるべきじゃなかった。私も一緒に行っていればと思うと……」

那須が唇を噛み、座卓の上に置いていた両手を握り締めた。二つの拳が震えている。

「深水弥生の逃走経路をどうやって掴んだんですか?」

「深水弥生の家を家宅捜索して朝霧高原関連のパンフレットを数冊見つけたんですが、その中の一冊が旅館のパンフレットでしてね。そこにボールペンで、『九月三十日、宿泊』と走り書きしてありました。旅館の名前は忘れましたけど」

「輝く雲と書いて、輝雲閣ではありませんか?」

那須が手を打った。

「そうそう、そんな名前でした。まあ、そんなわけで、彼女が輝雲閣に行ったんじゃないかと推察して朝霧高原に向かったところ、途中で足止めを食ったんです。台風の影響でした。道路は寸断されて電話も不通、そこで、『深水弥生も足止めを食ったんじゃないか?』ということになって富士五湖周辺の宿泊施設を虱潰しに当たり、翌日、遂に白水荘に潜伏していることを掴んだというわけです」

深水弥生は追い詰められても尚、好きな男に会いに行ったのだ。しかし槙野の話では、佐竹裕介はその日、輝雲閣には泊まっていなかった。では、一体どこにいたのか？

「彼女が泊まっている部屋に踏み込もうとしたんですが、鍵がかかっていましてね。それで出てくるように説得を試みたんですが――」

「自殺したと」

「ええ……」那須が目を伏せた。「死刑台に送って西野さんの仇を討ってやりたかったんですが」

「それで、保険金の流れは？」

「それも全く謎でね。保険会社から支払われた額の合計は四億円」

「そんなに！」

那須が頷く。

「二人死んでいますから、当然、支払いも二回あったんですが、深水弥生は二度目の保険金が振り込まれた日に全額引き出していました。当時はまだ架空口座が簡単に作れる時代でしたから、そこに金を預けた可能性があります。その後、初回に受け取った保険金の殆ども引き出されていたことが分かりました」

「でも、どうしてそんなことをする必要があったんでしょう？」

「金の流れを摑まれたくなかったからでしょう。我々は、彼女が保険金を誰かに回す必要があったと考えましたけど」

「万が一を考えたということですか」

「恐らくね。『保険金殺人がバレて自分が捕まっても、金の流れが分からなければその相手に捜査の手が伸びることはない』と」

「彼女の男が絡んでいた可能性は？」

那須が頷く。

「実を言うと、深水弥生には男がいました」

「佐竹裕介ではありませんか？」

「その通り。調べるうちに、二人が長らく不倫関係にあった事実を摑みましたよ。佐竹は独身でね」

「それなら、佐竹裕介に金が流れたのでは？」

「分かりません。極秘に彼の口座も調べましたが、残高は数十万円しかなく、過去に高額が振り込まれたこともありませんでした。おまけに深水弥生は自殺でしょう。佐竹を追求するに足る証拠もなく、捜査は打ち切りを」

「深水弥生が残した貯金額は？」

「六百万足らずだったと記憶しています」

たったのそれだけか――。まあ、隠し口座があるとするなら、いつでもそこから現金を引き出せただろうが――。有紀は、話を死んだ夫達のことに切り替えることにした。

「深水弥生の夫達については？」

「どちらも鬱を疑われていました。というのも、深水弥生が近所の主婦連中に、『夫が塞ぎこんで困る。鬱ではないか』と漏らしていたからです」

「夫は自殺しても不思議ではなかった。周りの人間にそう思わせるためではないでしょうか？」

「私もそう考えました。俗に言う、刷り込みというやつでしょう」

「二人が首を吊った時、深水弥生はどこに？」

「最初の夫が死んだ時は外泊していました。そして帰宅した彼女が夫を見つけて警察に通報。遺体を調べたのは所轄の刑事で、一応、死亡推定時刻の割り出しを監察医に依頼しています。その結果、弥生は夫の死亡推定時刻、静岡県の焼津にいたことが確認されました。知人の許に遊びに行ったと本人が証言し、裏も取れました。遺体に不自然な点もなかったことから、その件は『自殺』で片付いています。二番目の夫の時も全く同じパターンです。この時も弥生は、婦人会の旅行で九州の湯布院に向かっていました。死亡推定時刻、彼女は旅館が用意したバスの中にいましたよ」

「そしてその時も、帰宅した深水弥生が首を吊っている夫を発見ですか」

「はい」

「第一発見者ということは、現場に残っていては不都合な物、あるいは不都合な状況を排除できる立場にあったことになりますね」

「そうなんです。自殺に見せかけたということは、夫二人が助けを呼べなかったとも考えられます。口の中に何かを詰めて声が出せないようにし、その詰めた物を取り出したんじゃないかと」

トリックはどういうカラクリになっているのか？　西野巡査部長も罪なことをしてくれたものだ。深水弥生の家に行く前に、ヒントの一つでも残してくれていれば良かったものを。

ふと、天才数学者フェルマの逸話を思い出した。彼が記した草稿には、ある定理とともに『私はこれを証明できたが、余白がないのでここには書かない』という走り書きが残されていた。フェルマの死後、この定理と走り書きが公表されたものの、誰も彼の定理を証明することができず、結局、三百年以上経った一九九三年になってようやく、この定理を証明する人物が現れた。この定理は『フェルマの最終定理』と呼ばれる。何とも人騒がせなフェルマであるが、首吊りトリックも『フェルマの最終定理』のようにならないことを祈るばかりだ。だが、手柄が欲しくて功を焦った西野巡査部長の気持ちも分からなくはない。手柄の積み重ねは昇進への近道なのだから。

「深水弥生の生い立ちは？」

那須が指をひと舐めし、ノートを捲った。

「幼くして両親が交通事故で死に、残された彼女と弟は東京都荒川区にある若葉園という児童養護施設に引き取られています。親戚もいたようですが、経済的に育てる余裕がないということで引き取りを拒否。二人が若葉園に入園したのは一九六六年、弥生が十歳で弟が八歳の時、その後二人は、それぞれ十五歳で社会人になっています」

高校進学を諦めたのか。

「深水弥生には弟がいるんですね。その弟のアリバイは調べました？」

「勿論です。二人の死亡推定時刻、彼はいずれも会社の同僚と一緒にいました。しかも複数のね。他にも彼のアリバイを大勢が証明しています」

「弟の名前は？」

「深水栄治です。その弟なんですが、前科があります」

「何をやらかしたんです？」

「傷害事件を起こし、裁判では懲役二年、執行猶予三年の判決を食らっています。かなり短気な男で、しょっちゅう喧嘩していたみたいですよ」

「仕事は？」

「ビルの清掃会社に勤めていました。ですから二人の死亡推定時刻、オフィスにいる大勢が彼のことを見ていましてね。しかし、深水弥生が手に入れた保険金が弟に流れた可能性も考えて、私は退職するまでずっと彼の生活に目を配ってきました。でも、生活が派手になったということは一切ありませんでした。西野さんが死んでから十年ほどして、彼は仕事を辞めて居酒屋を始めています。場所は江東区の東陽町」

「開店資金の出所は？」

「貯金でした。銀行で彼の口座のデータを見せてもらったところ、毎月三万円、十五年間ずっと貯め続けていましたよ。他にもボーナス月に十五万円ずつ、これも十五年間積み立て続けていました。その合計金額と不動産会社に支払った額が大体一致しましたから、将来、居酒屋を開こうとしていたんでしょう。それで掘り出し物の物件があったから会社を辞めたんだと思います」

警察の目を欺《あざむ》くためとは考え難いか。長い間、目の前にある大金を使わずにいられる人間などまずいないだろう。

質問も出尽くし、有紀は東京に戻ることにした。

「どうもありがとうございました」

「東條さん。老婆心だと思って聞いて欲しいんですが、仲間は大事にして下さい。もし死なせてしまったら、私のように一生それを引きずることになりますから」

「はい。肝に銘じます」

那須宅を辞去して車に乗った有紀は、関越自動車道に向かいつつ深水弥生の顔を思い浮かべた。いやが応にも、西野刑事と彼女とのやり取りが頭に浮かんでくる。

深水弥生は刑事が突然訪ねてきたことに驚いたろう。まさか自分が内偵されているとは思いもしなかったに違いない。そして西野刑事から首吊りトリックのカラクリを暴露されて呆然とした。無論、逃げきれないと判断しただろうし、自分を待つ絞首台の映像も脳裏を掠《かす》めたはずだ。二人も殺し、しかも保険金目当てとなれば情状酌量の余地はない。間違いなく死刑になると怯えただろう。そして、その日は愛しい佐竹裕介と会うことになっていて、警察に引っ張られたら佐竹の胸に抱かれることも永遠になくなると考えた。そこで逃走を企てたが、非力な女が屈強な刑事から逃げられるはずもなく、ちょうど目に入った愛犬を使うことを思いついた。

西野刑事の隙を衝いて犬を呼び寄せた深水弥生は、西野刑事を襲うように指示。従順な犬は飼い主の命令に従って目前の男性に嚙みつき、深水弥生は犬の攻撃で自由を奪われた西野刑事にゴルフクラブの一撃を加えた。しかし、殺意があったのだろうか？　要は逃げられればいいわけだから、気絶させるのが目的だったのかもしれない。

倒れて動かなくなった西野刑事を尻目に、深水弥生は自宅から逃走し、一路、佐竹裕介が待つ輝雲閣に向かった。しかし、自然が引き起こしたトラブルで白水荘に足止めされることになり、そこで相部屋となった槙野のクライアントに伝言を依頼。深水弥生は佐竹裕介がくるのを待ち続けたが、その願いは天に通じず、遂には警察に追い詰められて自殺したということか。

それにしても、佐竹裕介の行動が謎だ。どうして輝雲閣に行かなかった？

現在分かっているのは、平和島事件、白水荘の女将が焼身自殺した件、深水弥生が起こした保険金殺人事件、この三つが完全に繋がっていることだけ。佐竹の妻にも会って話を訊いてみることにした。

とりあえず槙野に電話だ。深水弥生に関する情報を伝えなければならない。

中々出ないからかけ直そうとした矢先、《おう、待ってたんだ》と声があった。

「深水弥生ですけど、佐竹裕介とは不倫関係にあったようですね」

「不倫？」

「ええ。彼女は二度結婚していました。一方の佐竹は独身だったようですけど」

それからしばらく、深水弥生についての概要を伝えた。

《深水弥生は施設で育ったのか。それにしても、保険金殺人をやらかしたとは──》

「本人が自殺しましたから起訴には至っていませんが、まず、彼女の犯行で間違いないでしょう。それに、警官殺しも」

《あのデカいシベリアンハスキーに襲われたら堪ったもんじゃなかったろう。その刑事も気の毒に》

「全くです。それに夫二人も」

《だが、夫二人をどうやって殺したのかかな？　催眠術でもかけて首を吊らせたか？》

「まさか」

有紀は天才数学者フェルマの逸話を話して聞かせた。

「ふ〜ん。そんなに凄い数学者が三百年も前にいたなんて――。だけど、人騒がせな野郎だな。そいつ一人のために、多くの数学者が振り回されちまったんだから」

「ええ、西野刑事も同じですね」

《ところで、焼身自殺の件は解けたのか？》

「まだです。それではこれで――」

《いろいろと悪かったな。助かったよ》

「とんでもない、感謝するのはこっちです。今度、食事でもご馳走しますから」

《そいつは嬉しいね。首を長くして待ってる》

※

二月二十二日　月曜日――

グランビュー平和島に到着した有紀は、認めたメモを見ながら歩を進めた。

階段を上って通路を北に進み、『ＳＡＴＡＫＥ』と書かれた表札を見つけて立ち止まった。インターホンを押し、対応に出た女性に「先ほどお電話した警視庁の東條です」と告げる。

すぐにドアが開き、ふくよかで品の良さそうな女性が顔を出して「佐竹の妻です」と名乗った。

事情聴取したいと電話で伝えた時、彼女は『どうして今頃？　あの事件が再捜査されているということですか？』と訊いてきた。こっちは内密に動いてるからできれば『違います』と答えたいところだったが、そんな下手な嘘を真に受ける人間などいるはずもなく、『捜査上のことはお話しできません』と事務的に答えるしかなかった。それでも彼女は、事情聴取に応じると言ってくれたのだった。再捜査されていると察したからだろう。事情聴取が終わったら、刑事がきたことは内密にと釘を刺さなければならない。

リビングに通されて名刺を渡した有紀は、早速、事件当日のことについて質問を開始した。

「事件当日は入院なさっていたそうですね」

「ええ。子宮筋腫で子宮の全摘手術を受けたものですから――」

「知らせを受けた時は驚かれたでしょう？」

「冗談だと思いました。だって、前日の夜七時まで、主人は私のベッドの傍らにいたんですから……。二日後に退院することになっていましたから体力も戻っていたし、外出許可をもらって警察署の遺体安置室に急ぎました」

佐竹の妻が指先で涙を拭った。

忘れ去りたい記憶だろうが、思い出してもらわないといけない。心苦しいながらも質問を続けた。

「ご自宅に戻られてからのことですけど、何か気付かれたことはありませんか？」

「ただただ愕然とするだけで――何も――」佐竹の妻が両手で顔を覆う。「可愛がっていた愛犬まで首を切り落とされるなんて……」

「お気の毒です。では、ご主人がトラブルを抱えていたということは？　例えば、誰かとモメていたとか」

「なかったと思いますけど――」

「では、小野寺妙子という女性にお心当たりは？　本栖湖の近くで旅館業をしていたんですが」

「存じません」と即座に返事があった。

「そうですか――」

その後も幾つか質問したが留意するような証言はなく、有紀は辞去して車に戻った。

次は深水弥生の弟だが、アポはわざと取らなかった。警察がいきなり訪ねてきた時、どんな反応をするか見たいからである。血の繋がった弟なのだから、深水弥生から保険金が流れた可能性はある。イグニッションを回して江東区の東陽町を目指した。


一時間足らずで到着し、『準備中』のプレートがぶら下がっている引き戸に手をかけた。開いている――。

引き戸を開くや、カウンターの奥にいる角刈りで痩せた男が、抉《えぐ》れた眼窩《がんか》の奥から鋭い視線を向けてきた。右手に出刃包丁を持ち、左手は魚を握っている。

「表の看板見えなかった？　準備中だよ」

「客じゃありません。深水栄治さんでしょうか？」

「そうだけど、あんたは？」

警察手帳を提示したが、深水は眉一つ動かさずに「何の用？」と答えた。まるで警察がくることを予期していたかのようだ。

「昨日の喧嘩のことか？」

「喧嘩？」

「違うのか？　てっきり、昨日のお客同士の殴り合いのことできたのかと思ったが」

だから、こっちが警察と知っても驚かなかったのか。

「お姉さんのことでお尋ねしたいことがありまして」

途端に深水の眉根が寄る。

「どうして今頃？　疾《と》うに昔の話だぜ」

「まあ、いろいろと事情がありまして。ところで、佐竹裕介という男性のことはご存じですか？」

「知らねぇよ」と即座に返事があった。

「本当に？」

深水が舌打ちする。

「おい、姉ちゃん。耳が悪いのか？　俺は知らねぇと言ったんだけどな」

声は落ち着いているが、押し殺した怒りが込められているようだった。短気な性格というのは事実のようだ。だが、こっちだって引き下がれない。

「お姉さんが亡くなられてから随分と月日が経っていますから、忘れてしまったということもあります。もう一度、当時のことを思い出していただけませんか？」

「実の姉が保険金殺人の容疑をかけられ、挙句に刑事を殺し、逃走した末に首吊って死んだ。そんな嫌な記憶を、いきなり訪ねてきた刑事に『思い出せ』と言われて『はい、そうですか』と言えると思ってんのか？　帰れ」

深水が魚を捌《さば》きにかかる。

「佐竹裕介の名前、本当にお姉さんから聞かされていませんか？」

今度は完全に無視された。

まず溜息があった。

「じゃあ、平和島事件のことは覚えていらっしゃいます？」

「いい加減にしろよ」

「職務なものですから」

「こっちも仕事中だ」

深水が睨みつけてくる。だが、構わずに迫った。

「覚えていますか？」

「有名な事件だからな。俺だけじゃなく、この近所の連中が全員覚えているだろうよ」

まあそうかもしれないが。

「その時、あなたは何をしていました？」

「そんなもん、覚えてるわけねぇだろ！」

今度は本気で怒っているのが分かった。目がさっきとは違う。

「本当ですか？」

尚も食い下がると、深水が包丁をまな板に置いてカウンターから出てきた。

「おい、警察だからって調子に乗んなよ。まるであの事件に、俺が関わってるって言いたそうじゃねぇか」

「そんなことは言ってません」

「そうとしか聞こえねぇんだよ。話が訊きたきゃ捜査令状持ってこい！」

そんなもの、今の段階で裁判所が出してくれるわけがない。

「帰れ！」

小野寺妙子のことも訊きたかったのだが、これ以上食い下がるのは無理か。退散して作戦の練り直しだ。

「またきます」

「二度と来るな！」

罵声を背中に浴びて外に出ると、長谷川から電話があった。楢本から連絡があったという。楢本は富田工業の専務と常務を調べているが、何か摑んだのかもしれない。車に戻りつつ話を聞いた。

まず長谷川が、自分で調べた吉野社長について話した。吉野社長は富田前社長の幼馴染で、高校を卒業して富田工業に入った叩き上げの職人だそうだ。人望があり、自社だけでなく取引先の評判もすこぶる良く、非の打ちどころのない人物と評判らしい。

次いで長谷川は、楢本の報告を話してくれた。専務は実直の上に堅物、仕事一筋といった人生を歩んできたらしく、『融通が利かないところがある』と話す社員もいるにはいるが、吉野社長とともに会社を支えてきた彼を、高く評価する意見が圧倒的に多かったとのこと。一方の常務だが、宴会部長の綽名《あだな》があるぐらい酒席での活躍が目覚ましいそうで、取引先の接待にはなくてはならない人物だそうである。社員達の面倒見も良いそうだ。

最後に長谷川は、富田前社長についても話してくれた。富田前社長は大学を出て父親の会社である富田工業に入っており、会社でのキャリアは吉野社長の方が四年も長い。先々代の社長の死に伴って富田前社長が社長に就任し、後年になって当時の工場長だった吉野社長が専務に就任。それから更に時を経て、富田前社長の義弟の佐竹裕介が営業部長から常務に昇進したそうである。

話を終えて車に戻ると携帯が鳴った。科捜研の丸山だ。何か分かったか？

「くだらない報告なら聞く耳持たないわよ」

《心配すんな。そっちが驚くこと請《う》け合いだ》

「言って」

《百聞は一見にしかずって言うだろ？　今どこだ？》

「江東区よ」

《じゃあ、三十分で警視庁にこれるな。屋上で待ってる》

丸山が一方的に通話を切った。百聞は一見にしかず？　行くしかない。

警視庁の地下駐車場に車を止めた有紀は、エレベーターで最上階まで上がり、そこから階段を駆け上がって屋上に出た。首を巡らせると、丸山が西側のフェンスに寄りかかってノートＰＣを操作していた。

「きたわよ！」

丸山が顔を上げ、おいでおいでをするように手招きしてくる。

彼に歩み寄り、「本当に驚かせてくれるんでしょうね」と念を押した。

「心配すんな。この映像を見ていてくれ。俺はやることがある」

ノートPCを渡された。とりあえず、『ＹｏｕＴｕｂｅ』の画面である。自動車レースのようだが――。

タッチパッドを操作して映像をスタートさせた。

やはりレース場で、『インディー５００』のテロップが流れた。そして一台の車がピットインしてクルー達が給油を始めたのだが、次の瞬間、ドライバーが外に飛び出してきた。

何よ、これ……。

そのドライバーが突然踊り出したのだ。

「この映像、どういうこと？」

丸山を見ると、地べたに座り込んで小さなビーカーに透明の液体を注いでいた。

「黙って見てろ」

第五章

1

二月二十三日　火曜日——

槙野は東京都小金井市に向かっていた。目的地は神谷千尋の自宅だ。報告書の作成が終わり、最終報告に出向いてきたのだった。

神谷千尋の家は平屋だった。盲人にとって階段は危険だからだろう。考え抜かれた設計と思われる。

門柱のインターホンを押すと、明らかに神谷千尋ではない女性が出た。『身の回りの世話をして下さる方がいる』と言っていたから、その人物だろう。

「鏡探偵事務所の槙野と申します」

《お待ちしておりました》

ドアが開き、ショートカットの中年女性が顔を出した。彼女の後ろにはラブラドール犬がいて尻尾を振っている。

彼女が門扉を開けてくれた。

「さあ、どうぞ。神谷さん、お待ちですよ」

「お邪魔します」

中に入って出されたスリッパを履くと、犬が奥に向かって歩いて行った。

「あの犬は？」

「盲導犬ですよ。家にいる時はハーネスを外していて」

やはりあの時の犬だ。盲導犬にとっては家の中が唯一、ハーネスを着けず自由でいられる場所ということか。槙野は東條の話を思い出した。飼い主の命令で人を襲う犬もいれば、あの盲導犬のように、ただひたすら飼い主に寄り添い、人に対して献身的に生きる犬もいる。

リビングに通され、窓辺のロッキングチェアに座っている神谷千尋に向かって腰を折った。

「こんにちは。槙野です」

神谷千尋が立ち上がるや、盲導犬が彼女に寄り添った。

「わざわざご足労いただきまして」

「とんでもない」

出されたアールグレイを飲みながらしばし雑談したが、犬は神谷千尋の傍を離れようとしなかった。

「それで槙野さん。深水弥生さんの消息は？」

ショックが大きいことは分かっているが、これも仕事だ。単刀直入に、「自殺していました」と告げた。

「え！」神谷千尋が口に手を当てた。「どうして……」

「神谷さん。あなたの勘は当たっていましたよ」

「と仰ると？」

「彼女は罪を犯していたと思われます。しかも凶悪犯罪を。自殺したことで起訴には至っていませんが、状況からすると間違いないでしょう」

「では、あの時の直感が正しかったんですね。深水さんはどんな犯罪を？」

「疑われているのは、二件の保険金殺人と警察官殺しです」

明らかに神谷千尋の顔から血の気が引いた。

「殺人——。しかも三人も……」

「あなたは運が良かったのかもしれません。もしあの時、佐竹裕介と会っていたら何かが起きていた可能性もありますから」

神谷千尋が自分の肩を抱き、軽く身震いした。

「それと、彼女は佐竹裕介と不倫関係にあったようです」

2

午後十時——
友美の部屋で遅い夕食をとっていた東條有紀は、パスタをフォークで絡め取りつつ、昨日の丸山とのやり取りを思い起こした。

——

「この映像、どういうこと？」

「黙って見てろ」

言われるままノートPCのディスプレイに視線を戻すと、消火器を持ったピットクルーがドライバーに駆け寄って消火剤を吹きかけた。

「この連中、何してんの？」

「見ての通りさ」と丸山が答えた。「ドライバーが焼け死なないように救助している」

「何も焼けてないけど」

「焼けているという表現は正しくない。正確には燃えているんだ。さぁ、準備ができたぞ」

丸山が四つ折りにしたコピー用紙を有紀に渡した。

「何の真似？」

半信半疑で問いかけた。

「その紙をビーカーに翳《かざ》してみろ」

言われるままそうすると、瞬く間にコピー用紙が燃え出した。呆気に取られて丸山を見る。

「どうして？」

「その動画と同じ原理だ。ビーカーの中の液体は何だと思う？」

「あんたと謎々遊びする気はないわ。こっちは急いでんのよ、いいから教えなさい！」

「分かったよ――」丸山が口を尖らせる。「メタノール燃料といって、メタノールとニトロメタンの混合液だ。比率は八対一、もしくは九対一ってところか。そしてメタノールはメチルアルコールとも言う。知っての通り、アルコールにはメチルとエチルがあるけど、同じアルコールでも二つは根本的に違う。エチルには消毒用アルコールや飲料用アルコールが含まれ、メチルには燃料用アルコールが含まれる。『バクダン』って知ってるか？」

「原子爆弾の爆弾？」

「そうじゃない。戦後の闇市で出回った酒で、多くの人間が失明したって噂がある。その酒ってのがメタノールだ」

「燃料用アルコールを飲料用アルコールと偽って売ってたわけ？」

「らしいな、真偽のほどは定かじゃないけど――。このメタノール燃料だが、面白いことに、着火しても炎が見え難い。昼間の自然光の中では特にそうで、着火を判断するのが非常に困難なんだ。どうして炎が見え難いかというと、炭素成分が殆ど含まれていないからだ」

「じゃあ、この映像もメタノール燃料が燃えてるのね」

「その通り。今のインディーカーにはバイオマスエタノールとガソリンの混合燃料が使われているけど、以前はメタノール燃料が使われていた。無論、他の成分も多少は混じっているけどね。アルコールランプを思い浮かべてくれ。あれに火を点けても燃えるのはアルコールだけで芯は燃えない。アルコールストーブも同じだな。その映像のドライバーだけど、服に染み込んだメタノール燃料が燃えているだけだから、当然、服は焼けていない。だから煙も出ていないんだ」

これだ！

富田修造と小野寺妙子を焼身自殺に見せかけた小道具はメタノール燃料に違いない。時間が朝だったのも、二人の身体が燃えていることを周りの人間に悟られたくなかったからだろう。

「どうやってこの映像を見つけたの？」

「科捜研《うち》の主任にそっちから聞かされた話をしたら、この映像のことを教えてくれたのさ。一年ほど前に、たまたまこの映像を見つけたらしい」

映像の投稿日を見ると二年前だった。

「ということは、この映像が投稿される前はメタノール燃料の特性を知っている人は少なかったってことになるわね」

「多分な。でもまあ、化学系を学んだ連中なら知っていただろうけど」

「でも、メタノール燃料を燃やすには何かで着火しなきゃいけないわけでしょ」

「当然だ。発火点が四七〇℃と低いとはいえ、自然発火は考え難いからな」

「どうやったら誰にも目撃されず、二人にメタノール燃料を浴びせて火まで点けられると思う？」

「それはそっちで考えろ。こっちの専門じゃない」

あれからずっと真犯人が仕掛けたトリックについて考えているのだが、そのメカニズムを組み立てきれないでいる。

富田修造も小野寺妙子も、自宅の庭で奇声を発していたというから、そこで誰かにメタノール燃料を浴びせられて火を点けられたとしか考えられないが、そんなことをしたら誰かに目撃される恐れがある。事実、二人が奇声を発しているところを隣家の住人達が見ているのだ。しかし、隣人達は不審者を目撃していないのである。衆人環視の中、どうやったら誰にも見られずメタノール燃料に着火させ、尚且つ家まで全焼させられるのだろう？

「どうしたの、有紀。美味しくない？」

「そうじゃないの。ちょっと考え事をしていて——」

有紀は友美のグラスに白ワインを注いだ。

すると友美の携帯が鳴った。タイマーだ。明日、八宝菜を作るとかで、うずらの卵を茹でている。

友美が立ち上がってガスレンジの前に行く。

「あらいやだ。一つ割れちゃってる」

タイマー？

「でも平気よね」と言った友美が、鍋をシンクに置いて水道の蛇口を捻った。「有紀、あとで剝くの手伝って」

ひょっとして、時限発火装置か？　富田修造と小野寺妙子を気絶させてメタノール燃料を浴びせ、時限式の発火装置で着火。いや、そんな物を現場に残しておけるわけがない。誰かがそれに気づくことだって有り得るのだ。

そう思ったが、富田修造と小野寺妙子の焼身自殺に関する調書の一文が脳裏に蘇った。『二人は庭で奇声を発していた』だ。

庭？

そうだ！　庭なら隠せるのではないか。他でもない、土の中に。

「有紀ったら、聞いてるの？」

「ごめん。ちょっと黙ってて」

立ち上がった有紀はリビングに行き、ガラステーブルの横に置いたショルダーバッグを摑んだ。中から富田修造と小野寺妙子の焼身自殺に関する調書を引っ張り出す。

改めてそれを読み、推理に没頭した。

犯人はまず、夜の内に小野寺妙子と富田修造の家に侵入し、気絶させた二人を闇に乗じて庭に運び出した。それから椅子に座らせ、服にメタノール燃料を浴びせた。そして朝になったら大音量の音楽が鳴るようにオーディオのボリュームを最大にしておき、内蔵されているタイマーをセット。更に、時限発火装置を仕掛けて庭のどこかに埋めた。だが、時間前に二人が目を覚ます可能性もあるし、メタノール燃料は揮発性が高いからトリック発動前に乾いてしまう恐れもある。となると、トリックの準備が整ったところで一度二人を起こして再度気絶させ、夜が明ける直前にメタノール燃料を浴びせたと考えるのが妥当か。いくら揮発性が高いメタノール燃料でも、一時間や二時で完全に乾くことはないだろう。季節は冬でおまけに早朝、気温は低く、揮発速度も格段に落ちる。

そして時間となって音楽が鳴り、隣人達は二人の家に注目した。その時点でメタノールのトリックも発動した。つまり、二人が狂ったことを隣人達にアピールするため、意図的に衆人環視の中で二人を見えない炎で焼いたのだ。大音量の音楽についても目的は同じで、隣人達の目を、二人がいる庭に向けさせるためである。それもこれも、犯人が自分のアリバイを確立するためだ。誰もいない場所で二人が突然狂い出せば、まず狂気の末の自殺と判断されて殺人とは思われない。

時限発火装置だが、乾電池一つと小型のタイマー、それに電気コードが二本あれば簡単に作れる。電池ボックスのプラスとマイナスにコードを繋ぎ、それをタイマーに接続。そしてタイマーから延ばしたプラスとマイナスの電気コードの先端を接続する。そうしておけば、タイマーが予定時刻になったら通電して電気コードはショートする。

時限発火装置もビニール袋に入れておけば土の水分の影響を受けないし、コードの先端だけを土から出して対象者に接触させておけばいい。コードは土から一センチも出せば十分だろう。二人はメタノール燃料塗れだし、揮発性の高い薬品だから、ショートして火花が散った瞬間に引火する。

しかし、時限発火装置は絶対に発見されてはならない物だ。それなら、被害者達から一番離れた場所に埋めただろう。となると、二人の足元と時限発火装置を繋ぐ電気コードは必然的に長くなければならないし、乾電池一つでは線抵抗の影響で通電が悪く、下手をすればショートとしない可能性もある。

それなら電源を大きくすればいいか。どうせ土に埋めるのだ。ラジコンカーのバッテリーなら手の内に収まるし、電圧も十分にある。

加えて、長い電気コードを人目からから隠すには、やはり土の中に埋めるのが得策だ。それなら時限発火装置から二人の足元まで細い溝を掘り、溝の中に電気コードだけを隠したのだろう。さっきも推理したように、土から出ているのは剝き出しの電気コードで長さはほんの小指の先ほど、まずそれに気付く人間はいない。

辰巳の話が蘇った。富田修造の家から火が出た時、隣近所の住民や通りかかった者が初期消火に当たったと。確か、小野寺妙子の隣人も同じことを言っていた。ひょっとしたら、犯人が消火を手伝うふりをして再び庭に現れ、その電線を踏んで土の中に埋もれさせてしまった可能性もある。火事が起こったのだから近所の住民が飛び火を恐れて初期消火活動をしただろうし、そのどさくさに紛れて消火活動を手伝えば誰も不審には思わないだろう。あるいは、駆けつけた消防士が電気コードを踏んでしまったか。いずれにしても、被害者二人は焼身自殺と判断されたのだから、犯人の思惑通りに事が運んだのだ。

とはいえ、二人は座っていたのだから、当然椅子にもメタノール燃料が付着するわけで、着火した時点で椅子も燃えるのではないか。下手をすると普通の炎が出る可能性もあったはずだ。

だが、答えは簡単に出た。不燃剤のスプレーを吹き付けておけばいいことだ。ホームセンターに行けば安価で手に入る。

有紀は、時限発火装置が作動してからのことに思考を切り替えた。

まず、身体が熱くて意識を取り戻した二人はパニックになり、悲鳴を上げながら暴れた。おまけに炎が見えていないから、二人は自分の身に何が起こっているのかさえも分からず、だからこそ、身体に火が点いた時に本能的に起こす行動も取らなかった。地面を転げ回って火を消そうとする行動だ。では、転げ回る代わりに何をする？　当然、身体の熱を下げようとする。つまり、水をかぶろうとして風呂場を目指したのだろう。だから二人は家の中に駆け込んだ。しかし、そこには更なる罠が仕掛けられていた。すでにガソリンが撒かれていたのだ。だから二人が家に入った途端、瞬く間に火が燃え広がった。犯人が二人を焼死に見せかけたのは、メタノール燃料による火傷が判明しないようにするためだ。そして、二人を気絶させたのはスタンガン。焼死させれば電流痕も必然的に消せる。

ということは、顔見知りの犯行か？　スタンガンを使うなら相手に近づかないといけないし、人は本能的に、見ず知らずの人間との距離を取ろうとする。あるいは、何かに化けて接触したか。宅配便の運転手なら手っ取り早く化けられるし、荷物は手渡しだから、簡単に相手に近づける。これでトリックの組み立てはできたが、問題は手がかりだ。発火装置は犯人が後に掘り返しただろうし、回収していなかったとしても小野寺妙子の家は更地になっていて、富田修造の家にいたっては土地が人手に渡って家まで建っている。土地をショベルカーやブルドーザーで整地したわけで、整地された段階でどこかに消え去ったに違いない。

それにしても、二人が熱いと言わなかったのは何故だろう？　調書には奇声を発していたとしか書かれていなかったし、熱いと叫んだのなら目撃者達がそう証言するはずである。

まさか――。

言えないようにしたのか。熱いと叫ばれたら、何かの薬品が使われたと疑われる。では、どうやって言葉を奪い、声だけを出せるようにした？

あまり考えたくはないが、舌を切り取った可能性はないだろうか？　それなら、言葉を奪って声だけを残せる。しかし、二人は司法解剖されており、遺体には何も異常がなかったという。

となると――。

残る答えは一つしかない。舌を切り取らずに何らかの方法で舌の自由を奪った。だが、そんなことができるのか？　二人の遺体からは薬物反応さえ出ていないのだ。

どうやって舌の自由を奪った？

それからしばらく、有紀は自分の舌であれこれシミュレーションしてみた。そして一つの結論に達した。舌の先が歯より外に出ている時は、どんなに頑張っても言葉にならないことを——。

舌を引っ込められないようにしたのか！

舌の先と唇を縫い合わせたのだ。平気で人を焼き殺すような奴だから、その程度のことなら躊躇《ちゅうちょ》せずにやって退《の》けても不思議ではない。だから目撃者達は、二人が奇声を発したと判断した。それもこれも犯人の計算の内。二人が狂ったことをアピールし、とどのつまり、狂って焼身自殺したというシナリオが成立する。

縫い合わせたのは上唇？　それとも下唇？

これもシミュレーションしたところ、上唇と舌の先端を接触させた方が言葉にならないことが分かった。

舌がそんな状態にあるということは、口が閉じられないことを意味する。それはつまり、肉体が焼け焦げて炭化するほどの超高温の炎と外気がそのまま口腔内を襲うことになり、舌も焼け焦げて膨れ上がってしまうだろう。そうなれば、舌と上唇を縫い合わせた糸も焼失し、必然的に、舌と唇を縫合した痕跡も焼失してしまうのではないだろうか。

だが、普通の糸でそれが可能か？　熱で完全に燃え尽きると断言できるか？

こんな時は丸山に訊くのが一番だ。早速電話すると、《俺の声が聞きたくなったか？》と減らず口が返ってきた。

「んなわけないでしょう。それより、教えて欲しいことがあるの。熱に極端に弱い糸って何？」

《化学繊維の糸に決まってんだろ》

強度はどうだろう？　弱ければ舌の動き次第で切れてしまうことも有り得るわけだ。そうなれば、二人が言葉を取り戻して『熱い！』と叫んだかもしれない。だが、二人はそう叫ばなかった。ということは、糸にかなりの強度があったことになる。

「じゃあ、熱に弱くても強度のある糸は？」

《釣り糸だろうな》そこまで言った丸山が、《待ってろ。調べてからかけ直す》と言って通話を切った。

もどかしさの中で電話を待つうち、携帯が鳴った。

「もしもし」

《釣り糸の特性について調べてみた。ナイロン素材なら二二五℃から二二七℃で溶けるし、フロロカーボン素材ならもっと低くて一三四℃から一六九℃で溶ける》

「それだけ？」

《いや。もっと熱に弱くて信じられない強度の釣り糸がある」

先にそれを言え！

「何？」

《リールの道糸に使われるPEラインだ。こいつなら一三〇℃前後で溶ける》

水が沸騰する温度と三〇℃しか変わらないではないか。そんな低温で溶ける釣り糸があるとは——。

それだ！　それが使われたのだ。

火災現場の温度は一〇〇〇℃を超えると聞く。そんな高温に晒されれば、唇は勿論のこと、舌だってPEラインを溶かすほどの温度になるだろう。PEラインを使えば、舌と唇を縫合しても熱で溶けて消え去る。

犯人がそこまで考えてこのトリックを組み立てたとすると、想像以上の強敵だ。

誰が二人を殺した？

見当もつかないが、とりあえず一歩前進したことに変わりはない。明日一番で長谷川に報告だ。

《ところで、明日、時間あるか？》

「どうして？」

《映画の券を二枚もらったんだ》

早い話がデートの誘いだ。「忙しいに決まってるでしょ」と答えて通話を切った。

※

二月二十四日　水曜日　午前八時四十分――

八係の刑事部屋に顔を出すと、長谷川が自分のＰＣのディスプレイを見つめていた。

「班長。おはようございます」

長谷川が顔を上げた。

「おう」

「富田修造と小野寺妙子の殺害方法、推理してみました」

長谷川が椅子を弾き飛ばさんばかりの勢いで立ち上がった。

「本当か！」

「はい。科捜研の丸山のお蔭です」

丸山のことと昨夜の推理を伝えると、長谷川が何度も頷いた。

「メタノール燃料か。丸山の奴、結構使えるじゃないか」

「ええ。見直しました」

「捜査が終了したら飯でも奢ってやろう」

喉が渇いた有紀は、刑事部屋を出て自販機コーナーに移動した。缶コーヒーで喉を潤すと、丸山に見せられた映像が蘇った。あれはレース中の出来事だった。

レース？

ハッとした。奥沢の中村邸に行った時、あの広いリビングには若かりし頃の中村が、レーシングスーツを着てトロフィーを掲げる写真が飾られていた。中村はアマチュアのレーサーだったというが……。

アマチュアといえども、曲がりなりにもサーキットを疾走していたドライバーなら、インディー500のことも、インディーカーにメタノール燃料が使われていることも知っていて不思議ではない。

まさか、あの男が？

おまけに、中村の趣味は釣り。当然、熱には弱いが桁外れの強度があるPEラインの特性について知っていて然るべきだ。

そういえばあの男、富田修造が新興宗教にのめり込んでいたと話していた。あれは、捜査の目をそっちに向けるための偽証だったのではないだろうか。

しかしそうだしても、どうしてリスクを冒してまで第一発見者になった？　捜査のセオリーは『第一発見者を疑え』だ。真っ先に自分が疑われるというのに——。

捜査のセオリーを逆手に取ったのか？　第一発見者は一人ではなかった。一緒にいた須藤という人物もそうだった。須藤が自分のアリバイを証明してくれるし、凶器は遺体発見現場から遠く離れた場所にある。そうなれば、中村は容疑者から最も遠い立場になって、真っ先にリストから外れることになる。その直後に容疑者まで自殺となれば、中村は完全に捜査対象外。それを狙ったのか。事実、今の今まで中村が捜査線上に浮かんだ記録はない。

中村と須藤の証言を思い起こした。

事件当日、二人は中村の車でグランビュー平和島に向かっている。それはつまり、中村が須藤と会う前のアリバイが不明ということだ。

平和島事件の真相をシミュレーションしてみた。

防犯カメラに富田修造が映っていたというが、中村が真犯人だとすると、映っていた人物も中村ではないだろうか。防犯カメラを見て『主人です』と証言した富田修造の妻も、その根拠は服とキャップとボディーバックで、カメラに映っていた人物は帽子を目深に被っていたというから顔の確認まではできなかったはずだ。富田修造の体形までは把握していないが、中村の体形と似ていた可能性は大いにある。

中村はまず、自分の車で富田修造の家の近くまで行き、そこから歩いて富田修造の家を目指した。そして何か理由をつけて富田修造の家に上がり込み、隙を衝いて富田修造をスタンガンで気絶させた。当然、縛って猿轡《さるぐつわ》を噛ませただろう。次に中村は、富田修造の車に乗ってグランビュー平和島に行き、富田真一と佐竹裕介を刺殺。その後、富田修造の家に戻り、メタノール燃料のトリックを仕掛けた。最後に、第一発見者となる須藤を自分の車でピックアップしてグランビュー平和島に再び舞い戻り、自分も富田真一の第一発見者になる。

大よそこんな筋書だと思うが、動機は何だ？　被害者達に恨みでもあったのか？

とりあえず、辰巳にも話を訊いてみることにした。『分からないことがあったら訊きにこい。知ってることは教えてやる』と言っていた。

電話すると、数回のコールで辰巳が出た。

「お忙しいところすみません」

《張り込み中で退屈してたところさ。何だ？》

「平和島事件の第一発見者達のことでお話が――。富田真一を発見した後、中村さんと須藤さんがどんな行動を取ったか分かりませんか？　できれば、二人以外の人物の証言があれば」

《二人のことはマンションの住人達が証言した。中村さんは、警察がくるまで富田真一の部屋から一歩も出ていない。富田真一の部屋が騒がしいことに不審を抱いた隣人が廊下に出て、警察がくるまで

ずっとそこにいたそうだ》

「須藤さんは？」

《富田真一の部屋を出た須藤さんは管理人室に直行して管理人に会っている。それもマンションの住民が証言した。富田真一の部屋を出た須藤さんはエレベーターで一階に下りたんだが、そのエレベーターには他に三人乗っていて、全員、『あの人は途中でエレベーターを降りなかった。降りたのは一階で、管理人室に駆け込むところを見た』と証言したよ。その後は管理人と二人で佐竹さんの部屋に行っている》

「富田修造の体形は？」

《ガタイが良かったらしい》

中村も立派な体格をしている。やはり、防犯カメラに映っていた人物は中村か？

「どうもありがとうございました」

通話を終えて辰巳の話を反芻した。富田真一の遺体が発見されてから警察がくるまで、中村が密室で一人になったことは間違いないが、どうして殺害現場に留まったのか？　須藤の代わりに佐竹の部屋に行くこともできただろう。何か細工する必要があったのか？

ふと、深水弥生のことが頭に浮かんだ。彼女は佐竹の恋人だった。そして佐竹は中村に殺された可能性がある。では、深水弥生と中村にも接点があったのではないだろうか。

瞬く間に、中村の豪邸が像を結ぶ。

あの財力はどこからきたのか？　加えて、深水弥生が手にした保険金の流れが謎なのだ。まさか、中村に流れた可能性は？

捜査のもう一つのセオリーは『現場百回』である。富田修造と小野寺妙子の焼身自殺が仕組まれたものであったことが明らかになった今、富田真一の部屋をもう一度調べてみるべきだ。何か見落としていることがあるかもしれない。

刑事部屋に戻ると、長谷川がまたＰＣを見つめていた．だが、さっきとは違う。何故か険しい表情をしているのだ。

「班長、どうかされたんですか？」

「深水弥生の調書を読み返していたんだが、腑に落ちない点があってな。この調書と槙野の証言に矛盾点がある。まあ、槙野の勘違いだとは思うが――。それより、お前こそどうした？　そんな怖い顔をして」

「富田真一の部屋、もう一度調べさせて下さい」

「どうしてだ？」

「思い出したんです。富田真一の第一発見者の中村さんが、元アマチュアレーサーだったことを」

長谷川の眉根が寄る。

「よし。楢さんに中村のことを調べさせる。宗教団体を調べている内山にも手伝わせよう」

有紀と元木はグランビュー平和島の前で車を降りた。富田真一の部屋は今も入居者がいないそうで、管理会社に話を通して鍵は開けてもらっている。

富田真一の部屋の玄関を開けると、まず、まっすぐ伸びるフローリングの通路があり、それは途中で横に伸びる通路と交差していた。正面には開け放たれたドアがあって、向こう側は広い空間だ。調書によるとリビングということだが——。

二人はリビングに足を踏み入れた。

「ここで富田真一が死んでいたのね」

「それにしてもかなり広いですよ。二十畳近くあるんじゃないですか」

それから中を見て回り、間取りを頭の中に叩き込んだ。

玄関の左側に和室の六畳。玄関の右はバスとトイレで、その向こう側にもう一つ洋室の八畳間。左右に伸びる通路を挟み、六畳間の正面はダイニングキッチンで、その隣がリビングである。八畳の洋室の正面も部屋で、そこは六畳の洋室だった。グレードの高い３ＬＤＫだから、かなり高額だろう。リビングの向こう側はベランダで、六畳間にも出入りできる。

有紀は考えを巡らせた。

中村が犯人だとしても、それをどうやって証明する？　メタノール燃料にしても、中村が使ったと立証するのはもはや不可能だ。富田修造の遺体も小野寺妙子の遺体も黒焦げだったし、その黒焦げの遺体さえも今はこの世に存在しない。

待てよ——。

槙野も深水弥生を調べている。ひょっとしたら、槙野が摑んだ情報の中に、中村に繋がるものがあるかもしれない。

槙野を呼び出すと、欠伸交じりの声が聞こえた。
「寝不足ですか？」
《そんなところだ。で、どうした？》
「深水弥生が三人を殺した毒婦であること、どうやってお知りになったか教えていただけないかと」
《別に構わねえが――。何か摑んだのか？》
「訊かないで下さい」
《そうだったな。そっちは現職の刑事だ。教えられないこともあるよな》
「ご理解いただけて恐縮です」
それからしばらく、有紀は槙野の話に耳を傾けた。
「白水荘に侵入して宿帳まで？」
その宿帳に中村の名前がないだろうか？　もしあれば、小野寺妙子との接点が浮かび上がってくる。
《不法侵入でしょっ引くなんて野暮なこと言うなよ》
「ご心配なく。その宿帳ですが、現在お手元に？」
《いや。置いてきちまった》
白水荘に出向くしかなさそうだ。
「場所は？　どこにありました？」
《地下の倉庫だ》
槙野が場所の説明をしてくれた。

「どうもありがとうございました」

白水荘を管理している会社に連絡だ。現職刑事が不法侵入するわけにはいかないから、管理者立ち会いのもとで宿帳を探す。

※

二月二十五日　木曜日　午後三時――

管理会社の職員が、正面玄関のガラスドアの施錠を解いた。「どうぞ」と言ってドアを押し開く。中に一歩踏み入った途端、黴臭さが鼻を衝いた。

「刑事さん達も大変ですね。こんな廃墟で探し物だなんて」

「ええ、まあ」と有紀は答えた。「あとはこちらでやりますから、車に戻っていて下さって結構ですよ」

「じゃあ、そうさせてもらいます」

職員が車に向かって歩き出す。

「元木。地下に下りる階段を探すわよ」

間もなく階段が見つかり、槙野に教えられたことを思い起こしつつ階段を降りた。下に着いて左に行き、手分けしてドアを開けていった。

「先輩。ここじゃないですか？」

元木の声がして、有紀はその部屋を覗き込んだ。『宿帳』と書かれた段ボール箱が数多くある。

「手分けして探しましょう」

「先輩。深水弥生は偽名で宿泊していたんでしょう?」

「槙野さんはそう言ってたけど」

「中村も偽名で宿泊してたってことは?」

「どうかしらね。とにかく作業開始」

それから宿帳をチェックしたが、中村美智雄の名前は見つからなかった。元木の言うように偽名で泊まったか、あるいはここに宿泊したことがないのか。

それにしても、深水弥生が手にした保険金の流れが気になる。中村に流れた気もするが。

携帯が鳴った。長谷川からだ。

《楢さんと内山から連絡があった。会社でも近所でも、更には学生時代の同期達も、誰一人として中村のことを悪く言う者はおらず、皆が口を揃えて『いい人だ』と答えたってことだった。だが、会社でも得意先の接待でも、カーレースのことはよく話していたらしい。アメリカまでインディー500を観に行ったこともあるそうだ》

「じゃあ、メタノール燃料の特性を知っている可能性は高いですね」

《インディーカーに使われていた燃料だしな。係長に報告したら、中村の身辺を徹底的に探れとのことだった。富田真一と佐竹、それに小野寺妙子とも接点があったはずだ。ところでそっちはどうだ?何か分かったか?》

「いいえ。これから本庁に戻ります」

3

二月二十七日　土曜日　午後七時——

槙野は、自宅近くにある行きつけの居酒屋に向かっていた。家庭サービスではないが、ここ最近出張続きで家を空けることが多かったため、『たまには飲みに行くか』ということになって出かけてきた。

店の近くまで行くとゴールデン・レトリバーを連れた若い女性とすれ違った。兄の家のダルほどではないが、この犬も大きくて、女性を引っ張るようにして歩いている。

「どこ見てんのよ」麻子が荒い声で言った。「若い女を見るとすぐこれなんだから」

「違うって、犬を見てたんだ」

「どうだか？」

「嘘じゃねぇよ。兄貴のところの犬もデカいだろ。あれと拓哉のことを思い出したんだ。拓哉も今の女の子みたいに犬に引っ張られていたからさ」

「ダルって名前だっけ？」

「ああ。俺を目の敵にしやがって、とんでもねぇ犬だ。いつかシメてやる」

「やめときなさい、返り討ちにされるのがオチよ。でもさ、あんな厳ついのがいたら泥棒も敬遠するわね」

「あのクソ犬、ああ見えても情けねぇところがあるんだぞ」

「雷にからきし弱い」槙野は大笑いした。「雷が鳴ると小便チビりやがった」

「何？」

「え？　あの犬が――」

「ああ」

槙野は、拓哉から聞かされた話を教えた。

「ふ〜ん。でもさぁ、何だか可愛いじゃない。あの巨体で丸くなって震えるなんて」

「可愛くなんかねぇ」

言った途端、東條から聞かされた深水弥生のことが脳裏に蘇った。彼女も大型犬のシベリアンハスキーを飼っていたという。引っ張られて散歩させるのが大変だっただろう。それにしても、犬をけしかけて刑事を襲わせ、挙句にその刑事を殺してまで逃走するとは――。

店の暖簾《のれん》を腕押しかけたが、思わずその手を止めた。

引っ張られる？

「どうしたの？　入らないの？」

「ちょっと待ってくれ」

引っ張られた？　まさか！

瞬く間に疑問が氷解していく。

そうか！　その手があったか！

犬の、しかも大型犬の訓練に長《た》けていれば、狙った相手に首を吊らせることが可能なのだ。深水弥生も、殺された刑事もそれに気付いたのではないのか。

しかし、深水弥生の単独犯行だったのだろうか？　犬を使ったトリックを彼女に伝授、あるいは、彼女に手を貸した人物がいる可能性はないのか？　前者ならこのまま幕引きとなるが、後者の場合はそうはいかない。その人物がまだ生きている可能性があるのだ。それならその人物を炙《あぶ》り出し、事実を白日の下に晒さなければならない。

東條に話そうと思ったが、よくよく考えればまだ早い。今まで彼女に教えてきたことは事実ばかりだったから何も問題はなかったが、今回はこっちが勝手に組み立てた推理で、それが正しいとは限らないのである。東條に教えるなら、それなりの材料を提示しないと捜査に混乱をきたすことになる。まずはこっちで調べてからだ。

とはいえ、彼女に尋ねたいこともあるし――。

結局、東條を呼び出した。

《どうしました？》

「何度も悪いんだが、また教えてもらいたいことがあって電話した」

《言える範囲なら幾らでも》

「有難い。例の深水弥生関連なんだが、彼女が仕掛けた首吊りトリックを解いた刑事の名前は何だっけか？」

《西野さんですけど》

「ああ、そうだった。西野だったな。その西野って刑事の家族がどこに住んでるか分からねぇかな？

会って尋ねたいことがあるんだよ」

《殉職者名簿を調べれば分かると思いますけど》

「じゃあ、頼む」

死亡時の住所から家族が引っ越していても、遺族年金が支給されているはずだから、それを辿れば現住所が分かる。

《槙野さん。どうしてあなたの口から西野さんの家族のことが出てくるんです?》

「そのうち話す」

奥歯に物が挟まったような物言いだから、何を探っているのだろう? と疑っているに違いない。

だが、今はまだ教えられない。

《じゃあ、これから調べてみます》

「ありがとな。恩に切る」

《そんな大袈裟な。メールで送りますから》

「ショートメールで頼む」

店に入って生ビール一杯を平らげたところで携帯が鳴った。東條からメールだ。

西野刑事の当時の住所は足立区北千住。電話番号も書いてある。この番号がまだ通じればいいが、通じない場合は東條にもう一度骨を折ってもらわなければならない。

問題は鏡だ。業務外の調査をよしとするかどうか。

電話すると、欠伸交じりの《何だ?》の声が返ってきた。

「深水弥生の保険金殺人のことなんですけど、首吊りのトリックが解けましたよ」
《ホントか！》
「はい。詳しいことは明日話します。それで、これからどうしましょう？」
《どうしましょうって？》
「この件、もうちょっと調べたいんですけど」
《お前はもう刑事じゃないんだぞ》
ダメということか。まあそうだろう。誰かから依頼があったわけではないから調査費も出ない。
《だけど、業務時間外なら構わんぞ。無論、費用は自腹だ》
それでもいいか。どうも深水弥生のことが気になって仕方がない。
「じゃあ、そうさせてもらいます」
《おい。お前が摑んだ情報なら、警察から謝礼金が出るかもしれんぞ。なんせ、四半世紀も謎だった手口だし、刑事まで死んでるからな》
その可能性はあるか。東條と交渉してみよう。

※

二月二十九日　月曜日　午後六時――
槙野は足立区北千住にいた。東條に教えられた電話番号にかけたところ、男性が出て『西野です』

と答えた。事情を話すと胡散臭がられずに話ができ、その男性が西野刑事の息子だということが分かった。そこで、『西野刑事が調べていた深水弥生の調査をしている。お父さんのことでも教えてもらいたいことがあるから会ってもらえないか』と頼んだところ、何とか承諾を得て出かけてきたのだった。幸いというか不幸にしてというか、今日は調査依頼も舞い込まなかったから仕事は定時終わりだった。

常磐線北千住駅前の喫茶店で待つこと十分。お目当ての人物と思しき顎鬚を生やした中年男性が現れ、槙野の席に歩み寄ってきた。電話でこっちの特徴を伝えておいたのだ。ガタイが良くてカメラマンコートを着ていると。

槙野は立ち上がり、「西野さんですか?」と声をかけた。

男性が「はい」と答え、二人は改めて自己紹介して席に着いた。

ウエイトレスが注文を取りに現れ、「西野さんは何を飲まれます?」とお伺《うかが》いを立てる。

「ホットコーヒーを」

牧野はウエイトレスに目を転じ、「ホット二つね」と声をかけた。

西野を待つ間に一杯平らげたから、これで二杯目だ。

それからコーヒーを飲みながらの話となり、槙野は深水弥生を調査する過程で西野刑事の存在を知ったことを伝え、「ちょっと気になったことがありまして」と付け加えた。

「何です?」

「つかぬことをお伺いしますが、お父さんは犬に詳しかったですか?」

「まあ、多少は知っていましたよ。うちで雑種を飼っていましたから」

槙野は、二度、三度頷いた。

「その犬なんですけど、雷に弱くありませんでしたか？」

「雷？」

この男は何を言っているのか？　西野の顔に表れた内心を察した槙野は、「大事なことなんですよ」と言って真剣な表情をしてみせた。事実、至極重要なことなのである。

「うちの犬はそんなことありませんでしたけどねぇ」

空振りか——。

「でも」と西野が言った。「近所にそんな犬がいましたよ。雷が鳴ると遠吠えするんです。それに、飼い主さんが散歩させていても、雷が鳴ると飼い主さんを引っ張って家に戻ろうとして——」

槙野は色めき立った。

「その犬のこと、お父さんもご存じでしたよね」

「ええ、僕が話しましたから。その時のことは今でもよく覚えています。父がいきなり怖い顔をして立ち上がったかと思うと、着替えて家を駆け出して行きました。その翌日に父は殺されて」

だから西野刑事にはトリックが解けたのだ。

「すみません。嫌なことを思い出させてしまって——」

「いいえ。いいんです」

「大変参考になりました」

レシートを持って立ち上がった槙野は、丁重に礼を言ってからレジに足を向けた。

深水弥生が使った首吊りトリックが解けたのは、兄の家にいるダルのお蔭と言っても過言ではない。拓哉を引っ張り、雷に怯えて小便まで漏らすダルを見たからこそ謎が解けた。

まず、シベリアンハスキーの特徴として力が強いことが挙げられる。それは、男性が座っている椅子を簡単に動かすことができるということだ。次に、訓練された犬は人間の合図で行動すること。つまり、誰かの合図を受けた深水弥生の犬が夫達を殺したのである。無論、犬に殺意などなく、従順に人間の命令に従っただけだ。そのことをダルが教えてくれたのだった。

ダルは雷が鳴ると怯え、遊んでいても犬小屋に逃げ込むという。深水弥生の犬も、条件が揃えばダルと同じ行動をするように訓練されていたのではないだろうか。勿論、雷が鳴るという特殊な条件下ではなく、普通の条件下でだ。そして昨日今日と推理を研ぎ澄ませた結果、犬笛という答えを導き出した。吹いても人間の耳には聞こえないから誰も不審に思わないし、到達距離も条件によっては四キロにも及ぶという。深水弥生の犬は、犬笛を聞くと犬小屋に駆け込む訓練を受けていたに違いない。そのことに西野刑事も気が付いたのだろう。

では誰が犬笛を吹いたか？　深水弥生は夫達の死亡推定時刻、遠く離れた場所にいた。考えられるのは共犯者しかいない。だが、共犯者といえども自分の姿を現場近くで目撃されたくはなかっただろう。自殺に見せかけるという思惑が外れて事件になれば、当然、警察は現場付近で訊き込みを開始し、不審者の目撃情報を得るかもしれないのだ。

そこで深水弥生と共犯者は犬笛を使うことにした。現場は二軒とも住宅地で障害物も多かっただろうが、それでも一キロやそこらは笛の音が届く。それなら共犯者は現場と離れた場所にいられるわけだし、おまけに犬笛は人間には聞こえないのだから願ったり叶ったりのアイテムだ。

組み立てた推理はこうだ。まず、深水弥生は夫二人を眠らせ、両腕を後ろ手に縛った。それから犬用の長いリードを鴨居の下に置いて、持ち手の輪になったところに椅子の脚の一本がくるように配置。更に夫達を椅子に座らせて首にロープを巻き、彼らが眠りから覚めるのを待つ。夫達を眠らせたのは睡眠薬だろう。今と違って当時は容易に手に入れられた時代である。夫達が目覚める頃には体内の睡眠薬成分も消えていたと思われる。そして夫達の首に巻かれているロープを鴨居にかけ、体重をかけてそれを引っ張る。当然、夫達は首が絞まって苦しいから椅子に登ってしまう。勿論、助けを呼べないように口の中に布か何かを詰め込み、口をガムテープで塞いだだろう。そこまで準備した時点で、主人の命令に従順な犬を使うのだ。

深水弥生はリードを犬に繋ぎ、『待て』と命令を下す。そこまですればあとは簡単。自分は出かけ、共犯者が犬笛を鳴らすのを待つだけだ。犬は犬笛の合図で犬小屋に入ろうとし、結果として夫達が立っている椅子の脚を引っ張ることになる。そうなれば椅子は倒れるか大きく移動するかのどちらかで、夫達は首を吊らされてしまう。調べたところ、警察犬になるような優秀な犬は、『待て』の合図があれば丸一日でもじっとしているらしい。深水弥生の犬も、そんな優秀な犬だったのではないだろうか。

しかし、誰が犬を仕込んだ？　深水弥生本人か？　あるいは共犯者か？

ここで答えを出すのは無理だ。深水弥生の知人を探し出して尋ねるしかない。

そういえば——。深水弥生は施設で育ち、弟が一人いると東條は言っていた。それなら弟に訊くのが手っ取り早い。

外に出た槙野は東條を呼び出し、「何度も悪いんだが――」と前置きした。

《言って下さい》

「深水弥生には弟がいて、二人は児童養護施設で育ったと言ってたよな」

《ええ、弟の名前は深水栄治。江東区の東陽町で、『鳥正』という居酒屋をやっていますよ。恐ろしく気の短い男で》

店の住所を教えてもらってメモした。

「二人が育った施設の名前は？」

《確か、荒川区の若葉園だったかと》

それだけ分かれば十分だ。「助かった」と返して通話を終えると、あることに気がついた。

佐竹裕介のことである。すっかり忘れていたが、深水弥生が自殺した日は西野刑事が死んだ日でもあるのだ。佐竹裕介はその日、何故か朝霧高原の輝雲閣に行かなかった。まさか、佐竹裕介が西野刑事を？　その可能性も否定しきれなくなってきた。

とりあえず、深水栄治を探ることにした。

※

三月二日　水曜日　午後八時――

新たに入った素行調査の初日を終えた槙野は、深水栄治の店に足を向けた。丸ノ内線新中野駅から地下鉄に乗り、昨日のことを反芻する。

深水栄治からドッグトレーナーのことを訊き出せなかった場合の保険として、荒川区の児童養護施設『若葉園』を訪ね、職員を買収して深水弥生と同時期に入園していた子供達のリストを見せてもらったのだ。当然、個人情報保護法があるからすんなりとはいかなかったが、難産というほどでもなかった。つまり、現ナマ作戦を使ったのである。人間のモラルなど金の前では脆《もろ》いもので、元より、個人情報保護法を悪法だと考えている人間も相当数いるから、運良くそんな人物に出会えれば情報収集は思いの他上手くいく。昨日が正にそうだった。出費は五千円、テニスクラブに行った時の四分の一で済んだ。

二人と同時期に若葉園に在籍した人数は二十人で、男が十二人、女が八人。二十人もいれば、全員から話を訊くにはかなりの日数を要するだろう。それに、今回は依頼があって調べているのではないから調査費も出ない。そんなわけだから、深水栄治がドッグトレーナーについて話してくれることを願うばかりだ。当然、今回は客を装う。

地下鉄を乗り継ぎ、東京メトロ東西線の東陽町駅で降りた。階段を登って外に出て、メモを頼りに『鳥正』を探した。

ほどなくして『鳥正』を見つけた槙野は、不審感を抱かれないように心がけて暖簾を潜った。

カウンターの中にいる、痩せた角刈りの男とバンダナを頭に巻いた若い男が「いらっしゃい」と声をかけてくる。角刈りの男が深水か。見るからに喧嘩っ早そうな顔だ。

幸い、カウンター席は二つ空いており、「一人」と答えて空いている席の一つに腰を下ろした。続いて、角刈りの男に向かって、「マスター、生ビール」と注文した。

男が頷き、若い男に向かって「生、一丁」と声をかける。

マスターでなければ違うと言うはずだ。この角刈りの男が深水栄治で間違いない。

すぐにジョッキが運ばれ、深水がカウンター越しに付き出しを差し出してきた。

「お客さん、初めてだね」

「そうなんだ。最近、この辺りに引っ越してきたんだけど」

ジャブとばかり、軽い嘘で対応した。

「これからもご贔屓《ひいき》に」

「料理が美味ければね」

「それなら心配ないよ」深水が笑う。「ツマミは?」

「とりあえず、焼き鳥の盛合せと刺し盛を頼もうかな」

「はいよ」と威勢のいい返事があり、刺身から順にツマミが出てきた。

やがて隣のカウンター席も座敷も全部埋まり，盛況の中で時間が過ぎて行く。気がつくと生ビール三杯とチューハイ二杯が胃袋に収まっており、頃合いも良しと判断した槙野は「マスター。犬は好き?」と水を向けてみた。

「犬?」

深水が、煙草を指に挟んだまま眉を持ち上げる。

「うん。女房が飼え飼えってうるさくてさ」

「まあ、俺は嫌いじゃないけどね」

犬の話をしたのに何一つ表情が変わらない。刑事時代に培った洞察力だが、犯罪者というものは、自分が関わった事件に関係する話が出ただけで微妙に表情が変わるものなのだ。例えば刃物や詐欺の話題など。だが、深水の表情は全く変わらなかった。この男は保険金殺人事件とは無関係な気がしてきた。とはいえ、まだ探りの初期段階だから先入観は禁物である。これから何回か通ってみることにした。深水がまた違った一面を見せることも有り得る。

4

三月三日　木曜日　午後二時――

東條有紀は富田工業の吉野社長宅を訪れていた。中村と富田前社長、それに佐竹前常務との関係について尋ねるのだ。他のメンバーは富田工業の重役連中に会っている。中村の銀行口座だが、深水弥生名義の振り込みは一切なかった。偽名での振り込みか、あるいは、現金で受け取ったのかもしれない。

ここは、横浜の『港の見える丘公園』にほど近い洋館風の二階家で、洒落た造りではあるが想像していたよりも小ぢんまりとしている。正直言って、もっと大きな家を想像していた。芝生の庭もあるが、五坪あるなしで、そこにいるコリーが気持ち良さそうに陽の光を浴びている。今日は晴天ではあるものの、気温三度で凍えるような寒さ。しかし、犬は寒さに滅法強いと聞くから、この程度の寒さなど小春日和程度の感覚なのだろう。

出された紅茶を飲むうち、穏やかな表情の男性がリビングに入ってきて、「吉野です。お待たせしました」と言った。

吉野社長はカーディガンにスラックスといったいで立ちで、背が高く体格も立派だ。年齢は六十歳と聞いているから豊かな黒髪は染めているに違いないが、実年齢よりもかなり若く見える。五十代前半でも通りそうである。

有紀は立ち上がり、「警視庁捜査一課の東條です。ご協力感謝します」と返した。「先日、うちの長谷川がお話をお訊きしましたが、今日は御社と取引しているNKシステムの中村社長について教えていただきたくてお邪魔しました。それともう一度、亡くなられた富田前社長と佐竹前常務についても教えて下さい」

「いいですよ。NKシステムさんとお付き合いするようになって、かれこれ二十五年以上になりますか。社長の中村さんと先代社長の富田さんが釣り仲間で、その縁でNKシステムさんが当社のコンピューターセキュリティー業務を請け負うようになったんです」

ここまでは中村の話と一致する。

「中村さんが、富田前社長とトラブルになったことは？」

「そんな話は聞いたことがありません。中村さんはとても誠実で、非常に温厚な方ですしね。中村さんと富田さんは、お互いの家でよく食事会をしていたとも聞いていますから、トラブルがあったとは思えませんが——」

「では、佐竹さんと中村さんの間でトラブルは？」

「それについてはよく分かりません。佐竹君とはプライベートな話は殆どしませんでしたし、中村さんの口からも佐竹君の話が出たことはありますが、どれも仕事上のことばかりでしたから」

「では、富田前社長についてお話を——。何でも構いません、些細なことでも」

吉野社長が腕を組む。話していいものかどうか迷うといった顔だ。富田前社長の過去に何かあったか？

「教えて下さい。お願いします」

ややあって、吉野社長が頷いた。

「前回、警察の方がこられた時は、平和島事件とは無関係だと思ったものですから話さなかったんですが——。富田さんは、いろんな意味で実に不運な人でした」

「命を奪われたこと以外にも何か？」

「ええ。当社は過去、二度ほど倒産の危機に見舞われたことがあります。二十九年前と二十六年前でした。多額の不渡手形を摑まされましてね。最初の不渡りを摑まされたのは、創立者の初代社長が他界され、富田さんが二代目として、まだ小さかった富田工業を継いで間もない頃のことでした。当時の当社は、二つの銀行から融資額の限度を借り入れしていたこともあり、追加融資を受けて急場を凌ぐことさえできませんでした。それで富田さんが資金繰りに奔走したんですが、結果は悉く《ことごと》失敗。そんなわけで、社員一同が連鎖倒産を覚悟したんです。でも、富田さんは不運な反面、強運の持ち主でもありました」

　有紀は身を乗り出した。

「何があったんですか？」

「天の助けというか、崖っぷちで融資をしてくれるところが現れて何とか会社存続を――。富田さんが見つけてきたんです」

「どこからの融資だったんですか？」

「分かりません。知っているのは富田さんだけで、私にも教えてくれませんでしたよ。それから三年後、またしても不渡りを摑まされましてねぇ。バブルの崩壊が始まった時でした。状況は三年前より酷く、融資限度額に達していないにも拘らず、銀行は不良債権の処理に躍起になって、ちっぽけな会社の融資依頼になど耳も傾けてくれませんでした。不渡りの額も三年前の倍以上で、今度こそ連鎖倒産すると私もサジを投げたんです」

「ひょっとして、三年前と同じところから再融資を？」

「恐らくそうだと思いますけど、その時も富田さんは、どこから借り入れたか教えてくれませんでした。そして、融資先の話は二度とするなと私に釘を刺して――」

「不渡りの額は？」

「最初が約一億円、二度目が約二億五千万円でした」

　会社が危機に陥るわけだ。しかし、富田真一はそんな多額の金をどこから引っ張った？

　まさか、深水弥生が受け取った保険金か？　その保険金を手にした中村が富田社長に貸したとしたら？　その金のことで後年トラブルが起き、中村が富田社長に殺意を抱いたのではないだろうか？　佐竹は富田社長の義弟だから、中村から流れた金のことを知っていても不思議ではない。だから佐竹も殺された？

吉野社長宅を辞去して車に乗ると、槙野が電話をかけてきた。

「東條です。あれから電話がありませんでしたから、西野さんのご家族に連絡が取れたんですね」

《ああ。それよか情報がある》

「西野さんのことで何か隠していましたね」

《こっちもまだ憶測の段階だったし、下手に教えて変な先入観を植え付けるとそっちの捜査に支障が出るかもしれないと思ったんだ。それならきっちりと調べ、それなりの成果をぶら下げてから教えた方がいいかなと》

「それで、何なんですか？　隠していたことって」

《深水弥生が仕掛けた首吊りトリックのことだ。解いたぞ》

さすがにこれには驚いた。思わず声が高ぶる。

「本当ですか！」

《ああ。保険金殺人事件はすでに捜査打ち切りとなっているし、容疑者も自殺している。今さら蒸し返したって無駄だろうけど、真相が見えかけたもんだから元刑事の猜疑心《さいぎしん》が疼《うず》いちまって」

「それで、カラクリは？」

《犬だ》

「は？」
《犬なんだよ》
槇野がトリックの概要をレクチャーしてくれた。
「犬笛を使ったなんて――」
《雷を恐れる犬がヒントになったんだが、犬笛を使ったとなると共犯者がいることになる。深水弥生は、夫達が死んだ時は遠く離れた場所にいたからな》
共犯者――。中村か！
「他に分かったことは？」
《あるにはあるんだが、まだ話せる段階じゃねぇんだ。もう少し待ってくれ》
「分かりました」
《ところで、情報提供料って出るか？》
何を言い出すかと思えば――。
「自腹で調査してるってことですか？」
《勘がいいな》
「首吊りトリックのことだけでも大変な情報ですから、何らかの名目で謝礼が出るよう上と交渉してみます」
《有難い、じゃあな。情報料のことは頼むぜ》

寝息を立てている友美の横で、有紀は何度目かの寝返りを打った。槙野から聞かされた話が頭から離れないのだ。

深水弥生には共犯者がいた。きっと中村だ。しかし槙野は、『まだ話せる段階ではない』と言っていた。何を追っているのだろう？　まさか、犬の関係か？　あの鼻の利く男のことだから、犬から何かを連想した可能性は十分にある。犬といえば……。

槙野の話を思い起こしてみた。犬笛に反応した犬が、殺された夫達が乗っている椅子を引っ張った。つまり、犬笛が鳴るまで犬はじっとしていたわけだ。訓練を受けさせていない犬にそんな芸当ができるわけがないから、当然、深水弥生は犬に訓練を受けさせただろう。

ひょっとしたら槙野は、ドッグトレーナーを疑っているのではないだろうか？　しかし、保険金殺人事件は四半世紀以上前に起きていて、当時、深水弥生の犬を訓練したドッグトレーナーを見つけ出すのは至難の業だ。すでに死んでいることだって有り得る。そんなことぐらい槙野は分かっているはずなのに、敢えて調べているとすると——。

深水弥生の知人で今も生きている人物に接触しようとしているのか！

そういえば、深水弥生と弟の栄治が育った児童養護施設の名前と住所を尋ねてきた。

瞬く間に、あの目つきの悪い痩せぎすな男の顔が浮かぶ。

槙野は深水栄治に目をつけたのではないだろうか。『弟なら姉が使っていたドッグトレーナーのことを覚えているかもしれない』と考えても不思議ではない。

ふと、中村邸を訪れた時のことを思い出した。中村夫婦は犬の訓練について話していたのだ。確か妻は、『知人にドーベルマンの訓練を頼んでいる』と話していたし、あの時、ブリーダーと思しき女性とインターホンでやり取りもしていた。

こうは考えられないか。深水弥生が使っていたドッグトレーナーと、あの時のブリーダーと思しき女性が同一人物だと。名前は何だったか？　ケンネルと言ったことは間違いないが――。

しかし、今は警察が表立って動くと逆効果になりかねない。ここは槙野に任せて情報を受け取った方が得策だろう。元刑事だし調査能力は折り紙付き。ヘマはするまい。

すると、友美の手が胸に伸びてきた。

「眠れないの？」

「うん。悪い癖よね、一度考え出すときりがなくなるんだから」

そう答えた有紀は、友美と唇を重ねた。

5

三月七日　月曜日　午後七時――

素行調査の張り込みを鏡と交代した槙野は、鳥正に足を向けた。

やがて東陽町駅に到着し、てくてく歩いて鳥正の暖簾を潜った。

途端に「いらっしゃい！」の声がかかるが、今日は深水しかカウンターにおらず、店も空席が目立った。前回座った席も空いており、そこに腰を沈めた槙野は生ビールを注文した。

「お客さん。またきてくれたね」

「料理が美味かったからね」

これは本当だ。今後も贔屓にしたいほどである。

深水がカウンターを出て、ジョッキにビールを注いで槙野の前に置いた。

「今日は空いてるね」

「月曜日はこんなもんさ。だからバイトも休ませてる」

適当に料理を頼むと、「お客さん。あの話はどうなった?」と深水が言った。

「あの話って?」

「犬を飼うかどうか迷ってるって言ったじゃない」

槙野は手を打った。

「ああ、あれね。まだ迷ってる——」ちょうどいい、向こうから話を振ってくれた。「飼えば躾《しつけ》が大変だしなぁ」

「訓練させればいいじゃない」

「それはそうだけど、訓練士に頼むと高いって聞くよ」

「訓練士によるよ。俺の知り合いなら安い料金で訓練してくれると思うけど」

知らず眉が動いた。犬の訓練士を知っている? 足を運んできた甲斐があったか?

「友達?」

「というより、妹みたいなもんかな。幼馴染でね」

深水姉弟は施設育ちだ。幼馴染ということは、その女も『若葉園』出身者か。だが、まさか女性のドッグトレーナーだとは――。

「その幼馴染はブリーダーもやってるから、犬を飼うことになったら言ってよ。頼んであげるから」

犬を売りつける算段か。だから深水から話を振ってきたのだろう。こっちとしては好都合だ。

「高いんじゃないの?」

「犬種によるさ。人気の犬種は品薄だから当然高くなるけど、人気薄の犬種は安いらしいよ」

需要と供給の関係で当然そうなるか。

「それに、ブリーダー同士の情報網があるから、大型犬から小型犬まで大抵の犬種が手に入るそうだし」

「どうもありがとう。考えてみるよ」

ここで一気呵成に名前まで訊くべきか? だが、まだ二回しかきていない客がそこまで尋ねないだろう。警戒心を持たれたら厄介だから、今日はここまでにして、次にきた時にその人物の名前を尋ねよう。だがこれで、若葉園の出身者達に会う必要はなくなった。

それから一時間余り飲み、槙野は「またくるよ」と言い残して鳥正を出た。

大田区雪谷の自宅マンションに辿り着いたのは午後十時過ぎ、ひと風呂浴びてカウチに座った。問題は犬をどうするかだ。深水の幼馴染に会ったとしても、犬を買わなければそれ一度で終わってしまう。だが、犬を買えば躾のこともあるし、以後も自然に接触できるから相手のことも探り易い。

しばらくして麻子が風呂から出てきた。バスタオルを身体と頭に巻き、缶ビールを握っている。

「お前、犬が欲しいって言ってたよな。見に行ってみるか」

麻子が目を輝かせ、「飼っていいの！」と声のトーンを一オクターブ上げた。

「犬種と値段次第だな」

このマンションで大型犬など飼えるわけがないから小型犬しか選択肢はない。しかし、ペット禁止だから違反覚悟だ。クレームが出たら誰かに譲ればいい。

事情を話すと麻子に軽く睨まれた。

「仕事で犬をダシに使いたいだけなのね。犬を道具みたいに――」

「んなこと言ったって、どうしても犬がいるんだよ」

第六章

1

三月十一日　金曜日——

槙野が鳥正の暖簾を潜ったのは午後八時前、今日の夕方、ようやく素行調査が終わって自由を得た。

今日はカウンターにアルバイトがいて、深水と声を揃えて「いらっしゃい」と言う。店の中はまずまずの盛況で、女性客も多くいる。

片手を上げて深水に愛想を返し、カウンター席に陣取った。いつものように生ビールを頼み、ツマミも適当に注文する。深水は忙しそうにしていて声もかけてこないが、そのうち一息つくだろう。

やがて九時半を回ろうとする頃になって客が引き始め、大きく溜息をついた深水が、「やっと一段落したよ」と声をかけてきた。

「商売繁盛で何よりじゃないか」

「まあね」

「料理が美味いからなぁ」

「そう言ってくれると作り甲斐があるよ」

そろそろいいだろう。「マスター、犬を飼うことにしたよ。女房に押し切られちまった」と言って苦笑してみせた。「ブリーダーさん、紹介してよ」

「ああ、そう。じゃあ、電話してみようか」

深水が、後ろの棚に手を伸ばして携帯を摑んだ。手早く操作して耳に当てる。

「……俺だ。……ああ、一段落着いたところさ。……実はな、犬が欲しいっていうお客さんがいるんだよ。……そうそう。それでな、お前のことを話したら紹介してくれってことになってさ。……どうかな？　直接話してみるか？　今、カウンターにいるから」深水が頷いて槙野に目を向けた。「犬種や値段がどうのって言ってるから、直接話してみてよ」

槙野は携帯を受け取った。

「はじめまして、山本と申します」

相手の素性が分からない時は偽名を使うことにしている。商売上、危ない連中からも情報を得ることがあり、下手にこっちの正体を喋ると墓穴を掘ることになりかねないのだ。刑事時代は警察組織という巨大な後ろ盾があって安心だったが、今はしがない探偵だから、危険因子は極力排除しなければならないのである。

《作田悦子と申します》

女性だった。深水の年齢からすると、彼女も五十代だと思われるが、若々しくて澄んだ声だった。この女が一連の事件に絡んでいるのか？

《犬を飼われるそうですけど、犬種とご予算は？》

「一応、小型犬をと思ってるんですけど、何種類か見ることができますか？」

《ええ、いいですよ。小型犬なら数種類いますから》

「じゃあ、お伺いします。いつなら？」

《月曜日がお休みですから、それ以外ならいつでも結構です》

「ご住所を」

《東京都町田市玉川学園○○—○○、作田ケンネルです。携帯番号は——》

言われた住所と番号を手帳に書き記した槙野は、「では後日」と伝えて携帯を深水に返した。これで一歩前進だ。きっと尻尾を摑んでやる。

「まあそういうこったから。……ああ、分かった。たまには顔出せよ。じゃあな」

深水が携帯を切る。

「マスター、どうもありがとう。チューハイお代わりね」

素行調査が終わったから少しぐらい飲んでも平気だろう。

ほろ酔い気分で店を出たのは午後十時、早速、麻子に電話した。

「明日のパート、何時までだ?」

麻子は近所のスーパーでレジ打ちをしている。

《え〜と、二時までね》

「じゃ、終わったら犬を見に行こう」

犬などどうでもいいが、作田悦子とはどんな女なのか? あの声からすると、ふてぶてしそうなイメージは湧いてこないが——。

とにかく慎重に行動だ。東條が一度、深水栄治に会いに行ったのだから、深水は警察が何か調べていると察しただろう。それなら、そのことを作田悦子に話した可能性もある。不用意に探りを入れるとこっちと警察の動きに感づくかもしれない。

地下鉄に乗って、若葉園で手に入れた名簿に目を通した。だが、作田という姓の女性はいない。枝野悦子という名前があるから、この女性が結婚して姓が変わったのかもしれない。あるいは養子縁組が纏まって姓が変わったか。どちらにしても、顔を拝むのが楽しみだ。

※

三月十二日　土曜日――

近所のスーパーの駐車場で待っていると、麻子が速足でやってきた。子犬を見るのが待ちきれないのだろう。助手席のドアが開く。

「お待たせ。行きましょ」

「メシは？」

「あとでいいわ。早く見たいから」

「あっそ――。もう一度言っとくけど、名前は『山本』だからな。間違っても、『山本さん』と呼ばれてきょとんとした顔すんじゃねぇぞ」

「分かってる」

車を出して十分も経っただろうか、麻子が「ねぇ」とやけに神妙な声で言った。

「あ？」

「犬、大きいのがいいな。ダルちゃんみたいな」

「冗談だろ。大家に出て行けなんて言われたらどうすんだよ」

「出ればいいじゃない」

思わずブレーキを踏みそうになった。

「出てどこに行くんだよ」

「家、買わない？」

「おいおい。どうしていきなりそんな話になるんだ？」

「家、買おうよ。中古でもいいからさぁ。それなら大きな犬も飼えるじゃない」

自分でも目が点になったのが分かった。

「熱でもあんのか？　幾らすると思ってんだよ」

「じゃあ、一生あのマンションで暮らす気？」

正直言って、何も考えていなかったが——。

「警官だった頃ならいざ知らず、今はしがない探偵なんだぞ」

「でも、仕事の依頼は多いじゃないの。鏡さんの事務所が潰れる心配はないと思うけど」

「頭金はどうすんだよ」

「あるわよ。あんたと暮らし始めた時から貯めてたから」

「居候になった時から？　じゃあ、俺に家賃の一部を入れずにヘソクリ貯め込んでたのか」

呆れた女だ。

「だって、いつ『出て行け』って言われるか分からなかったもん。蓄えしとかないと不安で」

「頭金はあっても金融機関が金貸してくれねぇよ　探偵なんてヤクザな商売なんだから」

「お義兄さんが保証人になってくれれば平気よ。あの大企業の本社営業部長なんだもん」

確かにそれは強みだが……。いけない。いつの間にか麻子のペースに嵌まってしまった。

「お義兄さんだって、可愛い弟の頼みを断ったりしないわよ。ね、家買お。犬も飼えるし――。シェパードがいいかなぁ。ダルちゃんカッコいいもんね」

「どこがだ、あんなクソ犬。大体だな、これから建売を探して運よく気に入った家が見つかったとしても、手続きとかいろいろあるから入れたとしても半年や一年先だ。俺は、今、犬がいるんだ」

「引っ越しするまでお義兄さんに預かってもらったら？　あんな広い庭なんだから、二頭いても平気よ。私、しょっちゅう様子見に行くから」

「ダメダメ。家なんて無理だ」

「男らしくないわね」

「そういう問題じゃねぇんだよ」

買え、買わないの押し問答をするうちに町田市玉川学園に到着し、一旦休戦した槙野は作田ケンネルを探した。

しばらくすると「あ、あった！」と麻子が声高に言い、左側を指差した。

確かに看板が出ている。『作田ケンネル五〇メートル先左折』

何とか目的地に辿り着き、狭い駐車場に車を入れた。犬が吠えている。来訪者を察したか？

『作田ケンネル』と書かれた建屋のガラス戸を押し開くと犬独特の匂いが鼻を衝き、自動チャイムが鳴った。

するとすぐに、髪を栗色に染めた女性が奥から出てきた。歳は五十代といったところで、上下お揃いのスポーツウェアを着ている。

「山本さんですか？」

電話で話した声と同じだ。彼女が作田悦子のようだ。

「はい」

「作田です。お待ちしておりました」

槙野は改めて作田悦子を観察した。勿論、あまりじろじろ見ると変に思われるからそれとなくである。細面で目は切れ長、美人と言っていい。そんなことより、この落ち着いた雰囲気と佇まい。本当に彼女が犯罪者か？　今までに多くの悪党とイカれた連中を見てきたが、これほど犯罪臭がしない人物は初めてだ。

「小型犬がご希望でしたね？」

作田悦子が言うと、「大型犬も見せて下さい」と麻子が言った。

麻子の耳元で「飼えないって言ったろ」と念を押す。

「黙ってて」

そう言った麻子が、作田悦子に会釈した。

連れて行かれたのは建屋の裏で、ドッグランと犬の飼育場が併設されていた。ドッグランには大型犬が五頭いて、飼い主と思しき女性達が何やら言葉を交わしている。飼育場の前にはこれまた大きなブラックタンのシェパードが二頭いて、こっちを見て尻尾を振っている。近づいても二頭は尻尾を振り続けており、唸り声一つ発しなかった。兄の家のダルとは大違いだ。

フェンスを開けた作田悦子が「スィット」と号令をかけるや、二頭が座って微動だにしなくなった。

「すご〜い」麻子が目を丸くする。「こんなに言うことを聞くなんて」

「こんなのは訓練の初歩ですよ。この子達は嘱託警察犬で」

「へぇ〜。警察犬なんて初めて見た」感心した麻子が槙野を見た。「凄いね」

「ダルに見せてやりてぇよ」

「ダル？」

作田悦子が語尾を上げた。

「義理の兄の家にもシェパードがいるんです。それで、私も欲しいなぁなんて思っていて——。触ってもいいですか？」

「どうぞ」

麻子が一頭に手を伸ばし、恐る恐るといった手つきで頭に触れた。だが、犬は平然としたまま座っている。

「シェパードの子犬もいるんですか？」

「ええ。先月の上旬に生まれた雄が二頭と雌が三頭」

「お高いんでしょうね」

「ショータイプの子はどうしても——。でも、ペットタイプの子はお安いですよ。五万円前後ですから」

「そんなに安いんですか！」槙野は思わず言った。あの図体になるのだからもっとすると思っていたが。「ということは、シェパードはあまり人気がないってことですね」

「今は残念ながら……。どうしても怖いというイメージがあるらしいです」

「オオカミの血が入ってるって聞きましたけど」

「ええ——。ですが、穏やかな性格の個体同士を何代も掛け合わせた結果、今のシェパードは昔のシェパードより遥かに穏やかな性格になっています。そのことをご存じない方が殆どで」

麻子がもう一頭の頭を撫でた。

「あんた達、いい子ね」

「じゃあ、子犬達の所に」

作田悦子が大きなプレハブのドアを開けた。

「ちょっと臭《くさ》いですけど」

途端に強烈な匂いに見舞われた。そこには直径一メール半ほどのサークルが三つあり、一つには黒い子犬達。もう一つにはレトリバー系と思しき耳が垂れた子犬達。最後の一つにはトライカラーの子犬達。隣の部屋からも声が聞こえてくる。

「子犬は生後三カ月になるまでに二度の予防注射をするんですけど、それまでお風呂とシャワーはNGなんですよ」

麻子は匂いに平気なようで、目を輝かせて子犬達がいるサークルを見ている。

どのサークルの子犬達も、まるでぬいぐるみのようだった。それが固まって寝ているのだから、犬好きの麻子がメロメロになるのも無理はない。

「黒い子犬達がジャーマンシェパード、その隣がゴールデン・レトリバー、一番奥にいるトライカラーの子犬達がバーニーズです」

それにしても、心が和むような笑顔を見せてくる。待て待て。この女は、従順な犬達を人殺しの道具にしたかもしれないのだ。心を許すな。

「ジャーマンシェパードって、子犬の時はあんな色してるんですね」

槙野はサークルに歩み寄った。よく見ると、焦げ茶色の毛が混じっている。あのダルにもこんな時期があったのかと思うと笑える。それにしても、奥のサークルにいるバーニーズの可愛さには参ってしまう。これなら飼ってもいいかと思えるほどだ。

「バーニーズの親犬達は？」

「隣の部屋にいます。連れてきましょうか」

作田悦子が連れてきたのは、ジャーマンシェパードとそん色ない大きさの犬だった。毛色は子犬と全く同じで、巨大なぬいぐるみのようである。

麻子を見ると、笑いながらバーニーズの子犬を見下ろしていた。

「この子達も可愛いわね」

同感だ。

しかし麻子はジャーマンシェパードが気になるのか、子犬達を見て「どの子がペットタイプなんですか？」と尋ねた。

作田悦子が二頭の子犬を抱き上げた。

「この子達です」

見たところ、サークルにいる三頭と何も変わらないが。

「ショータイプとどこがどう違うんです？」

槙野は、サークルの三頭と抱かれている二頭を交互に見た。

「まず血統ですね。それから顔、四肢の発達具合とか諸々です。まだ子犬ですから素人さんでは違いが分からないでしょうけど、成犬になったら全く違いますよ」

そういうものなのか。五頭とも子熊みたいで違いは分からないが、飼うわけではないからどうでもいい。質問を止めた。

「抱っこしていいですか？」

作田悦子が笑みを浮かべ、右手で抱いている子犬を麻子に渡した。

場が和んでいるうちに、それとなく質問だ。

「シベリアンハスキーは飼育されていないんですか？」

作田悦子が首を横に振る。

「ずっと以前、バブル期の頃までは扱っていましたけど、今は――。お友達のブリーダーさんが飼育していますけどね」

ハスキーを飼育していた？　しかもバブル期の頃までとなると、深水弥生が保険金殺人を犯した時期と一致するではないか。この女、やはり一枚嚙んでいるのか？

「作田さん。この子達、先月生まれたんですよね」

麻子が話に割り込んできた。

「ええ、ひと月過ぎたばかりで――。もし飼われるのなら、お渡しできるのは二カ月先の五月になりますね。何故かというと、犬は生後三カ月の内にいろんなこと学ぶからです。群れの中での社会性、上下関係等々。身体的には親から免疫を。ですから、可愛いからといって親から早く離すと、性格に問題が出たり、病気がちになることもあるんですよ」

二カ月も待つのか。それは好都合だ。その間に調査が終了すれば、『飼うつもりだったが事情が変わって飼えなくなった』と言えばいい。生後三カ月ならまだ十分に次の飼い主が現れるだろうし、売値が五万円以下なら違約金だって大した額ではないだろう。上手くすれば、この女が警察に引っ張られて購入契約自体が消滅する可能性だってある。これで犬を買わずに済んだ。それはとりもなおさず、家も買わなくていいということになる。ここは『買う』と言って、作田悦子と繫がりを持ち続けることにした。

「山本さんは、やっぱりシェパードがいいですか？」

「ええ」

麻子が、子犬を顔の前に持ってくる。

「そんなにその子犬が気に入ったのなら買えよ」

麻子が目を瞬かせこっちを見た。視線には、『今言ったことホント？』の思いが込められている。

頷き返すと、麻子の口元が綻んだ。

彼女の頭の中には、一戸建ての庭で子犬と遊ぶ自分の姿があるだろう。問題は、帰りの車の中で何と言って釈明するかだ。ぬか喜びさせたツケを払わなければならないが……。

「ありがとうございます」作田悦子が深く腰を折る。「その子、女の子ですけど構いませんか？」

「はい」

「メスがいいのか？」

「だって、ダルのお嫁さんになれるじゃない」

「ああ。お義兄さんのお宅でもシェパードを飼われているんでしたね。その子が雄ならちょうどいいじゃありませんか。血統が良ければ、生まれた子犬をうちで引き取らせていただくこともできますから」

「そうなるといいですね」麻子が槙野を見た。「ダルの血統って知ってる？」

「俺に訊くな」

知りたくもない。

「その子ね、外にいる子達より大きいんですよ。でも、雷が怖くて、ゴロゴロ鳴るとオシッコ漏らしちゃうんです」

「あらまあ、可愛そうに」

その場で手付金一万円也を払って車に戻ったが、犬と家のことを何と切り出すべきか。

「お腹減っちゃった。何か食べて帰ろうか」

子犬と家のことが頭から離れないようで、麻子の面相は崩れたままだ。幸薄かった彼女が、自分の家を持ちたいと願う気持ちも分からなくはない。今はこのままにしておこう。舌の根も乾かぬうちに本当のことを言うのは酷過ぎる。ほとぼりが冷めた頃にチャレンジだ。

「中華にするか」

「うん――。そうだ！　ワンちゃんの名前考えなきゃね。何がいい？」

「任せる」

「家族になるんだから一緒に考えてよぉ」

「兄貴んところがダルだから、ビッシュでいいんじゃねぇか？　二つ合わせたらダルビッシュだ」

ゲラゲラ笑うと麻子が口を尖らせた。

「もう、真面目に考えて」そこまで言った麻子が「そうだそうだ」と続ける。

「何だよ？」

「家も探さなくちゃね。いい中古物件があればいいんだけど」

「――そうだな……」

溜息交じりにそう答え、槙野はイグニッションを回した。

※

三月十八日　金曜日　午前九時――

槙野は徹夜の張り込みを終えて自宅に帰った。今週の月曜日に新規の浮気調査が舞い込み、ずっと調査を続けていたのだが、ようやく今日の明け方になって証拠写真をカメラに収めることができた。

玄関のドアを開けると麻子が上機嫌で迎えてくれた。その笑顔に何故か引いてしまうのは、こっちに後ろめたいことがあるからに違いなかった。

「パートは？」

「今日は午後からになっちゃった。ご飯は？」

「いらない。寝させてくれ」

「その前にちょっといい？」

「手短にな。眠くて堪らねぇんだ」

「うん。昨日ね、お義姉さんにお願いしてダルの血統書のコピーをファックスしてもらったのよ。でね、それを持って作田ケンネルに行って見てもらったら、うちにくる子と血統的な相性がバッチリなんだって。でも酷よねぇ、まだ二カ月も待たないといけないでしょ。今日見てきたら、連れて帰りたくなっちゃった」

ダメだ。完全にメロメロになっている。犬は飼わないと言った時の、彼女のリアクションが恐ろしくもある。自業自得とはいえ、とんでもないことを言ってしまったものだ。

「あ、そうそう」

「まだあんのか？」

「作田さん。旧姓のまま仕事してるんだって」

「え、そうなのか？」

　結婚して名前が変わると仕事をしている女性は大変だと聞く。それを嫌がって旧姓を名乗る女性が結構いるらしいが、作田悦子も同じなのだろう。

「今の名前は？」

「そこまで訊かなかった。でも、ご主人は幼馴染だって」

　幼馴染？　では、その夫も若葉園出身者か！

　どんな事情があれ、施設での生活は苦しいことが多かっただろう。そんな境遇にあった二人が、過去の辛い時期を共有した二人が結ばれたって不思議ではない。それならその男も、卒園後、深水弥生と接触した可能性がある。

　寝ている場合ではなかった。鏡に頼み、作田悦子の戸籍照会だ。その程度のことならタダでやってくれるだろう。ダメなら警察から出るだろう情報提供料から支払うまで。

　すると携帯が鳴った。噂をすれば何とかではないが、東條からだ。

「おう」

《あれから進展は？》

「少しな。報告はもう少し待ってくれ」

《分かりました。それと言い忘れていたんですけど、あなたは勘違いされているみたいです》

「勘違い？」

《ええ、私も確認を怠ってしまったんですが――。深水弥生の死亡日ですよ》

※

三月十九日　土曜日――

昨日で浮気調査が終わり、槙野は兄の家を訪れた。車を降りて後部座席の段ボールを小脇に抱える。

インターホンを押すと母が出た。

「俺だよ」

《あら、どうしたの？》

「野暮用できた」

母が門扉を開けると、いつものようにダルが吠え出した。

「兄貴達は？」

「拓哉の野球の試合の応援に行ったわ。今日は先発だってよ」

「ほぅ～。出世したじゃないか」

「エースが怪我したんだって」

「何だ、代役か」

「それより、野暮用って何？」

「そこで吠え倒してる野郎に土産を持ってきた」

段ボールを抱えたままダルの檻の前に行くと、吠えが唸りに変わった。

「おい、今日は休戦協定を結びにきたんだ。だからそう怒るな」

「何を持ってきたの？」

「こいつの好物だよ」

段ボールを開けて中を見せた。

「犬用のビーフジャーキーじゃないの」

「そ、これ全部ね。こいつのお蔭で、ある事件が解決するかもしれないんだ。だから褒美をやろうと思ってさ」

「ダルが何かした？」

「何もしてないよ。でも、大いに役に立った。こいつの情けないところがね」

ダルがいなければ首吊りトリックは解けなかっただろう。

「それはそうとあんた、シェパード飼うんだって？」

血統書のことで義姉に電話したと麻子が言っていた。

「だったら、家も買うってことよね。一軒家じゃなきゃ、こんな大きな犬は飼えないものね」

返答に困った。麻子とはまだその話をしていないのだ。

「まあ、犬は情操教育にはいいけどねぇ」

「情操教育？　何のこと？」

「情操教育って言ったら子供の教育の一環に決まってるでしょ」

「誰の子だよ？」

「あら嫌だ、違ったの？」

「え？」

「ほら、お兄ちゃんの誕生日の時に麻子さんもきたでしょ。あの時、キッチンで口に手を当てて苦しそうな顔したのよ。だからてっきり悪阻《つわり》だと思ったんだけど」

「そんな話は聞いてないけど」

「そう。じゃあ、私の勘違いね」

まさか、子供ができたから家が欲しいと言い出したのではないだろうか？　しかし、妊娠したなら言うはずだ。やはり母の勘違いか？　帰ったら話を訊こう。

槙野は袋を開け、ビーフジャーキーを摘んでダルの鼻先でぶら下げた。途端にダルが大人しくなり、尻尾まで振り出す。

「現金なやつだな」

一袋丸々をダルに与えると、母が「上がんなさい」と言った。

「いや、いい。これから行く所があるんだ。兄貴達によろしく言っといて」

槙野は外に出て車に乗り、東京に向かって走り出した。目的地は高坂のマンションだ。これから二人である場所に行くのである。

一時間近く車を走らせて高坂をピックアップし、次に高井戸インターに向かった。やがて高井戸インターに辿り着いて中央自動車道に進路を取る。

中央自動車道を走る車列に合流すると、助手席の高坂が、「槙野さん、いい加減に教えて下さいよ。どうして本栖湖に行くんです？」と言った。

「向こうに着いたら話すって言ったろ」


それから二時間弱走って甲府南で下り、一三九号線に乗って一路本栖湖を目指した。

そのうち見慣れた景色が見え始め、車は坂道に差しかかった。

「槙野さん。この道は――」

「白水荘に続く道だ」

「ですよね。でも、どうしてあんな廃墟に？」

「佐竹裕介が一九九一年の九月に朝霧高原の輝雲閣に行かなかった理由が分かったんだが、それを確かめるためさ」

「また忍び込むんですか？」

「そうだ」

「どうしてこんな時間に？　前回は夜中だったじゃないですか」

「昼じゃないと拙いんだよ」

車を降りると、「槙野さん。僕はどこで待てば？」と高坂が訊いた。

「あんたも一緒にくるんだよ。今回ばかりは住居侵入罪を犯してもらわないといけねぇ」

「え！　どうして？」

「くれば分かる」

答えと着メロが鳴り、コートのポケットから携帯を出した。鏡からだ。作田悦子の戸籍を調べてもらっていたのだ。殆ど嚙みつくような勢いで、「分かりましたか！」と答えをせがんだ。

《ああ。作田悦子の現姓は――》

2

東條有紀と元木は、世田谷区用賀にある富田工業の石川経理部長宅を訪れた。長谷川の指示で富田前社長と中村との関係をずっと調べており、連日富田工業の関係者に会っている。今日もここにくるまで二人から話を訊いた。

石川の家は大きな一軒家だった。塀に囲まれているから中は見えないが、庭も広そうだ。中村の家には遠く及ばないものの、場所は世田谷区内だから土地込みで一億近くする物件ではないだろうか。吉野社長の家より立派である。

有紀は門柱に嵌め込まれたインターホンを押した。

《はい》

石川本人だ。昨日、電話で話した声と同じである。

「警視庁捜査一課の東條と申します」

《お待ちしていました。少々お待ち下さい》

間もなく門が開き、体格の良い、清潔感溢れる中年男性が出てきた。

「石川です」

「東條です」

有紀と元木は警察手帳を提示した。

調度品が並ぶリビングに通され、応接セットのソファーでしばらく待った。アルミサッシの向こうは芝生の庭で、観賞用の樹木も何本か植えられている。

そこへ、石川がコーヒーセットをトレイに乗せて戻ってきた。

「家内が仕事に出ていますのでインスタントコーヒーしか出せませんが――。どうぞ」

「恐れ入ります」コーヒーカップに手を伸ばしかけたところで携帯が鳴った。ディスプレイを見ると槙野からではないか。とうとう摑んだか！「ちょっと失礼」と石川に断り、リビングの隅に移動して携帯を耳に当てた。

「東條です」

《やっと突き止めたぞ。保険金殺人にはドッグトレーナーが関係していると思う》

「やはりそうでしたか！」

思わず声が大きくなった。こっちの推理した通りだ。槙野はドッグトレーナーを追っていた。

《何だ、感づいていたのか》

「ええ。それで、どこの誰です？」

中村の家にきたブリーダーも『さくたケンネル』と名乗っていた。「ちょっと待って下さい、メモしますから」

有紀はソファーに戻り、ショルダーバッグから手帳を出した。再びリビングの隅に移動して携帯を耳に当てようとすると、「ちょっと失礼」という声が聞こえて振り返った。石川が席を立ってリビングを出て行こうとしている。

有紀は槙野との会話に戻った。

「すみません。さくたは作るに田んぼの田ですか？」

《そうだ。社長は女性で、仕事の時は旧姓の作田を名乗ってる》

「じゃあ、結婚してるんですね」

《ああ。この作田姓なんだが、十一歳から名乗ってるんだ》

「作田家に養女として入ったということですか」

《児童施設からな》

「まさか、若葉園から？」

《その通りだ。そして石川武雄という男と結婚した》

「石川武雄――」

たった今、リビングを出て行った男と同姓同名ではないか！

《富田工業の経理部長さ。石川もまた旧姓を持っている》

「どういうことです？」

《若葉園出身者だ。旧姓は蓑田》

唖然として槙野の声を反芻した。

保険金殺人、犬、平和島事件。三つのキーワードが石川夫婦で繋がる。どのキーワードにも二人なら関与し得るのだ。まさか、若葉園出身者があの会社に入り込んでいたとは――。しかも、今は経理部長に収まっているとは――。

《女房も同じ若葉園出身。おまけに女房は犬のブリーダー兼ドッグトレーナーで、石川は富田工業の経理部長ときてやがる。これがただの偶然か？》

「いいえ。そうとは思えません」

《だろ？　いいか、よく聞け。石川も女房の悦子も、保険金殺人に関与した可能性があって、二人の存在は今の今まで闇の中に埋もれていた。だから狡猾《こうかつ》そのものってことだ。くれぐれも慎重に捜査しろよ》

捜査も何も、今、その二人の家にいるのだ。

「心してかかります」

携帯を切って振り返るや、有紀は凍りついた。元木も狼狽《うろた》えた様子で立ち上がろうとしている。

二人が見たものは、横に並んだ二つの小さな穴と、さっきとは別人の目をした石川だった。こっちに猟銃の銃口を向けているのである。

元木が振り返り、理解不能といった目で有紀を見る。無理もない。槙野の話を聞いていないのだ。

説明する間もなかった。

次の瞬間、耳を劈《つんざ》く銃声がリビングいっぱいに轟き渡り、元木が昏倒して仰臥《ぎようが》した。アイボリーの絨毯に深紅の飛沫が散乱し、元木の身体から流れ出る血液が絨毯を更に赤く染めていく。

目前で起きた惨劇のあまりの衝撃に、有紀はその姿勢のまま携帯を絨毯に落とした。

「元木……。元木……」

「静かにしろ」

「よくも元木を――」

石川を睨みつけると、石川は小馬鹿にしたように鼻で笑った。

「男は何かと邪魔でね」

「大人しく投降しなさい」

「断る――。警察が平和島事件だけじゃなく、小野寺妙子のことも探っていると耳にしたから、焼身自殺の件に疑問を持っていることは分かっていた。だがまさか、お前の口から作田ケンネルと若葉園のことが出てくるとは思わなかったよ。作田ケンネルと若葉園が捜査線上に浮かんだということは、警察が平和島事件と過去の保険金殺人を結び付けて捜査してるってことだし、作田ケンネルの存在が明らかになった以上、捜査の手が私に伸びるのは時間の問題だと思った。そうしたら、とうとうお前は私の名前まで口に出した。捕まれば私は間違いなく死刑だ。だから、逮捕される前に行動を起こしたってわけさ」

陰で槙野との会話を聞いていたのか。迂闊《うかつ》だった、まさか猟銃まで所持しているとは……。今更ながら唇を噛む。

拳銃を使おうにも今日は丸腰だ。単なる事情聴取だから拳銃の携帯許可など出るわけがない。尤も、銃口を突き付けられているこの状況では、拳銃を所持していたところで抜くことなどできるはずもないが——。

元木が咳き込みながら口から血を吐き出す。

「元木！　しっかりして！」

返ってくるのは呻《うめ》き声だけだった。銃声を聞いた誰かが警察に通報したとしても、通報を受けた警察職員が機転を利かせて救急車まで呼んでくれるとは限らない。今すぐ救急車を呼べば元木は助かるかもしれないというのに……。だが、一歩たりとも動けないのだ。

槙野の馬鹿野郎！　どうしてこのタイミングで電話などかけてきた！

しかし、こっちにも大きな責任がある。槙野からの情報を受け、間抜けにも、石川の前で『作田ケンネル、若葉園、石川武雄』と声に出してしまったのだ。あれさえなければ石川は、こっちが真犯人を突き止めたことに気付かなかったはず。

マヌケ！

自分を叱責しつつ、有紀は石川を見据えた。

「実を言うと、そろそろ中村さんを自殺に見せかけて殺そうと思っていたんだ。だって、警察は無関係な中村さんを嗅ぎ回っていたろう？」

「彼に罪を被せる気だったのね」

「ああ。でも、ひと足遅かった。それにしても中村さんは気の毒に、痛くもない腹を探られて――。だがまあ、私に殺されなかったから運が良いと言えるか。代わりにそこの刑事とお前が死ぬことになるけどな。ところで、どうして中村さんを疑った？」

「メタノール燃料よ。彼はアマチュアレーサーだった。だから、メタノール燃料が燃えても自然光の中では見えないことを知っていると思った」

「焼身自殺のトリックを見抜いたのか。大したもんだ」石川が不敵に笑う。「あれは俺が仕掛けた。中村さんからメタノール燃料の特性を教えてもらって考えついた。それはいいが、槙野という探偵が弥生さんのことを調べていた。あの探偵の行動と警察の動きは連動しているのか？」

「お前に教える義理はない」

「その口ぶりからすると、やはり連動しているのか」石川が舌を打ち鳴らす。「あの探偵、殺しておくべきだった――。お前は人質だ。こっちにこい！」

大人しく人質になれば元木は確実に死ぬ。ここは危険を冒してでもワンチャンスに賭けるしかない。一か八かだ。幸い、石川はこっちナメているふしがある。刑事でも所詮は女だと。

有紀は石川に歩み寄った。

「後ろを向け！」

後ろ手にする気だ。

「動くなよ」の声と同時に、銃口が後頭部に押し当てられたのが分かった。

石川の手が体中を弄る。

「拳銃は持っていないのか？」

「只の事情聴取で拳銃の携帯許可が出ると思ってんの？」

挑発して怒らせれば隙が出るかもしれない。だが、石川は何も言わずにこっちの腰の辺りを触り続けた。そして手の動きが止まり、手錠がホルダーから抜き取られたのを感じた。

「両手に手錠をかけろ」

両手の自由を奪われたら万事休す。元木の様子からもう時間はない。やるしかなかった。勝機は一瞬、石川がこっちのことを、女だと思ってナメていてくれることを願うのみ。

後頭部に当たる銃口を感じつつ、わざと咳き込んで石川の注意を逸らした有紀は、右足を一歩右後ろに引き、それを軸にして右に半回転しつつ猟銃を右手で払い退けた。

虚を衝かれた石川が、一瞬動きを止める。

有紀はすかさず、左手の親指を石川の右目に突っ込んだ。

石川が猟銃を落として右目を押さえる。その隙に、有紀はがら空きになった石川の股間めがけ、相手の身体も浮き上がれとばかりに右足を蹴り上げた。

石川が両手で股間を押さえて蹲《うずくま》り、耐え難い痛みのためか口から涎《よだれ》を垂らす。そして有紀は、膝で石川の顎を蹴り上げたのだった。

石川がもんどりうって後ろに転がる。

「こっちが女だと思ってナメていたようだけど、私は普通の女じゃないのよ。残念だったわね！」

大急ぎで落ちている手錠を拾い、石川を俯《うつぶ》せにして後ろ手に手錠をかけた。

「元木！」と叫んで駆け寄る。

血をたっぷりと吸い込んだYシャツは陽の光を反射しており、元木の顔からも血色が失せて唇も紫色に変色している。

元木を助けてくれと神に懇願しながら救急車を呼び、次いで長谷川に電話してこの惨劇の顛末を告げた。

長谷川との通話を終えて再び元木の傍らで膝をつき、右手の指を元木の頸部に当ててみた。脈はある。「元木、死なないで」と囁く。

すると元木が薄らと目を開け、まるで藁《わら》に縋ろうとする溺れる者の如く、有紀のジャケットを震える手で鷲摑みにした。

「せ……先輩……。し、死にたくない……です……」

「大丈夫、きっと助けてあげるから――」

確約などできるはずもないが、咄嗟にそんな嘘が口を衝いて出た。元木の顔の輪郭《りんかく》が、涙で滲んでぼやけて見える。

元木の頭を胸に抱き、有紀はただひたすら「大丈夫。大丈夫」と繰り返した。だが、元木は返事さえしなくなった。ジャケットを握っていた手からも力が抜け、その手がスローモーションのように絨毯に落ちていく。

「救急車、早くきて！」

そう叫ぶと、視界の端にぐったりとする石川の姿を捉えた。

瞬く間に怒りが再燃し、自身を抑えきれなくなった有紀は、元木の頭をそっと置き、ふらりと立ち上がって石川に歩み寄った。

こいつだけは許さない。よくも可愛い後輩の元木を——。

「いつまで寝てる気よ」

そう吐き捨てると同時に、石川の脇腹めがけてサッカーボールキックを見舞った。

石川が嘔吐して身体をくの字に曲げるが、お構いなしにもう一度サッカーボールキックを見舞ってやった。これがリンチであることは分かっている。眼下の男が現行犯で逮捕され、今は拘束されて抵抗さえできないことも分かっている。これ以上やると査問会にかけられることも分かっている。過去に容疑者を射殺し、また、直近の捜査で容疑者を半殺しにしたことで、今度問題を起こしたら現場を追われて事務職に追いやられることも分かっている。だが、そんなことなど知ったことか。

怒りは更に渦を巻き、いつしか有紀は石川に馬乗りになっていた。両手の拳の皮は石川の歯で傷ついているが、それでも殴る手を止めなかった。

「よくも——よくも——」

すると微かに声がした。元木が痙攣する手をこっちに伸ばし、首を横に振っている。

「先輩……。もう……十分です……」

その言葉を受けて我に返った有紀は、天を仰いで救急車が到着するのを待ち続けたのだった。

3

槙野は、高坂を連れて前回侵入した窓まできた。

「先生。登れるか？」

高坂は小柄でずんぐり体形、その上に短足だ。窓に足がかかるだろうか。

「やってみます」

高坂が窓の桟《さん》に手をかけるが、足は桟からはるか下で空しく宙を泳いでいる。

「しょうがねぇな」と言って高坂の足を持ち、何とか向こう側に放り込んだ。

「痛ててて――」

着地失敗か。槙野も窓を乗り越えて向こう側に降り立った。

「これからどこへ？」

高坂が腰を摩りながら訊く。

「三階だ」

「何があるんですか？」

「お楽しみだよ」怪訝顔の高坂の肩を叩き、「行くぞ」と声をかけた。前回使った階段まで行き、今度は上に向かって一段一段を踏みしめていく。

「槙野さん。昼間でも不気味ですね」

「夜はもっとだ」

「それなのに、前回はよく平気で忍び込みましたね」

「まあな」

話をするうちに三階に辿り着き、槙野は首を巡らせた。

あった！　館内図だ。

「先生。左だ」

歩き出した槙野は、三十メートルも進まないうちに立ち止まった。右側に目的の部屋がある。板に書かれた部屋名は薄汚れて分からないが、ここにくるまで部屋数を数えていたから間違いない。板をハンカチで拭くと、やはり『霧の間』と書かれていた。

「槙野さん。ここは？」

「神谷千尋と深水弥生が泊まった部屋さ」

「こんなところに何があるんです？」

槙野は溜息をついた。

「あんたの好きなもんだよ」

「え？　僕の？」

高坂が自分を指差す。

「そうだ」槙野は引き戸に手をかけた。やはり鍵がかかっている。「壊すしかねぇな」

「壊すって？　いいんですか？」

「こんな廃墟に残ってる引き戸の一つや二つ、壊したところで誰も怒らねぇさ」

槙野はバックパックを下ろし。小型のバールを取り出した。

「そんな物まで持ってきていたんですね」

高坂が感心する。

「ああ。前もって情報を仕入れていたからな。やるぞ」

壁と引き戸の隙間にバールを突っ込んだ槙野は、渾身の力でバールを動かした。戸が軋《きし》み、けたたましい音とともにガラスが割れた。鍵も壊れたようで、引き戸が廊下側に寄っている。

「開きましたね！　良かった」

「いいんだか悪いんだか――」

「え？」

「さぁ、入るぞ」

高坂を尻目に引き戸をずらし、霧の間に踏み入った。途端に高坂が歩を止める。

「ま、槙野さん……これは……」

「情けねぇ声出すな」

「そんなこと言ったって、この部屋、どうしてこんなにお札が貼られてるんですか！」

至る所に梵字《ぼんじ》が書かれた札が貼り付けてあるのだ。

「この部屋の別名は『開かずの間』だ」東條に指摘された間違い。それは日付だった。「警視庁の刑事に深水弥生が自殺した件を調べてもらった時、俺は刑事に『深水弥生は一九九一年に白水荘で自殺した』と伝えたんだ。だが、彼女が自殺したのは一九九〇年の九月だった。先生、よく考えてみてくれ。神谷千尋は一九九一年にここに泊まったと証言し、深水弥生の恋人の佐竹裕介は一九九〇年の九月に朝霧高原の輝雲閣に泊まっていた。調査の過程で、神谷千尋の証言が事実だったことが判明したが、佐竹裕介が一九九一年に輝雲閣に泊まらなかったことは謎のままだった。つまり、一九九〇年の九月に深水弥生が死んだから、翌年の一九九一年の九月に佐竹裕介は輝雲閣に行かなかったのさ。さっき言った刑事も、最初は気付かなかったらしい。何故なら、警察が調書を作成する時は西暦を使わずに、その時の元号で調書の作成日を記すからだ。先生、一九九〇年と一九九一年が平成何年かすぐに分かるか？」

「えっと、何でしたっけ」

弁護士でさえこうなのだ。東條が当初、調書作成日に疑問を持たなかったのも無理はない。

「平成二年と三年だ。それとな、一九九一年の九月だけじゃなく、一九九〇年の九月も本栖湖から朝霧高原にかけての地域が台風の影響を受け、大雨と強風に見舞われていた。だから俺も、余計に勘違いしたんだ」

「じゃあ、神谷さんが会った深水弥生って？」

一呼吸置き、槙野は再び溜息をついた。

「多分……」

「多分？　多分——何です？」

「亡霊だと思う」

一瞬で高坂の目が泳ぐ。

「——亡霊……」

「そうとしか考えられねぇんだ。警察に死亡日の間違いを指摘され、もしやと思ってここの元マネージャーの森安さんに電話した。『白水荘には幽霊が出るんじゃないか？』とな。答えはイエスだったよ。深水弥生が自殺してからすぐ、この部屋に泊まった客が、『突然、髪の長い半透明の女が目の前に現れて、唇を動かしてすぐに消えた』と訴えたらしい。唇を動かしたってことは、何か言おうとしたのかもしれねぇな。その後も、この部屋に泊まった客は必ず同じことを訴えたそうだ。だからこの部屋にお札を張って封印し、開かずの間にしたってことだった。森安さんに会った時、こっちがそのことに触れなかったから、向こうも敢えて話さなかったらしい。そりゃそうだよな。開かずの間の話なんか誰もまともに聞くわけねぇし」

「じゃあ。白水荘の死んだ女将は、亡霊が出ると知っていながらこの部屋に神谷さんを泊めたんですか！」

「そう、業突く張りの綽名通りだ。盲目なら幽霊は見えない。話しかけられても幽霊だとは気付かないだろうと考えたんだろう。だから神谷千尋に相部屋の話を持ちかけたのさ。神谷千尋が依頼にきた時もそうだった。深水弥生と女将の話だけで、従業員の話は一切出なかった。それもこれも、従業員が余計なことを神谷千尋に言わないよう、女将が自分だけで接客したからだろう。バブルの崩壊が始まって客足が減り、よっぽど金が欲しかったんだな。クレームが出なけりゃ儲けものとでも思ったんじゃねぇか」

「クレームが出た時は？」

「そん時は開き直る気だったんだろ。それで料金だけはふんだくる腹積もりだったとか」

「酷い女ですね」

「酷いより上がある。呆れた女だぜ、全く――。開いた口が塞がらねぇよ」

高坂が思案顔をする。

「ひょっとして――」

「あ？」

「ここで仲居をしていた広田さんですよ。修善寺まで話を聞きに行った時、何か言いかけたでしょ。でも、他の仲居さんが呼びにきたもんだから」

「ああ、そうだったな。彼女も、開かずの間のことを教えようとしたのかもしれねぇ」

高坂が部屋の中を見回す。

「今も、深水弥生の亡霊がこの部屋に？」

「いるだろうな。それと、この廃墟が手付かずになっているのは、解体しようとすると作業員に災いがあるんだとさ。大怪我したり死んだりな。ついでだから、ここの所有会社から訊き出した」

「まるで、大手町の将門の首塚とか、羽田空港の大鳥居みたいな話ですね」

「やっぱ、その手の話には詳しいな」

「そうでもないですよ。でも、どうして僕を連れてきたんですか？」

「あんたが以前、オカルトに興味があるっていうから連れてきた。一人じゃ心細くて」

「そんな理由で――。どうして一言言ってくれなかったんですか！」

「言ったらついてきたか？」

高坂がブンブン首を横に振る。

「だろ？　だから黙ってた」

「夜中に忍び込まなかったのも、昼よりずっと不気味だからですね」

「まぁ、そんなとこだ」

「祟られたら責任取ってくれるんでしょうね！」

「悪戯しにきたんじゃねぇ。祟ったりしねぇよ」

「ホントですか？」

高坂が疑いの目を向けてくる。

「多分——」

「何の確約にもなってないじゃないですか……。日当、当たり前にもらえば良かったなぁ」

「今更言うな」

個人的な依頼だからと前置きして、日当を一万円に負けてもらった。いつも仕事を回してやっているのだからタダでも良かったが、それでは高坂が気の毒だった。

「だけど槙野さん。深水弥生は死んだんだから、彼女は佐竹裕介が死んだことも分かってるんじゃないんですか？」

「どうだかな？　巷で評判の霊能者が書いた本を読んだら、自殺者の霊は地縛霊になるって書いてあった。地縛霊ってのは死んだ場所から動けないらしいから、周りで起きたことも知らねぇんじゃねぇか？」

「そう言えば——。僕もその話は聞いたことがあります」

「だからこそ、深水弥生の亡霊は、神谷千尋に『どこに行くのか？』と尋ねたんじゃねぇかな」

「そして神谷さんが朝霧高原の先の人穴に行くと答えたから、『自分はここにいると佐竹裕介に伝えて欲しい』と神谷さんに縋った——。自殺者は死んだ時点で時間も止まると聞きました。それで未練がいつまでも残って土地に縛られるとも」

槙野はカメラマンコートのポケットから数珠《じゅず》を出した。

「深水弥生さんよ、あんたの愛しい佐竹裕介は死んじまった。だから、いくら待ってもここにはこねぇ。もう成仏しな」

できれば保険金殺人の真相を訊き出したいところだが、亡霊と話せる能力なんかない。東條が石川夫婦に口を割らせるのを祈るだけである。

車に戻ってイグニッションを回すと、高坂が「何だか頭が痛くなってきました」と言って顔を顰めた。

「俺は何ともねぇけどな」

「背筋の辺りも妙な感じだし——」

それは貧乏神の仕業だ。

「それにしても俺達は、つくづく幽霊と縁があるらしい。あの幽霊画事件の時もそうだったよな」

「僕の場合、槙野さんに無理やり巻き込まれただけですけどね。今日もそうだったし……」

「悪かったって」

「でも、以前の槙野さんはその手の話を一切信じなかったのにね」

「幽霊画事件であんな経験しちまったら、信じざるを得ねぇさ。今でもあの幽霊画の夢を見て魘《うな》される」

「それより早く車を出して下さい。東京に帰ってお祓《はら》いしてくれるところを探さなきゃ」

「悪いけど、帰りは小金井で降りてくれ」

「まだどこかに行くんですか？」

「神谷千尋に会いにな」

彼女は大事なことを隠している。

槙野はラジオのスイッチを入れた。

しばらくの間、スピーカーから流れる音楽に合わせて指でリズムを刻んでいたが、《臨時ニュースです》の声とともに音楽も消え去った。

《たった今入ってきたニュースです。本日午後三時頃、警視庁捜査一課所属の捜査官が猟銃で撃たれました。現場は世田谷区用賀の民家で、撃たれた捜査官は救急車で近くの病院に搬送されて現在手術中とのことです。新しい情報が入り次第、続報をお伝えします》

「大変なことになりましたね」と高坂が言う。

まさか、東條が？　世田谷区用賀といえば作田ケンネルからも近い。そこに石川夫婦の家があったのではないだろうか……。

続報がないまま神谷千尋の家に到着すると、今日は本人が出迎えてくれた。前回同様、ソファーを勧められて腰を下ろす。

「紅茶でよろしいですか?」

「いいえ、結構です。それよりお話を」

神谷千尋が正面に座り、盲導犬が寄り添う。

「どうぞ、お話しになって下さい」

「では、単刀直入に言います。深水弥生が亡霊であることは知っていたんですね」

神谷千尋がゆっくりと俯いた。

「どうしてそのことを?」

「まず、あなたが白水荘に宿泊した時期です。一九九一年の九月で正解だったのに、私に一九九〇年の九月だと指摘されてそれを素直に認めたこと。普通はもうちょっと反論するものですよ。二つ目は、調査報告書をここに持ってきた時のことです。あなたは何故か身震いして、自分で自分の肩を抱きました。あれは怯えたからだ。深水弥生の亡霊にね」

「仰る通りです。実を申しますと、鏡探偵事務所を訪ねる前に、別の探偵社を訪ねたんです。そこで正直に話をしたところ、大笑いされて『他所の探偵社にどうぞ』と。それで心苦しいながら嘘を言い、鏡さんに依頼を受けていただきました」

「どうして嘘を?」

「『二十五年前に会った女性が亡霊かどうか確かめたい』と言われて、あなた方は私の依頼を受けましたか？」

「それは何とも――」

相手にしなかった可能性の方が高い。

「でしょう。ですから、深水弥生は人間ということにして調査依頼を」

「そうでしたか――。実は今日、白水荘のあなたが泊まった部屋を見てきたんですよ」

それからしばらく、あの部屋に関することを話して聞かせた。

「あの部屋が開かずの間……」

「ええ。深水弥生が亡霊だということ、いつ気が付かれたんです？」

「帰国して本栖湖を訪れたとお話ししましたよね」

「はい」

「あの時利用したタクシーの運転手さんが、白水荘の女将さんの評判と、白水荘に出る幽霊のことを教えてくれたんです」

「業突く張りと言われていたそうです」

「守銭奴とも言っていました。その運転手さんはこうも言いました。『あそこの女将は自殺者の部屋に客を泊めて、何度もトラブルになったと聞いている』と。それで、いいいい、もしや私も？　と思いました。あの時のことを思い起こしてみたところ、女将さん以外の従業員と言葉を交わしたことがなかったことに気付いて――」

やはりそうだったか。

「なるほど。そういうことだったんですね」

「私には霊感があるようなんです」

「霊感？」

「ええ。何度かこんなことがありました。誰かが話しかけてきて相手をすると、『誰と話しているの？』と母に言われ、『誰々ちゃんと』と答えると、『誰もいないわよ？』と言われて――。亡くなった主人からも同じことを言われ、それで、自分は幽霊と話していたんだと確信しました。本当に、普通の人の声のように聞こえるんです。ですから、話しかけられても幽霊か人間かの区別が全くつきません」

盲目ゆえか、神谷千尋は常人が遠く及ばぬ聴力を持っていると言われている。だからこそ、天才バイオリニストと呼ばれているのだろうが、その聴力を音楽の専門用語では可聴域と呼ぶらしい。その並外れた可聴域を持つからこそ、神谷千尋には幽霊の声がはっきり聞こえるのではないだろうか。

「深水弥生さんの亡霊は、まだ白水荘にいるんでしょうか？」

「いると思います――。自殺者は地縛霊になるって聞きますからね」

神谷千尋が頷く。

「ねぇ、槙野さん。もう一つ、依頼を受けていただけませんか？」

4

午後九時――

東條有紀は、八係の刑事部屋で石川夫婦のデータに目を通していた。

石川の妻の悦子だが、深水弥生が起こした保険金殺人に関与した可能性があり、任意で同行を求めて今は第二取調室で待機させている。彼女を引っ張ったのは内山で、石川の凶行を教えた途端、『主人が人様に向かって発砲するなんて有り得ません』と言って呆然としていたらしい。

石川武雄は現在五十五歳。実父は獄中死しており、実母は五年前に他界。養父母もすでに他界している。悦子と結婚したのは二十五歳の時で、子供はなし。富田工業での評判は上々で、石川がいないと会社運営がままならないとまで言われているそうだ。

富田工業に入社した経緯については、現社長の吉野氏が証言してくれた。『殺害された前常務の佐竹さんが石川君を連れてきて、「石川君が勤めていた会社が倒産した。だからうちの経理で使うことにする」と言った』とのことで、石川と佐竹裕介との関係についても、『知人の紹介』としか教えられていないという。反対する理由もなかったことから会社が石川を受け入れると、石川は精力的に働いたそうである。計算も滅法強く、入社させて良かったと思ううちに頭角を現し始め、係長、課長へと順調に昇進を重ねていったらしい。

深水弥生と佐竹の関係を考えれば、同じ若葉園出身の深水弥生が一肌脱ぎ、無職となっていた石川と佐竹を引き合わせたとみるべきだろう。愛人からの頼みとあって、佐竹も石川を受け入れたに違いない。

石川の妻の悦子も五十五歳。十一歳まで枝野姓で、こちらも実の両親と養父母は他界している。

有紀は立ち上がり、第二取調室に足を向けた。石川武雄は第一取調室にいて、長谷川と楢本が調べを進めている。

第二取調室のドアを開けると、痩せた女性が肩を震わせており、有紀はスチール机を隔ててパイプ椅子に座った。石川悦子は打ちひしがれた様子で項垂《うなだ》れているが、犯罪者が見せる諦めのそれとは明らかに違っていた。困惑と不安が入り混じった表情だ。

「じゃあ、始めましょうか。あなたと石川武雄は、東京都荒川区の児童養護施設・若葉園の出身だそうですね」

悦子が小さく頷く。

「同じ若葉園出身の、深水弥生という女性を覚えていますか?」

「勿論、覚えています」

「彼女に、保険金目当てで夫二人を殺害した容疑と、警察官を殺害した容疑がかかっていたことは?」

「それも存じています」

「卒園後も彼女と付き合いが?」

悦子がゆっくりと顔を上げた。

「刑事さん。主人は殺人未遂で逮捕されたんでしょう。だから妻の私から事情を聴くためにここに連れてきたのではありませんか? それなのに、どうして弥生さんの質問を?」

元木はまだ生死の境を彷徨っている。主治医によると、助かるかどうかは五分五分とのことだ。

「こちらの質問にだけ答えて下さい。事情が分かればお話できることもありますから」

悦子が吐息を漏らす。

「ありました。若葉園時代に大変可愛がっていただきましたから、養父母に養女として迎えられてからもずっと手紙のやり取りをしていたんです」

「彼女との関係について詳しく教えて下さい」

「弥生さんは十五歳で若葉園を去り、繊維工場に就職。私は十一歳で若葉園を去り、その後、養父母に大学まで出していただきました。弥生さんと再会したのは十八の時だったでしょうか。手紙で大学進学の報告をすると、『お祝いしたい。久しぶりに会わないか』と返事が。それで七年ぶりに渋谷で会い、互いの近況報告などで話に花が咲きました。弥生さんが一年前に結婚していたことも知らされていましたから、結婚生活のこととかも話した覚えがあります。それから年に何度か会うようになり、弥生さんのお宅にも時折お邪魔して——」

「最初の結婚についてですが、彼女は愚痴のようなことは漏らしていませんでしたか？」

悦子が首を捻る。

「随分昔のことですから覚えていません」

今度は犬についてだ。

「あなたの養父母の職業については？　彼女に話しました？」

「ええ。勿論」

「彼女から、子犬を探していると言われたことは？」

「ありますよ。ですから、養父に話をしました」

「じゃあ、あなたのお養父さんは、深水弥生に犬を売ったんですね」

「はい。雄のシベリアンハスキーを」

　ということは、深水弥生が首吊りトリックに使った犬は作田ケンネルから入手したということか。だが、保険金殺人に犬が使われたことを知っていて、しかも、自分の実家が販売したことも承知している人物が、こうも平然と事実を話すだろうか？　先入観を持つのは禁物だが、悦子が保険金殺人の関係者とは思えなくなってきた。

「その犬の訓練は？」

「父がしました。弥生さんから、警察犬になれるぐらい徹底的に仕込んでくれと頼まれて」

「では、石川との馴れ初めについて話して下さい」

「弥生さんのお宅にお邪魔した時、偶然、主人も遊びにきていたんです。久しぶりの再会でしたし、後日、どこかで食事でもしようということになり、それがきっかけで交際に——」

「石川は一度、無職になっていますね」

「はい、私と交際していた時でした。でも、弥生さんの口利きで富田工業に再就職できました」

　やはりそうか——。

「平和島事件のことはご存じですか？」

　立て続けに質問した。

「待って下さい。まさか、主人があの事件にも関与していると？」

　その質問にも答えず、有紀は「どうなんですか？」と答えを迫った。

「主人の会社の社長さんと常務さんが亡くなられたんです。知らないわけがないでしょう」

少々強い口調で答えが返ってきた。

「あの事件が起きた日、石川はどこにいました？」

「四年以上も前のことなんですよ。覚えていません」

「思い出していただかないと困るんです」

有紀は悦子を見据えた。

「そんなこと、いきなり言われても……」

「中村さんご夫婦の自宅にドーベルマンがいるんですけど、あれもそちらで販売を？」

「いいえ。販売したのは知人のブリーダーさんです。主人が中村さんから『ドーベルマンが欲しいから探してくれ』と頼まれたんです。うちでは訓練だけをお引き受けしました」

それから一時間ほど質疑応答が続き、「休憩しましょう」と言った矢先、悦子が有紀をきつい目で見た。

「弁護士さんって呼べるんですよね」

そうきたか。なるべく弁護士を呼ばせないようにするため、任意の事情聴取の時は弁護士のことは口に出さないことにしている。だが、求められれば拒否はできないのである。

任意で引っ張ってきているから、これ以上の拘束を望むのなら本人の承諾かいる。まず、長時間の取り調べに同意する人物などいないし、弁護士まで呼んでくれと言われれば悦子を返すしかなかった。しかし、彼女が不審な動きを見せることも考えられ、張り込みに立たなければならなかった。長谷川と楢本は石川の取り調べをしていて張り込みは無理だから、内山と交代で張り込みだ。

「石川さん、もうお帰りいただいて結構です」

「弁護士さんは必要ないということですね」

「はい。ちょっと失礼します」有紀は内山を廊下に連れ出した。「交代で石川悦子を見張るわよ」

「分かってるって。俺が先にやる」

有紀は石川悦子と内山の丸い背中を廊下で見送り、正面にある第一取調室の覗き部屋に足を踏み入れた。中には大きな背中の胡麻塩頭の男がいて、マジックミラーの向こうを見据えている。係長だ。

「女房はどうした？」

「返しました。弁護士を呼べと言い出したものですから」

「それなら仕方ないな」

「石川の方はどうですか？」

「『女房は無関係だ』と言ったきり、完全に貝になりやがった。以後、うんともすんとも言わん」

完全黙秘か。

「それにしても、随分と痛めつけたな」

石川の顔の半分は、ガーゼと絆創膏《ばんそうこう》で覆われている。

「査問会は覚悟しています」

「そんなもんあるか」

「え？」

「相手は猟銃を持っていて、おまけに捜査員に発砲までした。そんなイカれた奴を無傷で拘束するなんて離れ業、誰ができる？　今回は元木が撃たれたこともあるし、お前のお蔭で一般人が怪我をすることもなかった。だから、上も少々のことには目を瞑る気だ。但し、お前には前科があるから減給一カ月は覚悟しろよ」

その程度のことで捜一にいられるのなら安いものだ。

「それより、手の方は大丈夫か？」

「はい」

石川を痛めつけた時に右手に裂傷を負い、三針縫った。

※

三月二十二日　火曜日　午後三時──

有紀が調書を作成していると携帯が鳴った。係長からで、石川が落ちそうだという。

「どうして急に？」

《長谷川が『奥さんはどうなる？　お前が黙秘を続けると、奥さんまで保険金殺人に関与していると思われるぞ。時効は成立していても、民事訴訟は別だからそっちで裁判にかけられる可能性がある。それでもいいのか？』って言ったら泣き出しやがってな》

石川は、『妻の悦子は無関係だ』と言い張っている。それは、悦子を守りたいという強い思いの表れだろう。短かったとはいえ、同じ児童養護施設で肩を寄せ合い、成長して再会した。そして結婚までしたということは――。二人には、他の夫婦以上の強い結びつきがあるのかもしれない。

「すぐに行きます」

有紀はPCをそのままにして立ち上がり、第一取調室横の覗き部屋に急いだ。

覗き部屋に入ると、腕組みした係長がマジックミラーの向こうを見つめていた。有紀も係長の隣に並び、長谷川と石川の動向を注視する。

《喋って楽になれ》

長谷川の声がいつもと違う。怒りを押し殺しているというか、初めて聞くどすの利いた声だった。

ICUのベッドで生死を彷徨《さまよ》う元木の姿が、頭から離れないに違いない。

「長谷川の奴、かなり抑えてやがるな」

「係長もそうお考えですか？」

「ああ。あいつとは長い付き合いだからな」

取り調べに目を向けたが、石川はまだ口を開かない。

《奥さんのことを考えてやれ！》

長谷川がスチール机を叩くと、石川が上目使いで長谷川を見た。

落ちる寸前だ。容疑者が落ちる時、殆どと言っていいほどこの行動を取る。まるで親に叱られた子供のような。

《石川、もう奥さんに迷惑をかけるな。お前が黙秘すればするほど、奥さんの容疑が晴れるのが遅く

なるんだぞ。『家内は無関係』と言うなら、それを証明しろ》

その一言に背中を押されたのか、石川がゆっくりと頷いた。

どうやら落ちたようだ。

長谷川がこっちを見て頷き、ネクタイを外してYシャツの袖を捲った。そしてスチール机に両肘をついて石川に顔を近づけた。

《よし。初めに深水弥生のことからだ。お前の奥さんも言っていたが、お前は彼女の家に出入りしていたんだな》

《そうだ。弥生さんには若葉園にいた時から可愛がってもらった。だから、若葉園を出てからも会っていたんだよ。本当に可愛がってくれた、私のことを実の弟みたいにして——。私も、彼女のことを実の姉みたいに思っていた》

《弟の深水栄治とはどうだった？》

《栄治さんにも可愛がってもらったさ。学校でイジメられて帰ってくると、栄治さんが仕返しに行ってくれたりね》

《富田工業に就職したのも深水弥生の口利きだそうだな》

《そうだ。勤めていた会社が倒産し、どこか就職先がないか相談に行った。そうしたら佐竹を紹介されて、まあそんなわけで富田工業に再就職が叶った》

《佐竹裕介のことは後で訊く。お前は深水弥生の家で奥さんと再会したそうじゃないか》

《それがどうした？》

《深水弥生が犬を使った殺人トリックを考えていたこと、知っていたか？》
《家内が協力したと言いたそうだな》
《可能性があると思っただけだ。どうなんだ？》
《知っていたよ。私があのトリックを思いついたんだから》
《何！》
長谷川が尚も石川に顔を近づける。隣にいる係長も、マジックミラーに一歩近づいた。
《どういうことだ？》
《家内と付き合っていたから、私にも多少ながら犬の知識があった》
《それで首吊りトリックを思いついたってわけか。犬笛を使ったな。犬笛を吹くと、犬が犬小屋に駆け込むように訓練した》
その後、長谷川は、首吊りトリックのカラクリを石川に突きつけた。
石川が頭を掻く。
「警察ってのは馬鹿の集まりだと思っていたけど、どうやらそうでもないらしい――」
槙野の推理が完璧だったことになる。刑事に復帰すればどれだけの事件を解決することか。
《そのトリックを深水弥生に教えた理由は？》
《弥生さんは、今で言うＤＶに遭っていたんだ。最初の亭主が酷い男で、弥生さんが『どうしたらいいか』と私に相談を――。あの男は、一見ごく普通の物静かな男に見えた。それに家持ちだったから、弥生さんは幸せにやっているんだろうなと思っていたんだよ。弥生さん自身も、彼の優しいところに惹かれたと話していたからな。だが、あいつは結婚した直後に豹変したという。弥生さんの腕と足は痣《あざ》だらけで、胸や背中にはもっと酷い痣があると教えられ、あの男には本当に腹が立った。私の大切な人を酷く傷つけたんだからね。それで弥生さんに離婚を勧めた。しかし、弥生さんは怯えるばかりで、『離婚なんて言い出したら何をされるか分からない。それこそ、殺されるかもしれない』って》

一度暴力で支配された人間は、中々その状況から抜け出せないと聞く。だからこそ、夫のDVで命を落とす女性が少なからずいる。深水弥生も同じ境遇に置かれていたということか。

《それなら、いっそのこと殺してしまおうと持ちかけた。平気で女に手を挙げる輩は病気なんだよ、あの病気は薬でも手術でも治らないからね。どうせ殺すなら保険金が入れば尚のことといいし、計画が成功したら戸籍から結婚歴を消すようにアドバイスもした。『過去の自分に決別する意味でも結婚歴は消した方がいい。それなら新たなパートナーも見つけ易いから』と》

だから最初の夫の死後、深水弥生の戸籍から結婚歴が消えていたのだ。

《平気で女に手を挙げる輩は病気と言ったが、どうしてそう断言できる?》

《死んだ私の父親がそうだったからだ。いつもいつも母を殴っていたよ。幸い、獄中死してくれたから、二度と関わらなくて済んだけどね》

《深水弥生には弟の栄治がいる。弟だけじゃなく、お前にもDVの相談をしたってのか?》

《栄治さんには相談していない》

《どうしてだ?》

《栄治さんはとても姉思いなんだ》

《まぁ、幼くして両親を亡くし、二人肩寄せ合って児童養護施設で暮らしていたんだ。姉弟の絆が強くなるのは当たり前だが》
《でもその反面、栄治さんは短気な性格でもある。だから、姉が夫から酷い暴力を受けていたと知ったら黙ってはいない。間違いなく、相手を半殺しにしただろう。腕っぷしも強いしね》
《だから相談しなかったのか？》
《しなかったんじゃなくて、できなかったんだ。栄治さんは傷害事件を起こして執行猶予中の身だったからさ。栄治さんのことだから、執行猶予中だろうが何だろうが、頭にきたらお構いなしだ。そうなれば、新たな傷害事件で実刑判決を受け、執行猶予分の懲役刑も加算されてしまう。そうなれば数年間、刑務所で暮らさなければならなくなる》
《なるほどな。それで深水栄治には話さず、お前が代わりに亭主殺しに手を貸したってことか》
《ああ――。私から首吊りトリックをレクチャーされた弥生さんは、家内の実家の作田ケンネルからシベリアンハスキーを買った。ハスキーを勧めたのは、犬ぞりにも使われる引っ張る力が強い犬だからだ。私はその犬に、犬笛のことを叩き込んだ。犬笛を鳴らすと、必ず犬小屋に戻るようにね》
《じゃあ、深水弥生が首吊りトリックの下準備をして他県に出かけ、お前が犬笛でトリックを発動させたってことか。そして深水弥生は第一発見者となり、まんまと最初の亭主の保険金を手に入れた》
《そうだ。弥生さんが第一発見者になるのもトリックの内だった。亭主達が助けを呼べないよう、口の中に布を突っ込んで上からガムテープを貼ったんだが、ガムテープを剝がして布を取り出さなきゃならなかったし、犬が引っ張った椅子の位置も修正しなければならなかったからだ。椅子が大きく動

いていたら不自然だろ？》
《それで、お前も分け前をもらったのか？》
石川が激しく首を横に振る。そして強い口調で、《もらっていない！》と否定した。
《信じられんな》
《事実なんだから仕方ないだろう。こっちから『いらない』と断ったんだ》
《どうしてだ？》
《金目当てに協力したんじゃないからさ。その保険金を老後の蓄えにしてもらおうと思った》
《その件についても改めて話を訊く。それで深水弥生の生活はどうなった？》
石川が俯き、自分の額に手を当てる。
《派手になった》
億単位の金を手にしたのだから当然か。施設で育ち、中学を卒業と同時に就職。中卒では恵まれた給与は望めないから、それこそ質素に生きてきたのだろう。殺した亭主との生活で多少は経済的に余裕ができたとしても、大金を手にしたわけではない。だから贅沢に走った。
《私をいろんな店に連れて行ってくれたし、旅行にも連れて行ってくれた。それも超の字がつく名店ばかりに》
《二人目の亭主の時は？》
《同じだよ》
《殺した理由は金か？》

《恐らくね。だけど、あの時はそう思わなかった》
《どういうことだ？》
《間違いなく、佐竹裕介が絡んでいると思う》
《佐竹が？　深水弥生は佐竹とどこで知り合った？》
《テニスクラブだ。佐竹が入っていたテニスクラブに、弥生さんがたまたま入ったのさ。それが地獄への入り口とも知らずにね。その時すでに、弥生さんは再婚していたんだが、ある日、『今の夫を殺したくなった』と相談された。話を訊いてみると、『夫は私がお金を持っていることをいいことに、ギャンブルに狂ってしまった。仕事は辞めるしギャンブル場に入り浸りだしで、遂には小遣いを渡さなくなった私に手をあげる始末。再婚しなければ良かった』と弥生さんは溢《こぼ》していた》
《だから、同じ手口で殺すことにしたのか？》
《そうだ。最初の殺しに使った犬も元気だったしね。でも、そうこうするうち、弥生さんが警察官を殺した容疑で指名手配され、遂には弥生さんも首を吊って自殺。その後、弥生さんが、夫二人を殺して保険金を手に入れたのではないかとも報道された。あの自殺は、私を守るためだったと思う。捕まれば間違いなく死刑だ。それなら自殺して、私が二件の殺しに手を貸したことも闇に葬ろうとしたんだろう》
《佐竹が絡んでいると言ったのはどういうことだ？》
《私も最近になって分かった。経理部長という、会社の過去を知り得る立場になってからね。融資や支払い等の、金の流れのことさ――。富田工業は過去に二度、大きな不渡手形を摑まされていた。普

通なら倒産するほどの額の手形だ。でも、倒産しなかった》
有紀は係長の横顔を見た。
「係長、今の話は富田工業の吉野社長からも聞かされました。ひょっとしたら」
「深水弥生の亭主二人の保険金が絡んでるようだな」
「ええ――」
長谷川も察したようだ。一人納得するかのように頷いている。
話の続きに耳を傾けた。
《深水弥生が手に入れた保険金が佐竹に流れ、佐竹はその金で、義理の兄が経営する会社を救ったと言いたいのか》
《だって、普通じゃ考えられないことが起きていたからな――。メインバンクは追加融資を拒否し、セカンドバンクもサードバンクも右へ倣《なら》え。確実に会社は潰れる状況にあったというのに、何故か持ち堪えた。妙だろ?》
《確かにな。佐竹に惚れた弱みで金を出したってことか》
《弥生さんは保険金をしこたま持っていたから、佐竹は軽い気持ちで弥生さんと付き合い始めたと思う。だけど、そのうち自分が勤めている会社が不渡りを食らって倒産しかけたために、本気で弥生さんから金を引っ張ろうとしたんだ。付き合いの中で、彼女が大金を持っていることを察しただろうからな。それに、弥生さんに断られても佐竹が失うものは何もない。そして弥生さんが金を貸すと言ったもんだから、必要な額の融資を持ちかけた。無論、返済の目途など立たないのにだ。弥生さんは、本気で佐竹を愛していたんだと思う。だから金を出し、二度目に泣きつかれた時も、金を作るために新たな保険金殺人を犯そうと考えたんだろう》
《お前を騙してまで——か》
《まあ、元はと言えば私が最初の夫殺しを持ちかけたんだ。彼女を責められはしないけどね》
長谷川が、改めて石川を見た。
《メタノール燃料の特性を中村さんから得たそうだが、経緯を話せ》
《私も富田工業の経理部長だ。ＮＫシステムから接待を受けることがある。その時に同席した中村さんが、インディーカーレースのことを話してくれたのさ。インディーカーがメタノール燃料で走ることも、メタノール燃料が着火したら自然光の中では炎が見えないことも。あの人はレースの話が好きでね。その時は面白い話だと思う程度だったけど、あとになってその知識が役立つことになるとは夢にも思わなかった》
《富田真一と佐竹裕介を殺した理由は？》
《弥生さんと、富田工業現社長の吉野さんのことがあったからだ。さっきも言ったように、佐竹は弥生さんから金を引っ張った疑いがある。つまり、佐竹が余計な画策をしなければ、弥生さんが二度目の夫を殺そうとは思わなかったはずだ。佐竹が弥生さんを利用しなければ、彼女が警察官まで殺すこともなかったんだ！》
《吉野社長のことは？》
《今の富田工業があるのは吉野社長がいたからだ。それなのに、富田前社長と佐竹が、当時専務だった吉野さんを退陣させようと画策したんだよ。富田前社長は、息子の修造を次期社長にしようとしていたが、吉野さんは大反対で――。『世襲が悪いとは言いません。事実、それで会社を大きくした経営者もいます。しかし、修造君は経営者の器ではありません。彼を社長にしたら会社は間違いなく傾きます。社長、どうか考え直して下さい』と役員会の席で前社長を説得したんだ。それで前社長が激怒して、吉野専務を退陣させようと画策を――。それればかりか、その計画に私も加わるよう佐竹が圧力をかけてきた。その時に、弥生さんのことが頭を過った。『目の前の男がいなければ弥生さんは今も生きていたはずだ』と。弥生さんに可愛がってもらった若葉園時代のことが瞬く間に蘇り……。

母に捨てられて一人になった私は、保護士に連れられて若葉園の門を潜った。不安で不安で――。これから自分はどうなるんだろう？　毎日そればかり考えていたよ。そこへ、弥生さんが手を差し伸べてくれたんだ。泣いている私に添い寝してくれたり、勉強を教えてくれたり、実の弟の栄治さんが焼きもちを焼くくらい私の面倒を見てくれた。弥生さんは就職してからも、私の様子を見にきてくれたよ。だから、そんな弥生さんを地獄に突き落とした佐竹が憎くて憎くて――。しかも、もう一人の恩人である吉野さんの追い落としに力を貸せとまで！　吉野さんが私に目をかけてくれたから経理部長にまでなれたんだ。だから、前社長と佐竹、それに前社長の息子を殺せば、事実上、会社は吉野さんが仕切ることになって安心だし、弥生さんの仇も討てると思った。無論、社員全員を守るためでもあった》

石川の面相は崩れ、涙ばかりか鼻水まで垂らす。

突然、長谷川が眉根を寄せてスチール机を叩いた。

《そんなものはお前の勝手な理屈だ！》
石川が身体をビクリとさせる。
《いいか。深水弥生に殺人トリックと贅沢を覚えさせたのはお前だ。その二つのせいで、彼女が新たな犯罪に手を染めたんだぞ。そこまで言うなら、どうして深水弥生をどこかに逃がさなかった！　当時だって、ＤＶに悩む女性を保護する施設はあった。今のようにインターネットで簡単に探せる時代ではなかったかもしれないが、そんなに大切な人なら、どうして死に物狂いでそんな施設を探さなかった！》
石川が押し黙る。
取調室がしんと静まり返り、長谷川が咳払いをした。
《お前は深水弥生を美化し、哀れな女だという感情も併せ持っているようだが、お前と組んで二人も殺した女だ。俺に言わせりゃ稀代《きだい》の毒婦だよ》
石川が長谷川を睨みつけるが、長谷川は構わずに話を続けた。
《お前、本栖湖で旅館を営んでいた小野寺妙子もメタノール燃料のトリックで殺したな。小野寺妙子の死に方が、富田修造の死に方と全く同じだった。どうして小野寺妙子まで殺した？》
《栄治さんを強請《ゆす》ったからだよ。あの女、弥生さんの身内を強請って金をせしめる魂胆だったんだろう。そこで興信所を使ったんだと思う。そして栄治さんを見つけ出し、『自分の旅館が潰れたのはあんたの姉さんのせいだ。自殺して化けて出たから、客が怖がってこなくなった。纏まった金を寄こさないなら、あんたの姉さんが三人も人を殺した殺人鬼だと、店の近所で言いふらす』と言ったのさ。

その話を栄治さんと二人で飲んでいた時に聞き、私は責任を感じてしまった。元はと言えば、私があのトリックを弥生さんに教えたからだ。それで、小野寺妙子にいつまでもふざけた真似はさせられないと決意して、中村さんから聞かされていたメタノール燃料を使って完全犯罪が成立しないか考えた。だって、着火しても炎が見えないことを、当時は殆どの人が知らなかったんだからな。私も、メタノール燃料の性質を知った時はとても驚いた。どうして自殺に見せかけたかと言うと、小野寺妙子が栄治さんと接触していたからだ。あの女が誰かに栄治さんを強請っていることを話していたら、殺人事件になった時点で栄治さんが真っ先に疑われる。だからトリックを使って焼身自殺に見せかけた》

《時間帯を朝にしたのも計算ずくだな》

《ああ。メタノール燃料の炎は暗闇だと微かに見えるからね》

長谷川がメタノール燃料のトリックについて話すと、石川は今度もすんなりと認めた。トリックを解くヒントをくれた丸山に感謝だ。

《でも、よくあのトリックが解けたもんだ》

《警察を舐めるなと言っておく。じゃあ、小野寺妙子を上手く殺せたから、平和島事件でも同じトリックを使うことにしたんだな》

石川が頷く。

《平和島事件では三人が死んでいる。一人一人をどうやって殺したか、包み隠さずに話せ》

ややあって、石川が顎を引いた。

《あの夜、富田前社長が自宅にいることは分かっていた。翌日の早朝から釣りに行くと教えられていたからだ。朝早ければ、当然、前日は早めに寝るため外出などしない。それで、佐竹と修造も家にいるかどうか下調べした。それとなく、『土曜日曜の予定は？　ゴルフですか？』と佐竹に尋ねたところ、『家内が入院しているのに遊びに行けない。家で犬の世話と家事をする』と言って笑っていたよ。次に修造がいる部署に行って、同じように土曜日曜の予定をそれとなく尋ねた。『休みは家族サービス？』と。そうしたら修造は、『家内がお産で実家に帰っているから自宅でゴロゴロします』と答えた。つまり、二人とも遠出しないから、金曜の夜も自宅にいるだろうと目星をつけたのさ。そして計画を実行に移すことにした。

まず、金曜日の夜に修造の家に行き、『経理処理のことで訊きたいことがある』と言って家の中に上がり込み、隙を見て修造にスタンガンを押し当てて気絶させた。修造を縛り上げて猿轡《さるぐつわ》を噛ませた私は、グランビュー平和島に足を運び、富田前社長と佐竹にも経理のことで報告があると言って部屋に上がり込み、二人をスタンガンで気絶させて手足を縛った。無論、猿轡も。それから修造の家に取って返し、庭に穴と溝を掘った》

《時限発火装置と電気コードを埋めるためか》

《察しがいいな》

《優秀な部下が推理したのさ。時限発火装置のカラクリは？》

《電動ガン用のニカドバッテリー、コード、タイマーだ》

《コードの先端を結んで地中から出し、タイマーで通電させてショートさせたな》

《ああ——》

《それから？》
《かねてから用意しておいたサバイバルナイフを修造に握らせた。そして修造の服とキャップ、ボディーバッグを奪って身に着けたんだ。グランビュー平和島には防犯カメラが設置されていたから、修造の服を着て行けば、私を捉えた映像を見た修造の妻が、『あれは主人です。服もキャップもボディーバッグも、主人のものに間違いありません』と証言すると思った。修造の車に乗ってグランビュー平和島に向かった私は、目立つ場所に路上駐車した。その行動も、目撃者を作るためにね。富田前社長と佐竹が殺された時間に修造の車が止まっていれば、彼が真っ先に疑われる》
《サバイバルナイフを富田修造に握らせたのは、彼の指紋をグリップに付着させるためだな》
《そうだ》
「呆れた野郎だ」と係長が吐き捨てる。「東條。狡猾そのものじゃないか」
「はい。胸くそが悪くなってきました」
《そして富田社長の部屋に行き、富田社長を刺し殺してから手足を縛っているロープを解いた。でも、返り血を浴びてしまったもんだから、富田社長のジャケットを拝借した。そうしないと、誰かと通路ですれ違ったら、その人が驚いて警察に通報するかもしれないからな》
《ドアの内側のノブには血痕が残っていた。ということは、血塗れの手のまま廊下に出たんだな》
《ああ、ゴム手袋をしていたけどね。そして佐竹の部屋に行って彼も刺し殺した。だけど、また返り血を浴びるといけないからジャケットは脱いだ。その後、うるさく吠える犬もリビングまで追いかけて刺し殺し、犬の首を切り落としてからその場にナイフを置いた》

《どうして犬の首まで切り落とした？》
《猟奇性を演出したんだよ。修造が狂っていたことを更にアピールできるからな。再び拝借したジャケットを着て外に出た私は、修造の車に乗って修造の自宅に舞い戻った。時刻は午前五時二十分頃だったかな。外はまだ真っ暗だったよ。それから目を覚ましていた修造を再びスタンガンで気絶させ、猿轡を外してから舌と上唇を釣り糸で縫い合わせた》
《声は出せても言葉にならないようにだな》
《ああ。修造は『熱い熱い』と叫んだだろうが、舌が自由にならないから言葉にできない。だから、周りにいる者達は彼の声を奇声と判断した》
《ＰＥラインを使ったな》
石川が、感心したような顔で長谷川を見る。
《それも突き止めたのか。呆れたね》
《ＰＥラインについての知識も中村さんから得たのか？》
《いや、知っていた。私も釣りをするからね》
《舌に針が刺されば激痛だ。富田修造は痛みで目覚めなかったのか？》
《目を覚ましたよ。だから、またスタンガンで気絶させた。そして家の明かりを全て消し、彼を縛っているロープを解いてから庭に運び出して椅子に座らせた》
《暗闇にしたのは庭に明かりが漏れないようにか》
《そうだ。明け方だったけど、隣家の二階の明かりが点いていた。その部屋にいる人間に目撃されたら拙いと思ってね。家の中に戻った私は、ペンライトを頼りに作業を続けた。ステレオにCDをセットしたんだ。チョイスしたのはドボルザークの『新世界より』で、たまたま修造の家にあったものさ。無論、ステレオのボリュームは最大にしてタイマーをセットした。きっちり、発火装置が作動する一分前に電源が入るように——。そうしておけば、外は明るくなっているし、大音量の音楽に驚いた隣人が修造の家の庭を見る。当然、『富田さんは何をしているんだろう？』と思って修造を見続けるよな》
《目撃者作りか》
《ああ。それから風呂場付近にガソリンを撒き、最後に、発火装置とコードを埋めてから修造にメタノール燃料を浴びせた。》
《メタノール燃料の揮発性のことを考えてか》
《そうだ。冬とはいえ、体温で乾く恐れがあった。だから、メタノール燃料を浴びせる作業は最後にしなければならなかったんだ。そして全ての作業を終えて自分の服に着替えた私は、近くに止めておいた車に戻った》
《仕掛けたトリックが発動するのを高みの見物してたってわけか》
《そうだ。やがて『新世界より』が聞こえてきて、すぐに修造の家から煙が上がった。そこで消火を手伝うふりをして修造の家の庭に回り、土から出ているコードを踏んで土中に埋もれさせたのさ》
《自分で火事を起こしておきながら——。小野寺妙子を殺した時の手口は？》
《宅配業者を装い、玄関先に出てきたあの女をスタンガンで気絶させた。手順は富田修造を殺した時と殆ど同じだ。婆さんだったから作業は楽だったよ》

《残酷な野郎だ。お前は富田親子、佐竹裕介、小野寺妙子母子、それに深水弥生の夫二人を殺した。全部で七人だぞ。お前には人の心ってものがないのか！》

《最近、保険金殺人で十人以上殺した婆さんがいたが、あれよりはましだ》

いけしゃあしゃあと言ってくれる。何をかいわんやだ。

《それより、殺した人間の数が合わないな。あの刑事は死ななかったということか？》

長谷川が握った拳を震わせる。

《生死の境を彷徨っている》

《助かるといいな》

《お前に心配してもらう筋合いはない！　少し休憩だ》長谷川が後ろを振り返り、供述を記録している楢本を見た。《こいつを留置場にぶち込んどいてくれ》

「東條。長谷川によくやったと伝えておけ」

「承知しました」

係長に続いて覗き部屋を出ると、間もなくして長谷川が第一取調室から出てきた。

「班長」と声をかけた矢先に長谷川の携帯が鳴った。ディスプレイを見た長谷川が眉根を寄せ、険しい表情で携帯を耳に当てる。

「長谷川です。……ええ。……ええ――」

長谷川が携帯を耳に当てたまま、左手で目頭を押さえた。

まさか病院からか？　元木の容体を知らせてきたのではないだろうか？

長谷川が「どうもありがとうございました」と言って通話を終え、鼻を啜ってこっちを見た。目にいっぱいの涙を浮かべているが、それを拭おうともしない。

「班長」

助かっていてくれの願いを込め、そう声をかけた。

「運の強い奴だよ、元木は――」

助かったということか――。膝の力が抜け、有紀は廊下にへたり込んだ。

「これからリハビリやら何やらで、退院はかなり先になるそうだけどな」

元気で退院してくれるのなら、入院がどんなに長引いたって構わない。有紀の目から零れた涙が、頬を伝って膝の上に落ちた。

そこへ、内山から電話があった。

《交代の時間だぞ。何やってんだよ！》

「元木が――元木が――」

《――悪い知らせなら聞く気はないぞ……》

内山が、珍しく神妙な声で言う。

「助かったのよ」

《本当か！》

携帯を耳から離したくなるような大声だ。

《よし！　あとで見舞いに行こう》

「バカ。ずっと意識不明だったのよ、いきなり面会なんてできるわけないでしょ。それより、彼女をこっちに連れてきて。事情を話さないといけないから」

《どういうことだ？》

「石川が完落ちした」

エピローグ

三月二十六日　土曜日　午後三時——

鳥正の前に立った槙野は深く息をした。このままこっちの正体を知らせずにおくこともできるのだが、姉が犯した罪で被《こうむ》った深水栄治の苦悩を考えると、やはり真実を知らせておくべきだと結論した。当然、こっちの素性を明かして近づいた理由を話せば、向こうは激怒するだろうが、その時は平謝りするだけだ。石川夫婦のことだが、真相の殆どが報道され、更に東條も細かな点を教えてくれた。

石川の不幸は六歳の時に始まった。暴力団構成員だった父親を包丁で刺したのである。母親を殴っている父親を見て許せなくなり、父親の背中に包丁を突き立てたらしい。子供の力だから骨を断つことができず、幸い致命傷にはならなかったそうだが、それでも父親は全治一カ月の傷を負った。そして七歳の時に父親が殺人を犯して服役し、母親は生活苦を理由に当時の蓑田武雄を若葉園に預けて殆ど会いにこなかったという。

形の上では児童施設に預けられたことになっているが、母親が滅多に会いにこなかったということは、捨てられたと同じことである。それが元で人間不信に陥っていた武雄に優しく手を差し伸べたのが当時の深水弥生だった。だから石川は、深水弥生を守ろうとしたのではないだろうか。

更に、父親が服役中に死亡して母親も生活保護受給者となっていたため、十四歳の時に持ち上がった武雄の養子縁組の話に母親が同意。武雄も、殆ど会いにこない母親に愛想を尽かし、養子縁組に同意した。その後、蓑田姓から石川姓になった武雄は、都立の普通科高校に進学し、神奈川県内の公立大学にも進学した。

石川悦子のことだが、警察は彼女をシロと断定した。

悦子もまた不幸な生い立ちで、借金を苦にした父親が一家無理心中を図り、五歳の悦子だけが生き残ったそうだ。親戚が引き取りを拒否したために若葉園入所を家庭裁判所が決定した。以後、十一歳まで若葉園で育ち、作田ケンネルの前社長夫婦に養女として引き取られている。作田夫婦は裕福だったようで、悦子を私立の名門高として名高い、目黒の明星女学園の中等部から大学まで通わせている。卒業後は信用金庫に勤務し、養父の死に伴って作田ケンネルを継ぐべく信金を退社。その後は石川と結婚し、作田ケンネルの経営に携わって現在に至っている。

東條によると、深水弥生と佐竹裕介が知り合ったのは、佐竹がいるテニスクラブにたまたま深水弥生が入会したからだという。そして佐竹は、火遊び気分で夫のいる深水弥生との関係を続けたのだろう。殺された人間で気の毒ではあるが、その節操のなさのツケが回ったとも言える。

いずれにしても、二十五年も前に交わした亡霊との会話がきっかけとなって全ての事件の真相が暴かれた。いや、それ以前に、白水荘の女将の並外れた強欲と、恐れを知らぬ暴挙があったからこそ事件が解決を見たとも言える。何たる皮肉か。

『準備中』の板がぶら下がった引き戸を開くと、カウンターの向こうで眉を持ち上げた深水が、『どうしたんだ？』の顔をこっちに向けた。

片手を上げて会釈し、「作田ケンネルのこと、ありがとう」と返す。

「わざわざそんなことを言うために、こんな早い時間からきたのか？」

深水が包丁をまな板に置き、シャツの胸ポケットから煙草を出した。

「ちょっと話があってね」

「何だよ？」

深水が煙草を咥えて火を点けた。

「あんたに謝りにきた」

深水が、きょとんとした顔を向けてくる。

「実を言うと、あんたに近づくためにこの店に顔を出したんだ」

途端に深水が眉根を寄せる。

「てめぇ、警察か！」

「元な――。今はしがない探偵だ」

深水が大きく煙を吐き出す。

「その探偵が、どうして俺を探る気になった」

「あんたの姉さんのことを調べるため、いや、彼女に手を貸した人物を調べるためと言った方が正しいかな」

舌打ちとともに深水が煙草を地面に投げ捨て、カウンターから出てきた。

「ふざけた真似しやがって！　武雄と悦子に近づくためか！」

連日、報道で二人のことが取り上げられているから、こっちが警察に協力して通報したと察したらしい。

「怒る前に聞いてくれ」

デパートのクレーム係よろしく、槙野は両の掌を深水に向けた。

「聞く耳なんぞあるか！」

「姉さんのことを知りたくないか？」

深水が立ち止まった。

「二十六年も前に死んだ女のことなんざどうでもいい」

声が一オクターブ下がっている。完全に切れたか。

「今も自殺現場で迷ってるとしたら？」

「何言ってんだ、この野郎」

「つい最近、あんたの姉さんが自殺した現場に行ってきた」

深水の喉仏が動く。つばを飲み込んだようだった。

「あの旅館にか？」

「今は廃墟だよ。あるクライアントの依頼であんたの姉さんを調べることになって、廃墟となった白水荘に行きついた。彼女は間違いなく、今もあの廃墟にいるぞ」

「どういうことか言ってみろ」

ようやく聞く耳を持ったか。

槙野は神谷千尋の名前と職業を伏せ、その他のことは包み隠さず話して聞かせた。

それを黙って聞いていた深水が、テーブル席の椅子を引っ張り出して座り、遠い過去を見るかのように視線を宙に漂わせた。

槙野も椅子に座る。

「じゃあ、亡霊になった姉ちゃんが、あんたのクライアントに頼み事をしたってのか?」

「そうだ。今も亡霊としてあの部屋に縛られていると思う。だから今日、ここにきた」

「言ってる意味が分からねぇな」

「現場に行って供養してやったらどうだ?」

実は、神谷千尋も深水弥生の供養をしてやりたいと言っている。彼女の最後の依頼は、地縛霊を成仏させられる本物の法力を持つ僧職者を探して欲しいというものだった。そんなわけで、オカルト好きの高坂に頼んで探してもらったところ、一昨日、やっと見つけたと知らせがあった。どの程度の法力なのかは分からないが、高坂のことだからバッタもんは連れてこないだろう。

「さっき話したクライアントも、あんたの姉さんを供養したいと話していて、もう坊さんの手配も済んでいるんだ。だから、あんたも立ち会ったらどうかなと」

深水弥生は三人も人を殺したが、哀れな面もあると神谷千尋は話していた。だからこそ、供養してやろうと思ったのだろう。

深水が大きな溜息を吐き出した。

「正直言うとな、俺は姉ちゃんを恨んでる」

無理もないと思う。『稀代の毒婦の弟』と陰口を叩かれただろうし、警察にも付け回されただろう。白水荘の女将にも強請《ゆす》られたと聞く。

「姉ちゃんがあんなことをしなきゃ、俺だって人並みに結婚してガキの一人や二人はこさえてたかもしれねぇんだ。だけど、結婚を約束してた女の父親が、どういうわけか姉ちゃんのことを嗅ぎ付けた。俺は隠してたんだけどな。興信所でも使ったんだろ。結局、その女と別れる羽目になって、以来ずっと独り者だ。出会いがなかったわけじゃねぇが、遂に結婚とは縁がなかった。そんな俺がだぞ、姉ちゃんを供養する気になると思うか？」

沈黙の時間が流れ、槙野は咳払いをしてから話を戻した。

「姉さんのことで、小野寺妙子から強請られたんだってな？」

「そこまで知ってんのか？」

「ああ」

「あの婆ぁめ、突然この店にきやがってよ。『あんたの姉さんがうちの旅館で自殺なんかするから客足が遠退いた。幽霊が出るって噂が広まったせいで旅館が潰れた。責任取れ』って——。俺も客商売してっから、変な噂を立てられるのが一番困ることはよぉく分かってる。だから、姉ちゃんのしたことを詫びる気持ちもあって、二、三万握らせて帰したんだ。そしたら味をしめたのか、それからも金の無心にくるようになって、しまいにゃ、『もっと金を出さなきゃ、あんたの姉さんが三人も殺した殺人鬼だと、この辺で言いふらす』って抜かしやがったんだ。そんなことされちゃかなわねえし、どうしたもんかと悩んでいたら、それっきり、あの婆ぁがこなくなった」

「石川が殺したんだよ」

「テレビのニュースで言ってたから知ってるよ。あの婆ぁから強請られてることを武雄に話しちまったから、あいつは俺のことを思ってあの婆ぁを殺したんだろう。余計なことを言っちまったもんだ……」

聞けば聞くほど小野寺妙子には呆れる。強請《ゆすり》ばかりか、盲目の神谷千尋まで亡霊が出る部屋に泊めたのだ――。強欲の塊《かたまり》と言っていいだろう。永遠に地獄の業火で焼かれ続ければいいとまで思ってしまう。

槙野は深水に本物の名刺を渡した。

「姉さんを許す許さないはあんたの自由だ。俺はとやかく言うつもりはない。でも、気が変わったらそこに電話をくれ。じゃあな」

「待て」

「何だ？」

槙野は、浮かしかけた腰を椅子に戻した。

「この名刺、槙野って書いてあるぞ。山本じゃなかったのか？」

「あれは偽名だ」

「呆れた野郎だな」

「悪く思わないでくれ。人を欺くのは探偵業の宿命みたいなもんでね」

深水が苦笑する。

「奥さんがいるって言ったのも嘘か?」

「あれは本当さ。犬を欲しがってることもな」

「そうか——。今度連れてきな。美味いもん出してやる」

「俺のこと、怒ってないのか?」

「怒ったに決まってんだろ! だけどもういい。姉ちゃんのこと、教えてくれてありがとな」

頷きだけを返し、槙野は鳥正を出た。

車に戻ると、「話はついたの?」と麻子が言った。

「伝えるべきことは伝えた。あとは向こうの勝手だ。そうそう、今度、お前を連れてこいって言ってたぞ」

「そう。じゃあ、一度お邪魔しなきゃね」

「さあ、子犬に飼い主の顔を見せに行くか」

さて、麻子の妊娠のことである。結局、母の勘違いだったことが分かった。悪阻に似た症状を示したのは風邪の初期症状だったらしく、麻子自身も『もしや妊娠?』と思って妊娠判定薬を買い求めたところ、陰性の結果が出たそうだ。しかし、いずれは子供ができることも考えられ、そうなった時に今のマンションでいいのか? の思いが頭を過り、ちょうどいいタイミングで犬のことが話題に出たことから、家を買って犬も飼おうと考えたらしい。

その話を聞き、槙野自身も『このマンションで子供を育てていいのか？　庭のある家で育てた方がいいのではないか』と思い始め、思い切って中古の一軒家を求めることにしたのだった。麻子は当然大喜びで、作田ケンネルで予約していたあの子犬も引き取ることになった、しかし、石川が引き起こした事件は世間の非難を浴び、必然的に妻の悦子が経営する作田ケンネルにも嫌がらせの電話が殺到したと聞く。そんなわけで、作田ケンネルを四月いっぱいで閉めて売却することになったそうで、悦子本人は、自分のことを誰も知らない土地に移って余生を過ごすことにしたらしい。

残酷な結末に悦子を気の毒に思いながらも、何もしてやることができず、それならせめて犬だけでも契約通りに購入するという話になった。

車を出そうとすると携帯が鳴った。東條からだ。

「おう。今ちょうど、深水栄治に会ってきたところなんだ」

《どんな様子でした？》

東條には白水荘の開かずの間のことを伝えてある。深水弥生が亡霊だったことも――。

「なんて言えばいいのかな――上手く言えねぇや。それよりどうした？」

《情報提供料のことでお電話を》

「どうなった？」

《ご心配なく。少額ですが出ることになりましたから》

「そうか！　で、幾らだ？」

《数万円程度かと》

それだけもらえれば大黒字だ。鏡も、『神谷千尋から新たな依頼をもぎ取ってきた褒美だ。赤字分を補填してやる』と言ってくれた。
《現金で受け取る方がいいですか？　それとも振り込みが？》
振り込みだと麻子に持っていかれる。「前者だ」と答えた。
《では、ご都合の良い時にお会いしましょう。失礼します》
「ちょっと待ってくれ。撃たれた刑事はどうしてる？」
《リハビリしてます。今年中には職場復帰できるかと》
「やっぱ、結構かかるな。猟銃で撃たれたんだから無理はねぇが——。よろしく言っといてくれ」
《伝えておきます》
携帯を切ってしばらくすると、メールの着信音が鳴った。ちょうど信号に捕まったこともあってディスプレイを見る。ショートメールだ。受信ボックスを開いて送信者を確認したところ、深水栄治からだった。
フォルダーを開けた。
『さっきはありがとな。せっかくの話だから受けることにしたよ。追伸——。今度、奥さん連れてこいよ』
どうやら姉を許したようだ。稀代の悪女といえども、元は質素に生きる普通の女だったのだ。石川の囁きに耳を傾けず、夫の暴力から逃げる勇気を持っていたら今頃は、可愛い盛りの孫達に囲まれて平穏に暮らしていたかもしれない。深水もそれを考えたからこそ、こうしてメールを寄こしたのだろう。つくづく、人の運命とは数奇なものだと思う。

「誰からメール？」

「さっき行った居酒屋のマスターだ。それはそうと、犬の名前は考えたのか？」

「まだ――。一緒に考えて」

了

吉田恭教と奇想のエンターテイメント

蔓葉信博

1．奇想と本格ミステリー

エドガー・アラン・ポー「モルグ街の殺人」が発表された年より、今年で一七五年。特定の小説ジャンルとして、本格ミステリーはすでにそれだけの年月を経ていることになる。当然、さまざまな作品が登場し、多くの本格ミステリーとしての表現が模索されてきた。今日でも本格ミステリーとは、フーダニットパズル的な作風が中心とされるとはいえ、ハウダニットやホワイダニット、そして簡単にそれらには分類できない作品も数多くある。たとえば探偵役が行う論証的な描写、些細な手がかりの発見、どんでん返しの妙、奇抜なトリックなど、連綿と続く本格ミステリーのなかで培われてきた技巧の物語の部分としてあり、サブジャンル的に形式化することは難しい。そうした本格ミステリーの特色を形容するに「奇想の本格」という言葉は、別種の扱いを受けているように思う。普通では思いつかないような奇抜な考えを奇想と呼び、日本のミステリー史でもしばしばこの表現は用いられてきたものの、本格ミステリーと結びつけるようになったのは島田荘司と新本格ムーヴメントによるところが大きいだろう。一九八九年に刊行された『奇想、天を動かす』と一九九一年より鮎川哲也と共同で進めた「ミステリーの愉しみ」叢書の第一巻「奇想の森」などがすぐに思いつくに違いない。

　そして、二〇一一年からはじまる「本格ミステリー・ワールド・スペシャル」は、その刊行当初から「《奇想》と《不可能》を探求する革新的本格ミステリー・シリーズ」という惹句を用いている。このなかなかに大胆な表現を叢書のキャッチコピーとするだけのことはあり、シリーズ十弾となる本書『亡者は囁く』まで、それぞれ奇想や不可能事に対して果敢に取り組んだ作品がそろっている。

　この『亡者は囁く』の前作である『可視《み》える』（二〇一五）を例に説明してみよう。『可視える』は、私立探偵と女性刑事とが、ある幽霊画をきっかけとして猟奇連続殺人事件の真相を追う筋立てだが、本格ミステリーとして突出している点はふたつに絞られる。ひとつはその幽霊画は犯人を追い詰める重要な手がかりとなるのだが、具体的にはどういうことが追い詰める手がかりとなるのか。もうひとつは犯人の目的とはなんであったか。これらは読み進めていくなかで読者にもある程度は推理をすることが可能であるが、一方でそれを十全に推理することはなかなか難しいであろう。なぜなら、そこに「奇想」があるからだ。

　幽霊画の来歴を調べる私立探偵と、連続女子大生殺人事件の捜査を進める女性刑事のそれぞれの行動がだんだんと事件の輪郭を描いていき、後半において幽霊画の秘密が明らかになる。その秘密は科学的とは言いがたいものではあるのだが、圧倒的な筆力を持って、それが真実であったと……少なくとも登場人物たちはそれを信じたのだと思わせてくれる。そして、実はそれこそ犯人の目的でもあったのだ。非科学的な現象であるにもかかわらず、それが手がかりにも動機にもなりうる。そんな不可能事を紙上とはいえ可能にするのが「奇想の本格」なのである。

2．奇想と猟奇的表現

非科学的なもの、不可能事をたとえ紙の上だとはいえ、読者に伝わるよう描くことは並大抵のことではない。そうした難題に対し、ただ正面から無闇に挑んでもうまくはいかないはずだ。不可能事を可能にするための秘策が求められる。それが『可視《み》える』でいえば、圧倒的な筆力ということなのだが、具体的に言えばそれは作中に横溢《おういつ》するオカルティックな世界観に現実味を与える猟奇的な表現の数々なのである。

そもそも人はなぜ猟奇的なものに惹かれるのであろうか。「怖いもの見たさ」という言葉があるように、人は危険なもの、恐怖の対象、衝撃的な出来事に対し、しばしば興味を抱くことがある。アパルトマンで見つかった母娘の惨殺屍体、屋根裏から毒を垂らす殺害方法、占星術に従い体をバラバラに切断された美人姉妹など、国内外を問わず、本格ミステリーのそこかしこには猟奇的な表現が見いだせるはずだ。

ただ、これは本格ミステリーの作り手の手順からすれば、基本的には発想が逆転しているはずで、その多くが偶然かもしくは警察などの捜査陣に犯人である自身のことを突き止められぬよう考えだした殺害方法、死体処理の手段がたまたま猟奇的なものとなってしまったこととされ、好んで猟奇的な方法を本格ミステリーとして求められる騙しの技法へと落としこむことは少ないはずであろう。もちろん猟奇的な表現を小説表現の肉付けのひとつとして取り入れたり、トリックの目眩しとして使われることはあるはずだ。しかし、猟奇的な表現そのものが作家としての目的であるならば、それをわざわざ本格ミステリーの枠内に当てはめようとすることは、異常なものに執着するという猟奇の本質を離れ合理的な判断となってしまう。だから、猟奇的な表現を得意とする多くの作家が本格ミステリーに挑むもうまくいかないのである。本格ミステリーに求められる論理的な構成力は猟奇的な嗜好性とは相容れない。これはミステリー業界内のある程度の了解事項であろう。

しかし、こうした業界内の一般常識が常に正しいとは限らない。むしろ、新しいものは常識的な判断にとらわれない自由な冒険から生み出されてきたことは、新本格ムーヴメントというひとつのうねりを見ても明らかだろう。

新本格ムーヴメントのなかで、本格ミステリーという表現形式はさまざまに更新された。そのなかには、猟奇的な方法というのも含まれるのではないだろうか、と思うのだ。それは本格ミステリーとしては主体的なものではない。ただし、ただ猟奇的に殺されるのではなく、パズル的な必要性という通常とは異なる条件が前提にあるからこそ生み出される方法にしばしば猟奇的な魅力を感じることはなかろうか。筆者もその誘惑に駆られたことがないとはいえない。そのなかには本格ミステリーとしての不可能事を成立させるための土台として、非現実的な猟奇的表現が、一種の虚構の磁力として働いている場合もあるのだ。ただ、闇雲に屍体を損壊し、残忍な殺害方法を描写するのではない。トリックを成立させるための必然性ゆえの残酷な描写、その絶妙な配合がさらに非現実的な本格ミステリーの世界へと読者を誘う装置として働く。恐怖し、怯え、身震いするにもかかわらず、その虚構的な世界に没頭すること。そうすることで、不可能事が描かれる世界が、この身の存在する世界と二重写しになるのだ。『可視《み》える』では、幽霊画にまつわる人殺しの話、絵から伝わる恐怖、そして、残忍極まりない事件の動機、そうしたことが微に入り細に入り描かれるのだが、そのそれぞれに猟奇的な表現が重要な歯車として働いている。気がつけば、虚構の世界であるにもかかわらず、真に恐怖を体験するはずだ。そして、その時に本格ミステリー的な奇想天外な真相が明らかとなるのである。

この「奇想の本格」を成立させるための方程式は、続く本書『亡者は囁く』でも、変わらない。盲目のバイオリニストから、二十五年前に一度だけ会った女性とその恋人の消息を調べる依頼を受けた私立探偵の槙野は、そのふたりにまつわる数奇な殺人事件の真相を追い求めることになる。やがてトリッキーな殺害方法を発見し、畏怖さえ覚えるほどのその残忍さのなかで、槙野はある不可解な差異を見いだすことになる。その差異の真相に気がつくことで開ける不可思議な世界感覚、それが「奇想の本格」たらんとする本書の目指す高みなのである。

3．本格ミステリーと社会派的主題

『亡者は囁く』の本格ミステリーとしての趣向について、ある程度の輪郭を提示しえたと思うので、著者である吉田恭教についてポイントをおさえてご紹介したい。

著者の吉田恭教は一九六〇年、佐賀県生まれ。東京都で写真製版業に従事していたが、病で体調を崩したことにより、職を漁師に変え、そのなかで生まれた時間を小説の執筆に当てていたという。二〇〇六年、翔雲社よりSF時代小説『朝焼けの彼方へ——背歴の使者——』を刊行するも、ミステリー作家としては二〇一一年に「島田荘司選 ばらのまち福山ミステリー文学新人賞」の優秀賞として『変若水《をちみず》』が選ばれたことによりデビューを果たした。

この『変若水』は厚生労働省の疾病対策課に勤務する向井俊介が、病死に見せかけた連続殺人事件の真相を追う本格ミステリーである。衆人環視のなかで行われたと思われる殺人の疑惑がやがて島根県の山村で起こった不可解な因習と奇妙な病気へとつながり、それがさらなる殺人事件を誘発する。『変若水』は横溝正史のような山村を支配する一族の話でもある一方で、現代医学の知識を援用したハウダニットミステリーでもあるという異色の組み合わせが話題を呼び、特に新規性のある殺人トリックは、評者である島田荘司からも絶賛の声が上がるほどであった。その現代医学の知識は向井俊介シリーズの第二作『ネメシスの契約』（二〇一三）、第三作『堕天使の秤』（二〇一四）でも遺憾なく発揮されていたが、独自性はその殺人トリックだけではないことがわかってくる。そもそも第一作は、亡くなった友人に届いたメールにあった地方病院の内部告発であり、『ネメシスの契約』は大病院の医療ミスの調査、『堕天使の秤』は年金の不正受給の有無を調べるために病院を当たったりするなど、医療のさまざまな現場を用いて社会派的なテーマと骨組みの事件を描いていた。また犯人側の動機も近親者の病気や事故がきっかけとなり、非人道的な方法を選ばざるを得なくなることも描こうとしている。それは向井俊介シリーズの最新作『背律』（二〇一六）でも変わらない。筋萎縮性側索硬化症、通称「ＡＬＳ」と呼ばれる疾患を中心にしながら医療の現場の問題、患者の思いなどが軋み合いながら事件を描き出す本格ミステリーである。医療のことばかりを上げてきたが、社会的な問題への関心は死刑廃止論や自殺サイト、尊厳死の問題など生と死にまつわるさまざまなことを作品に盛り込んできた。先に「奇想の本格」を成立させるため、猟奇的な表現の必要性を述べてきたが、向井俊介シリーズは、社会派的なテーマを据えることで、意外な殺人トリックの浮遊性を地面に止めようとしてきたと考えることもできよう。

こと本格ミステリーにおけるシリーズものとなれば、なぜか主要登場人物のまわりにかなり特殊な知能犯罪や猟奇的な殺人事件が頻発するという非現実的な状況にならざるをえない。さらに向井俊介シリーズは、作風の特徴のひとつが薬学や生理学に裏打ちされた奇怪な殺人トリックであるがゆえに、わざと作中世界から離れ、冷静になって考えてみれば違和感を覚えてしまうのは致し方がない。これはことさら向井俊介シリーズにいえることではなく、本格ミステリーにおけるシリーズものの宿命といえる。だからこそ、その違和感を減じるためには、強い磁力のある物語性が作品には求められるのだ。そのため、向井俊介シリーズには社会派的テーマが、『可視《み》える』から『亡者は囁く』によってシリーズ化した私立探偵・槙野シリーズでは、猟奇的な表現が求められたのだ。

4．本格ミステリーとキャラクター的存在

シリーズものと作風を形作るテーマとは不可分であろうが、それは主人公というキャラクターにもいえることだろう。それはシリーズ化したことで読者に明瞭になったことだが、向井俊介というキャラクターと槙野康平というキャラクターの違いにもうかがえる。ただ、「五時まで男」の向井と、不祥事で警察を追われた槙野がまったくの正反対かというとそうともいえない。両者ともさまざまな登場人物たちが持つ過度な「正義感」や「偽善性」、また利己的な判断について距離を置きながら対峙できるだけの精神性を持っている。とはいえ、「のほほん」とした向井と孤独な生き方を選ぶしかなくなった槙野のキャラクターはやはり、その目指される作風から選ばれたキャラクターなのであろう。

向井俊介シリーズは、トリッキーな殺害方法と最先端の医療知識などが必要となる一方で、地に足ついた社会問題を中心とするかなり骨太な作品とならざるをえない。その作品の骨太さに見合う人間味のある真面目なキャラクターが、小説を牽引するということも選べたことだろう。しかし、実際はキャバクラに通い、同僚をからかうなど不真面目な向井俊介の人間像は、小説全体に一昔前の「中間小説」的な空気感を身に纏わせることで、本格ミステリーのトリッキーさと社会派的なテーマとをつなぎとめるかすがいとしての役目をはたしているのではなかろうか。昨今、ミステリーがキャラクターの魅力を引き立たせ、手軽に読めるキャラクター小説化する傾向のなかで、この選択はなかなかに珍しく思えるのだ。

役割は違えど同じようなことが槙野康平シリーズにもいえる。圧倒的な筆力でもって猟奇性を表現し、奇想の風景を実体化しようとするなかで、こちらも重厚な作風とならざるをえない。作中の恐怖や残忍性に耐え、それらを見続けられる存在でなければならない。そのために、警察組織を追われ一介の私立探偵として社会の底辺から世界を見るキャラクターが選ばれたのであろう。

ふたりにいえることは、それぞれの作品が目指す小説世界へ読者を誘うにふさわしいキャラクターとして創造されているということだ。ここでは主人公ふたりについて縷々《るる》述べてきたが、向井俊介シリーズでは厚労省の事務次官である槇原や恋人の美咲、槙野康平シリーズでは、もうひとりの主人公というべき東條有紀や貧乏弁護士の高坂など個性豊かな人間関係を作り出すことで、作中の虚構世界に厚みを与えているのだ。さらに不思議なことに向井は最新作『背律』で、槙野は本作でそれぞれ新しい人生へ歩もうとする姿が示唆されている。本格ミステリーといえど、作中の世界で事件に遭遇し、驚き、悲しみ、真実を発見するのは人間なのである。むしろ不可能だと思える奇想を虚構の中で実現させるために、キャラクターの存在は作品のテーマと同様に重要なのだ。

ぜひ、多くの読者に吉田ミステリーを手にとっていただき、魅力的なキャラクターと鬼気迫る猟奇的な描写、そしてそれらが渾然一体となった先に見える「奇想の風景」を堪能いただきたい。

亡者は囁く

2016年 9月16日　第一刷発行

著者　吉田恭教
発行者　南雲一範
装丁者　岡 孝治
発行所　株式会社南雲堂
東京都新宿区山吹町361　郵便番号162-0801
電話番号　(03)3268-2384
ファクシミリ　(03)3260-5425
URL http://www.nanun-do.co.jp
E-mail nanundo@post.email.ne.jp

印刷所　図書印刷株式会社
製本所　図書印刷株式会社

検印廃止〈1-544〉

ISBN 978-4-523-26544-3 C0093